U0927080

一头栽进月光里

普二丁 著
PUERDING WORKS

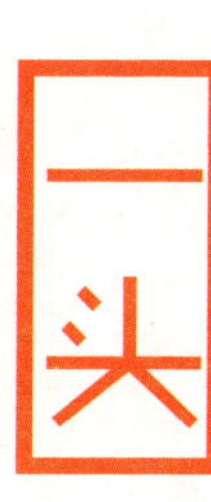

湖南文艺出版社
HUNAN LITERATURE AND ART PUBLISHING HOUSE
博集天卷
CS-BOOKY

目 录

CONTENTS

×

一头栽进
月光里

What can't
sleep for a child

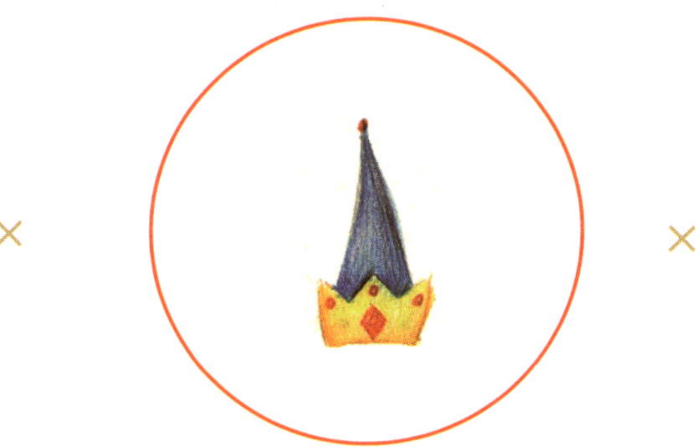

1 猫人拜访的午后

敲门声响起的时候，马尔克斯正在厨房煮面条。她吹着口哨，大概是《胡桃夹子》之类的调子。

谁会在这个时候来拜访呢？马尔克斯的长筷子在锅里搅拌着。此时厨房的小窗开着，煮面条散发出的蒸汽从小窗里缓慢又缓慢地飘出。现在不能去开门，现在是煮面条最关键的时刻，现在关火为时过早，面条会很硬，然而不关火就去开门，面条又会煮烂。

还是不管它吧，反正应该没什么重要的事。

一只猫头突然出现在窗外。

猫头戴着一顶小小的黑色的圆礼帽，脸上的花纹大概是虎斑猫模样。

马尔克斯也吃了一惊，谁家的猫？

“不给咱们开门，咱们要从这里进来。”猫头说。

猫头此时已经爬上窗户，马尔克斯这才看明白，猫头不是猫，却是一个长着猫头的人。它又说：“你好，我想喝一杯加了薄荷叶和甜莓子的苏打水。”

马尔克斯开始懊恼自己院子的篱笆墙太矮了。

于是猫人爬进厨房，绕过煮面的马尔克斯，径自进了客厅。它坐在马尔克斯的小桌前，一只手托腮，一只手长长的指甲挠着马尔克斯新买的格子花纹桌布。

此时马尔克斯已经煮好了面条，她端着这碗面，站在厨房和客厅连接处的门口，面条有点儿烫，然而现在小桌被猫人占据，她也不知道去哪里吃面了。

“要一起吃点儿面吗？”

“不用了。”猫人摆摆手。它看起来确实对这碗面不感兴趣，带着长钩的毛爪继续在马尔克斯心爱的桌布上划拉着。“咱们不爱吃面食。”

马尔克斯把面放在桌面上，起身去冰箱里取了点儿苏打水：“加薄荷叶和莓子是吧？”

“甜莓子。”猫人强调，“甜的，咱们不要酸莓子。”

苏打水里扔了点儿薄荷叶和甜莓子，端到猫人面前。猫人双爪捧着，伸出带倒刺的舌头尖舔了一口。

“挺好喝的。”

马尔克斯吃着面，“嗯”了一声。

“咱们来这里，想吃掉你。”

马尔克斯嘴里塞着面条，胡乱地应和着：“嗯，好好，嗯。”

嚼嚼嚼。

“咱们是猫人，咱们有锐利的爪，尖利的牙，尾巴毛茸茸，漂亮又威风。但是咱们想要变成人，就必须吃掉人。”

马尔克斯不是很理解：“变成人有什么好的？”

叉子卷卷卷，卷起一坨面。

“有一个少女，”猫人沉吟了一下，“是这样的，有一个少女，咱们喜欢她，漂亮，头发有好闻的薄荷草的味道，眼睛好像一个大池塘，有鱼游动。为了她，咱们想变成人。”

“所以要吃掉我？”

“不一定，随便吃掉谁都可以，只要吃满三个人，咱们就可以变成浑身没毛的人。”

“挺好的。”马尔克斯此时正在往面里倒一些西红柿牛肉酱汁，并用叉子搅拌着。“就吃起来的口感来说，我楼上的那个人比较好。前些天我去楼下倒垃圾，看到他能徒手横抱起一个姑娘，那种横抱着的。肌肉应该不错的。”

猫人胡子动了动，嘬了一口苏打水。

“口感什么的都无所谓的，咱们是为了爱情，吃掉你就满三个了。一切为了爱情。”

“哦哦，好的，等我吃完这碗面。”

“可以。”

马尔克斯继续吃起面条，吃到一半突然停下来了，表情有些沉重。

“怎么了？”猫人问。

“这个面应该配黑椒薄荷酱吃。”马尔克斯眉头紧紧皱着，“我去摘一点儿薄荷叶，刚刚最后一片给你了，现在家里没有薄荷叶了。”

“你是要逃走吗？”猫人充满疑虑。

“不是，你和我一起去吧，不放心的话。”

于是马尔克斯带着猫人去后山了。猫人对蝴蝶草很感兴趣：“这个草上面有蝴蝶啊！”他说着，摘了一根揣进兜里。马尔克斯摘了一大把薄荷叶，放进篮子里。猫人爪子里捧着一小片绿色的叶子：“咱们不知道这是什么，你知道吗？”

马尔克斯仔细辨认了下："这是艾叶啊，味道很好，做艾草金枪鱼团子，味道不错。"

"艾草金枪鱼团子？咱们没有吃过，咱们想吃。"

"好啊，"马尔克斯把艾草塞进篮子里，"带回去给你做，很快的。"

猫人点点头，不再说话。

回到家，马尔克斯开始做艾草金枪鱼团子和黑椒薄荷酱，做得很快，可惜面条还是有些凉了。猫人蹲坐在椅子里，吃着艾草金枪鱼团子，马尔克斯把面条塞进微波炉里，打算再热一热。

这时候猫人又搭起话来："这个很好吃啊。"

"是吧。我很会做团子的。"

"咱们觉得，不对，咱们决定喜欢你了。"

"你不是喜欢那个少女吗？"

"但是咱们现在开始喜欢你了。"

马尔克斯站在微波炉前，她盯着微波炉上的倒计时："你到底懂不懂什么是爱情？"

"咱们当然懂，咱们感觉开心的时候，就是爱情。"

"那个少女怎么让你开心了？"

"她摸了咱们的肚子，咱们禁不住咕噜咕噜起来了，说起来真是羞愧。"

"那为什么又喜欢我了？"

"艾草金枪鱼团子比摸肚子还让咱们欢喜。"

"那你喜欢的应该是团子，不是我。"

“不知道，那不是差不多吗？这团子是你做出来的，咱们想想，你也许还会做出更多团子，能持续不断地提供给咱们这种欢快的感觉。”

“那我呢？”

“啥？”

“你不会不知道吧。”微波炉“叮”的一声，马尔克斯取出面条，将切碎的薄荷叶撒进去，又挤了些黑椒酱，端到猫人对面坐下来，“我没感觉你能让我感到开心啊，或者什么的。”

猫人想了想：“你谈过恋爱吗？”

“并没有。”

“咱们也没有，咱们喜欢过十几个女孩子，各有各的好，每当咱们想要和她们在一起的时候，她们就不见了。”

“因为你是猫人？”

“所以咱们要吃掉三个人，”猫人说，“咱们应该变成人。”

马尔克斯就着新调制的酱料已经把剩下的面条吃光，她的小肚子微微鼓起。她站起身，把碗丢进洗碗池，又去浴室洗了个澡，她披着浴巾出来的时候，猫人已经坐在床边了。

马尔克斯把浴巾丢到地面上，他们在床上做起爱来。

猫人的身体毛茸茸而且异常柔软，抱起来很舒服，体力也很好，只不过在进行到后半场的时候，猫人突然满脸痛苦。

然后它趴到床边，呕吐起来。

马尔克斯光着身子坐着，看猫人吐出了一个又一个少女。

那些少女有些光着身子，有些没有。十几个少女尖叫着逃跑了，有的从窗子，有的从门。

马尔克斯似笑非笑地坐在床上："这就是你为了少女吃掉的人吗？"

猫人吐完，筋疲力尽地趴在床边："咱们不是那样的，咱们不记得她们……不对，咱们现在记得她们了。

"那些是咱们的过去。

"咱们撒谎了，咱们之前说为了少女吃人，想变成人，咱们是骗子。"猫人呼吸声沉重，狠狠喘了会儿，"咱们爱吃人，但是现在更爱吃团子。"

"吃了团子之后不要剧烈运动，记住了吗？"

"记住了。"

"咱们现在要走了，感谢你……的团子，马尔克斯。"

"不用谢。"

"我以后还可以来吗？"

"吃团子还是吃我？"

"不……就只是过来。看你吃面也好，喝苏打水也好，或者……"

"睡我？"

猫人的脸红了。

"我走了。"

"再见。"

猫人走后，马尔克斯将洗碗池里的空碗洗干净。晚上换床单的时候在枕头下发现一根蝴蝶草。

后来猫人再也没有来。

后记：

猫人，最喜欢骗人的物种。

喜爱的食物是少女。

经常以爱情的名义吃掉人类。

吃了人类的食物会呕吐。

爱上人类会被处死。

2 电梯里的咖啡店

春天令人躁动，再加上大风和扬尘，我更想躲在沙发里，喝两罐啤酒，然后睡上一大觉。

但没办法，我要奔赴一个约会。

那个女人是我上司的女儿。和上司的女儿约会是一件让人不得不谨慎又谨慎的事情，约会定在中午十二点，我不得不在九点就起床，洗个澡，西装革履地出门。

在去那家咖啡店的路上，我在便利店买了两罐啤酒。店员说现在只有常温的，今天停电，没有冰啤。

手里拿着两罐温暾暾的啤酒，心里不是滋味儿。冰啤酒像早晨天刚亮的时候，天地间尚未消散的薄雾；常温的便完全不是一回事了，常温啤酒是下午物理老师讲课时不经意打出的嗝儿。

从便利店出来这会儿，风渐渐小了一点儿。大衣里刚刚买啤酒剩下的零钱叮当作响，我一只手伸进口袋捏住这些喧闹的硬币。

上司的女儿可能也很善解人意，约会地点选在我家附近，这样我走路过去就可以，免了停车的麻烦。不过我就住在这附近，为什么没听说过这家咖啡店呢？

两罐啤酒下肚，我站在电梯门口。按，四十八层。

“叮”，电梯门马上开了。

哦……现在的电梯都这么先进了吗？

看着肩膀上搭着一条白色毛巾的侍者弯腰站在电梯门口做出“请”的姿势，我脑子混乱了一下。我这是才上电梯，还是从电梯出来了？电梯里？咖啡店里？温啤酒果然让人头脑混乱。胡乱想了一下，我还是迈进了这个透出些许怪异的电梯。

说实话这电梯大得有些惊人。

我只扫了一眼，它大概能容纳几百个人同时用餐，电梯门口距离吧台还有一段距离，在这段距离上，可能是为了营造情调特意铺了长绒地毯。

跟在肩膀搭着白色毛巾的侍者后面，脚下是毛茸茸的绿色长绒地毯，几根长柱下，有骆驼在吃地毯。它们从鼻腔里喷着热气，雪白的上齿和下齿相互摩擦，地毯绒在齿间露出一点儿尾巴。我看得有点儿入神，甚至在想这地毯或许真的很好吃，嗯，大概。

我前面的男侍者走路时屁股一扭一扭的，但绝不是那种令人恶心的娘娘腔，而是一种充满律动和节奏感的扭动，让我想起电视机里那些捕食结束后悠然散步的美洲豹。我跟在“美洲豹”侍者身后，思绪纷乱地走着。侍者突然停下步子，我差点儿撞到他背上。

侍者带我走到一张方木桌前，示意我坐下，然后又扭着屁股离开了。

这是一家咖啡店，空气里弥漫着咖啡豆的香气。房间里随意摆着一些小桌，每张小桌上都有一盏欧洲风情的小灯，昏黄又微弱。除了我之外，店里还有一些人，有小声交谈的，还有埋头写东西的。我只看到这两种人，没办法，灯光太暗，我的眼神又不太好。

扫视一圈，正准备叫点儿什么喝，黑暗里一个尖细的声音道：“先生，您要点些什么？”

我被吓了一跳，环顾四周，周围完全没有人，哪里来的声音？

一只抓着本菜单，带着细长指甲的小爪子在我眼前晃了晃：“先生，先生，我在这儿。”

抬头一看，还好还好，原来是一只变色龙。变色龙的话，在黑暗里的确不容易被认出。

“哦，那我要一杯啤酒，要那种特别冰的，喝下去像吃掉半个北极的那种冰啤酒，你们有吧？”由于想起刚才不愉快的两瓶温暾的啤酒，我迅速点单。

“有的，先生。搭配啤酒的话，感觉北极茴鱼是不错的选择，要不要尝试一下？”

“可以啊。”想起早晨没吃饭，只喝啤酒好像也不是那么回事儿，我欣然同意。“哦，对了……”我有点儿羞涩，不过还是鼓起勇气问，“你们地上铺的那种长绒地毯，有没有卖的啊？”

变色龙似乎已经习惯这样的提问，语气轻松地说：“先生，那个味道还不错，您应该第一次来吧？我们送您一盘吧，这儿的顾客都很喜欢那个味道。”

周围又重归安静，只剩下若有若无的音乐声，若隐若现的灯光。看来变色龙走了。

我打量起这家店，我所在的这张桌子旁是一面矮小的装饰墙，墙头摆放着一些小玩意儿，还有那种藤草编制的小箱子，还有一个白色的、眼睛黑洞洞的骷髅头。墙那头也有张小桌子，一个留着红色大胡子的男人坐在那儿，他面前是一大碗冰激凌。在我前面那桌，有一个穿着白色浴袍的，看背影像男人的人，他对面是一只触角短短的蜗牛，壳上的花纹很好看，仔细辨认依稀能看清楚上面的字迹，大概是 “星期二咖啡半价” 或者 “保护环境，人人有责” 什么的……

叮!

我桌子上的小灯响了一下，然后一只手伸到我面前，一杯啤酒，有点儿冰却没有我想要的那么冰，旁边盘子里是刚刚炸好的北极茴鱼。说是一只手，但是完全没有手指，准确来说是企鹅的翅膀（或者鳍）。那只企鹅彬彬有礼，对我鞠了一躬，然后从我面前拿走啤酒，很自然地坐在我对面的凳子上。

它的小翅膀（鳍）在啤酒杯里搅拌着，像用勺子搅拌咖啡那样。它说：“先生，我听说您喜欢特别冰的啤酒，老板让我过来帮您把啤酒变冰，您不要介意。”

我瞧着它在我那杯啤酒里卖力搅拌，很快寒气就打到我的脸上了。“够了够了，” 我赶快伸手阻止，“这么凉就可以啦。”

企鹅歪歪头，它的眉毛（看起来是眉毛，也许不是）皱了一下：“先生，这可并没有达到‘喝起来像吃掉半个北极’那种程度呀。” 它想了一下，“好吧，这可能就是王尔德那家伙说的，夸张？谁知道呢，你们人类真是奇怪。” 然后它跳下椅子，但又回头说了一句，“你盘子里那条北极茴鱼，我昨天刚逮到的，很用心炸的，一口冰啤酒一口鱼，很不错，用餐愉快。” 然后它整理了下自己的领结，走掉了。

嗯，本来没吃早饭，现在桌子上有热腾腾的鱼，还有刚刚被一只企鹅冰镇过的啤酒，我开始感觉饥肠辘辘了。

一口鱼，再一大口冰啤酒，简直要把自己的后槽牙也吞下去。很快，装着茴鱼的盘子空了，啤酒也见了底。但我仍觉腹内饥饿，想开口叫变色龙侍者，但周围如此安静，贸然发声似乎很不礼貌，好在瞄见那盏小灯下有个按钮。

叮！

窸窸窣窣的声音，这次我听到了。变色龙手里的小账本看起来像飘在空气里，“要一大杯葡萄汁，盐酥豆子有吧，嗯，再来一盒柠檬鸡肉。”我快速点了几样，变色龙的爪子在账本上移动得很快，但是点单完毕它没有走，而是犹豫了一下：“先生，有一位女士点光了本店所有的葡萄汁，您愿意和她一起进餐吗？”

点光？有点儿不走运啊，不过我的胃疯狂地嘶喊着：“不！我要葡萄汁！我要！”无奈，我只能妥协，“麻烦你叫那位小姐来我这桌好吗？”

变色龙侍者带走了空杯盘，又无声无息地消失了。

很快，一只巨大的玻璃箱飘到我桌子上，箱子上粘着两只手。 啊，是一个女人抱着一大玻璃箱的葡萄汁，我赶紧把桌子上的小灯放在旁边的装饰墙上。她有些困难地把玻璃箱放在小桌上，玻璃箱比小桌还要大上一圈，里面全是紫红色的葡萄汁……葡萄汁里好像还有一些游泳的小鱼。玻璃箱很高，完全挡住了我的视线，但是透过紫色的葡萄汁隐隐能扭曲地看到对面是个女人。

“你好。这是我的葡萄汁，不嫌弃的话我们可以一起喝。”那女人的声音很好听，像有一次度假时，房子门口挂的一串玻璃风铃。

“真是不好意思，我实在很想喝葡萄汁，您真是慷慨。”

“没关系，能吃到自己想吃的东西才是最重要的嘛。记得有一次我走了九条街去找那家特别好吃的卖鱿鱼圈的店，结果我找到的时候那家店已经打烊了，真是失望啊。”

“是啊，好可惜。”

“好在我后来在店门口蹲到第二天开店，吃到了当天第一份鱿鱼圈，真是美味啊。”

“第一份吗？感觉第一份食物是最好吃的，那种感觉一定很棒。”

“是啊，哦，我还点了熏猪腿，我们可以一起吃。”

“多谢啦，不过我也点了很多食物，恐怕吃不下那么多。”

“哦，好吧，那我不客气地吃独食啦。”

对话到此结束，我的盐酥豆子和柠檬鸡都上桌了，说是上桌，但其实根本没上桌，桌上被玻璃箱葡萄汁占据着，我铺了一块餐布在大腿上，把盐酥豆子和柠檬鸡放在上面，侍者带来一根特别长的吸管，以便于我吸食玻璃箱里的葡萄汁和机灵游泳的小鱼。

伴随着葡萄汁越来越少，透过玻璃箱，我看到对面女人的脸，那是一张非常漂亮的脸。

带着点儿婴儿肥，鼻子上貌似有些小雀斑，睫毛漆黑浓密，像某种动物似的。

“嗝——”

我俩同时打了一个冗长的嗝儿，相视一笑。

两个人分食一整箱葡萄汁还是略微勉强，我有点儿晕乎乎的，葡萄汁里的小鱼在我胃里东撞西撞。挥手告别那个女人，我不知怎么回到的家，一把摔进沙发里，呼呼大睡起来。

中间接到一个电话，好像是一个女人疯狂地咒骂，说我是个伪君子，居然放鸽子什么的。我随意应付了几句，又睡了过去。

醒来之后天色已经黑了，肚子里暖洋洋的感觉很舒服。看了看手表，啊，已经午夜了吗？我错过了和上司女儿的约会，怎么睡这么久啊？

看了看自己身上的睡衣……我是没有赴约吗？还是我赴约回来了？（我确实是那种就算只要有一丝意识清醒着，就要换上睡衣再睡觉的那种人）……后来发生了什么呢，头脑里乱哄哄的。

正揪着头发发愁，猛然看见茶几上一个小小的便当盒，上面有一张小字条：

先生，本店赠送您的长绒地毯，食用时滴一点儿酱油会更加美味。——电梯咖啡店敬上

“嗯，确实很好吃。”

3 深海美甲店

本来约好和朋友一起逛街的，结果待我到了这家芋圆店，接到她的电话，说临时有事不来了。真是讨厌啊，丧气地吃着手里这份三倍芋圆的沙冰，忽然见到这家店对面新开了一家美甲店。

什么时候开的呢？完全没注意到。唉，一个人逛街也太寂寞了……看看手指上被自己啃得光秃秃的指甲，决定了，一会儿去做个美甲吧。

深海美甲店的牌子很漂亮，黑色实木的面板，上面镶嵌着小螃蟹和小贝壳，很精致，像真的一样。我推开门，门口站着一位漂亮的小姐，抿着嘴害羞地笑着。

“嗯，我想做个美甲。”

这位小姐点点头，仍然没说话，示意我跟在她后面，带我走到接待处。接待处在一个全是海螺的门帘后，小姐掀开帘子时，海螺发出呜呜的声音，特别动听。

帘子内一张长桌后坐着一个老太太，说起来她的背有些畸形，像小山似的隆起。她冲我笑着：“姑娘，坐，坐。”

长桌前的沙发是深绿色的，坐上去异常地柔软，还有一种滑腻腻的感觉。老太太看出我的惊讶：“姑娘，第一次来吧，这个沙发是海藻做的，最能呵护女孩子的屁股啦。”

这也太奇怪了吧，我暗想。不过还是开口说明来意：“我想做个美甲，有什么推荐款式吗？”

老太太歪着脖子（她脖子上有好多褶皱）：“店里最拿手的应该是珠光指甲，最近客人不多，给你优惠。”

“特价款？”怎么想都有点儿担心，一般特价的东西质量都有些令人堪忧。但是老太太已经准备起来了，她费劲儿地弯着腰，从架子底部抽出一个巨大的贝壳（有一个下水井盖那么大），湿漉漉的，她哼哼唧唧地把贝壳砰地放到桌子上，捏捏自己的胳膊，抱怨着：“太沉了太沉了，下次我可不要自己搬了。”

然后她用拳头砰砰砰敲了三下贝壳，嚷着：“起床干活儿了！懒鬼。”

那大贝壳啪地裂开一道小口，老太太满意地摸着它，对我说：“把你的手放进去。”

放进这大贝壳里？万一夹到我怎么办？说实话有种很不靠谱的感觉。我有点儿犹豫，但老太太却一脸神秘的样子，嘴唇高高噘着，示意我赶快。

应该没什么问题吧，我硬着头皮把手伸进贝壳张开的缝隙里。

好柔软。这是我的第一感觉。既温暖又柔软，好像把手伸进温度刚好的牛奶里，舒服极了，里面不知道什么东西一动一动的，轻轻抚摩我的手心，有点儿痒痒，又感觉很放松。

我闭上了眼睛。

这时候老太太开启了老年人特有的絮叨模式：“这家店刚开业不久，是我和几个合伙人一起开的，刚刚迎接你的那位小姐，是鲨鱼哟。”

我哆嗦了一下："鲨鱼？"

"哎哎，放心吧，她不会咬人的，因为在海里每天吃云的影子，导致蛀牙，现在满口牙都拔掉啦，怕别人笑话她，最近她都不说话的……不过一个迎宾不说话，导致我的店里少了不少生意呢。不行，明天我得和她谈谈。"

"她是鲨鱼，那您呢，您是什么鱼？"我有点儿好奇。

"是海龟啦，海龟，看我背上的壳，哼哼，这壳硬着呢，上次一位小姐做了美甲没有付钱，就是我的壳抵挡住了她扔出的化妆盒！"老太太一脸自豪。

"是啊，这真厉害。"

"就桌子上这个，是我的老朋友砗磲老鬼。他做的珠光甲可是业界出名地美丽。"

老太太说得口渴，端起桌子上一杯水咕嘟咕嘟灌了进去。

"再等等，马上就好啦。"

又过了大概十分钟，大贝壳发出"咔"的一声，老太太抽抽鼻子："姑娘，完成啦。"

我把手从贝壳里抽出，对着店里的灯光一看。真漂亮啊，我的手指尖好像也变成了十个小小的贝壳，轻轻晃动指尖，有彩色的光晕在指甲上流动，像水波一样。

老太太也满意地看着我的指甲："真漂亮啊，衬得姑娘你越发好看啦。唉，就是我年纪大了，要不然说什么我也要做一副这样的指甲。"

我特别开心："多少钱呢？"

"十块钱。"

“太太太便宜了吧！”我震惊了，这哪里是特价，简直是免费嘛。

老太太眯眼笑着：“刚刚开业，只要能赚到继续经营下去的钱就好啦。”

我赶紧从包里掏钱包，结果……糟糕，钱包不小心落在刚刚吃芋圆那家店里了。

老太太见我一脸尴尬，小心地问：“是不是忘带钱了？”

“钱包落在刚刚那家店里了……现在人那么多，估计丢掉了。怎么办，我下次来给你好吗？”

老太太叹息一声：“没带就没带吧……只是……算了，算了。”

老太太欲言又止，我手足无措。

“姑娘回去吧，有这么漂亮的指甲，一定能睡个好觉。”

“嗯，一定的！”我站起来，十分抱歉地鞠了一躬，“下次，下次我一定带钱来，还要帮你们招揽更多的顾客！”

告别了这家神奇的店，我回家了。之后无论是吃饭，还是看电视，我的目光总不自觉地被指甲上美丽的珠光和波纹吸引着。当晚，我躺在床上，隐隐听见涛声，一阵一阵，似乎从指甲里传来。

真美啊。我想着，很快睡着了。

接下来的几天，本想马上去那家深海美甲店还钱，没想到放我鸽子的好朋友筹备结婚，作为伴娘，白天上班，下班后还要帮她忙前忙后，结果一直没时间出门逛街。

等我拽着好朋友一起再去寻找那家店，却发现那里已经变成了一家服装精品屋。问卖芋圆那家老板，老板嗤笑了一声：“那家店，根本不会做生意的，利润太薄，结果赔了个底朝天，前几天就出兑了。”

我和朋友只能失望而归。

手上的指甲越长越长，有珠光的地方越来越少，晚上睡觉时助眠的涛声也越来越微弱。唉，要是我早点儿去还钱，是不是美甲店会多坚持一段时间呢？

4 汤平种子店

一天早上，甚平醒来，和过去的三十七年六个月零二十四天一样，独自一人。

昨晚热的剩饭没吃，仍在已经熄灭的炉火上搁着。

这是一家种子店，位置偏僻，生意寡淡，但几十年过去了，他也将就着坚持了下来。小店是甚平的妻子开的，她喜欢这里的风景。三十七年前，她生病去世，然后留下他自己还在店里。三十七年也不长，只要店还在，甚平就感觉一切和她活着的时候一个样。

店的结构，前面的大厅是种子店的柜台和存货，后面连接着卧室。

门口的风铃发出“丁零”一声，甚平推开门。他准备去院子里抱些木柴来烘烘潮湿的屋子，也顺便热热昨晚的饭。这才刚走出门，却见一只雪白的鸽子愣愣地坐在门外的台阶上——确实是坐着，鸽子的整个白屁股严丝合缝地坐着。

见甚平出来，鸽子“咕”的一声两个翅膀扑扇了一下站起，蛋黄似的小喙将一片纸放在地面，然后歪着头看着他。

“信？……谁会给我这个糟老头子寄信？”甚平嘟囔着，取了信，抱了柴，将屋子烘暖后坐在火炉旁边吃饭边读着。

亲爱的平先生：

您好，真是冒昧。我们是来自距离您两座山以外的墨水农庄的主人，您应该也知道吧，最近的大雨真是下得厉害，菜地里的茄子都生病死掉了，于是我们没有紫黑色的墨水用来写信，这是自家新鲜的小黄瓜研磨的墨汁，字迹会不会太浅了些？

啰唆了这么多，其实冒昧来信是因为想要在您经营的种子店里采购一些紫茄子和西红柿的种子，如果可以的话，请把种子放进鸽子脖子上系着的布包里。哦，打开布包的时候您能看见付给您的银币。

山那头居然还有农庄？以前怎么不知道。居然派鸽子来取种子啊……

甚平自言自语，火炉上热好的西红柿炒蛋已经散发出香味儿，他把一整碗倒进米饭里，用勺子搅拌均匀，然后挖了满满一勺放进嘴里咀嚼着。

今天的食欲分外好，直到将碗里最后一粒沾了西红柿炒蛋汤汁的米饭刮进勺子，用舌尖卷进嘴里。打个饱嗝儿，甚平将信纸折叠再折叠塞进上衣的口袋里，他搬了一个小竹凳到店铺的柜台里，踩着小凳取下几包种子。

“紫茄子……西红柿……都是常见的种子，嗯，就这些。”

他用大拇指和食指拈了些种子，用柔软的纸巾包起。那只鸽子还在门外等待，爪子扒拉着地面，可惜店门口铺了木板台阶，否则说不定这一段时间能刨出些小虫来。甚平微笑着把两包种子塞进鸽子的小布包里，鸽子蓝色的眼睛浑圆灵动，像雨后树梢上的天，甚平想伸手摸摸它的头，没想到鸽子啄了甚平的大拇指一口，傲然展翅飞走——然而雪白浑圆的屁股上还沾着灰色的细沙。

甚平一直仰着头，直到鸽子的影子消失在天空的云朵里不见，才揉揉酸疼的脖子回到店里。

接下来的半个月，店里的生意一如既往地冷清。说是冷清，其实真实情况是一个顾客也没有。

天气晴朗的日子，甚平坐在店门口的摇椅上晒太阳。而大部分时间（山里的雨总是很多）甚平会在屋子里生起旺旺的炉火，盖着被子发呆。

今天的雨也一直下着，似乎没有个尽头。甚平坐在炉子旁，手里木棍随意拨弄着炉子里的柴。这时突然响起了敲门声。

这么糟糕的天，谁会来呢？不过来人陪我说说话也好。这样想着，甚平起身披了件衣服，打开店门。门外站着一只毛色火红的狐狸，打着一把大黑伞，看见甚平开门，它咧开嘴露出一排细牙。

“您好哇，冒昧打扰啦。”狐狸非常有礼貌，鞠了一躬。

甚平也只惊讶了一下，随即侧身：“快进屋，外面下雨，进屋暖和暖和吧。”

这样，甚平和狐狸围着火炉喝着热茶，狐狸咂咂嘴：“您还记得上次我们买种子吧，紫茄子和西红柿种子，派农场的鸽子来的。”

甚平一下子想起来了：“哦哦，是墨水农场对吧？”

“是的，一般来说，在深山里卖种子做生意好像并不太合适，不过我们是生产神奇墨水的农场，可以用信鸽们邮递墨水，倒是并不影响生意……您的店为什么开在这里呢？”

甚平沉默着，好一会儿才慢慢说：“我不能离开这里。”

仔细观察着甚平的脸色，狐狸似乎有些尴尬：“我是不是问了不太好的问题？”

“算了，没关系，你今天来是想做什么呢？”

“是这样的，上次本打算买紫茄子和西红柿种子，但是我们收到的种子是紫藤和西红柿的种子……”

甚平一下从座位上站起来，跑进柜台里看，啊啊啊，果然拿错了种子。

“太对不起了，我这就给你更换，我这人老啦，头脑和手都不中用了。”甚平一边道歉，一边从柜台里取出紫茄子种子。

狐狸却摆摆爪：“老板，不是的，”它从椅子上跳下来，跑到甚平腿边，拽了拽甚平的衣角，“紫藤开花了，颜色非常美，比原来农场种的紫茄子的颜色还要漂亮，我是来感谢您的。”

这时，狐狸低头从自己的小腰包里掏出一个晶莹剔透的玻璃瓶子，瓶子里是紫黑色的墨水。

“您看，这就是紫藤研磨制成的墨水。”它举起瓶子递给甚平。

那是多漂亮的颜色啊，甚平接过这瓶墨水仔细端详着：“你好厉害，能做出颜色这么漂亮的墨水。”

狐狸脸红起来，连带着浑身火红色的毛皮也变得更红了，好像要燃烧起来。“这些墨水是我哥哥研磨制作的，我只负责种植，”狐狸揉揉湿润的鼻子，“这一瓶是特地送给您的。说实话这么多年，我也是第一次见到颜色这么美的紫藤呢，开花的时候吸引了好多蝴蝶，可好玩了。”

“真是奇妙啊。”

“其实我们制作的墨水不光颜色漂亮，还有神奇的作用，就是因为这些神奇的作用，才会有那么多人订购我们的墨水。”

“什么作用啊？”甚平好奇。

“比如，小黄瓜研磨的墨水，会让人感觉身心舒畅，食欲大开。紫茄子墨水会让人感觉沉静，桔梗花墨水写出的字迹会很快消失，只有接触眼泪才会再度浮现……不同的墨水有不同的作用。哦，对了，有机会欢迎您来参观我们的墨水农庄。”

甚平摇着瓶子里的紫黑色墨水，也咧开嘴笑了起来：“好啊，有机会一定过去看看，这个就谢谢你们了。哦哦，对了，还是再送些紫茄子的种子给你吧，毕竟是我拿错了。”

尽管狐狸推辞，甚平还是坚持把紫茄子种子塞进狐狸的小腰包里。待到雨水小了一些，甚平送走了脸变得更红了的狐狸。

它走在外面好像一小团掉落人间的晚霞。

哦，对了，紫藤墨水有什么作用？甚平忘记问了，想要叫住狐狸的时候，它已经走远了。

桌子上铺着信纸，甚平手里的钢笔肚子里已经吸满了紫藤墨水，他突然感觉有些悲伤，往事似乎又一幕幕浮现在眼前，那些他忘了很久很久的事情。他想起第一次见到阿汤时，阿汤头上戴着的白花，嫩黄色的蕊。想起年轻时候他做的错事，阿汤目送他离开时眼里的波涛深如湖底。他不受控制地在信纸上写起来。一字一句，他写了满满一页。当最后一个句号画圆满时，泪水已经打湿了信纸。

亲爱的阿汤：

我亲爱的妻子，这是你离开这么久，我第一次给你写信。此时窗外雨已经停了，收到了一瓶颜色很漂亮的墨水，我想如果你见了，必定是喜欢的。

这些年我一直守着你我的铺子，你离开了三十七年，我就守了三十七年。我感觉，好像只要我在这里，你就还在我身边，一切都没变。但今天雨后，我在窗外看到海棠花开了，只有我一个人看到。

我的前半生，驰骋商场，春风得意，我赚了很多钱，声名在外。这些事情在你和我在一起的短短日子里，我总是向你提了又提，每次你都嫌我啰唆。

遇见你是我一生中最为欣喜的事，也是我一生中最悔恨的事。你我结婚不过三个月，这三个月，在这家你开起来的种子店里，我度过了这一生最美好的时光。你教会我如何劈柴、做饭，但我天资愚钝，直到现在也只学会做西红柿炒蛋。

我有时候会想，如果那天我不曾离开，一切会不会不一样？

你说等我半年，半年后待我回来，咱们继续经营种子店。我走了九个月，回来时看见你躺在床上，花被子盖在身上，你的皮肤白得透明，美得像死亡一样。是的，你死了。

自那以后，我再没离开。

阿汤，阿汤，我以为日子将平静如水永远继续，我以为陪着你我的心会继续鲜活下去，然而不是的，阿汤。

我知道了，我只是对自己无法释怀，我把自己困在这儿三十七年，这三十七年并不会让你开心，只会让我自我感觉稍有慰藉，时间的假象让我觉得我对你有了补偿，有了足够的歉意。现在我好像明白了，这一切都是假象，这一切并不会让你回来。

不对，应该说，你就在我的肩膀上，鼻子尖，心脏里。

阿汤，我要走了。

阿汤，我不和你说再见，因为你会陪着我的。

你的，甚平

几个月以后，一只皮毛火红的狐狸手里提着几瓶颜色各异的墨水，敲了汤平种子店的门很久，但是店门没开。

狐狸绕到店铺后面，透过小窗，看到长桌上有一张信纸。

纸上的紫色字迹已经被泪水晕开变得模糊不清，而那晕开的痕迹隐隐的，似乎是一张女孩子微笑的脸。

“怎么回事呢？紫藤墨水应该会让人幸福才对啊。”狐狸费解地挠着自己的耳朵，沮丧地离开了。

5 星辰博物馆

“欢迎光临星辰博物馆。”迎接二丁先生的，是一个穿着制服的瘦老头儿，戴着副厚厚的瓶底眼镜，样子倒是很和善。

“嗯……我是从网上看到你们星辰博物馆的名字的。正好周末闲着没什么事，就过来瞧瞧。听说你们博物馆里，有真正的，天上的那种星辰。”

“是啊，是这样的。我们这里的星辰，都是真正的天上的星辰。”老头儿说，“我是这里的馆长，也是打扫卫生的组长，也是保安。哈哈，其实这座博物馆只有我一个人在管理。”

“只有您一个人？”二丁先生有些惊讶，“那怎么管理得过来呢？”

“没关系的，馆里的星辰会自己好好运行，不会擅自坏掉，只需要把它们偶尔搞出来的小垃圾打扫一下就可以了。”

“还是感觉有些不靠谱啊……”

二丁先生虽说这样嘟囔着，但还是跟在这个老头儿身后向博物馆深处走去。

是的，由于新到了稿费，二丁先生不只买了星辰博物馆昂贵的门票，还买了向导服务。自从上次在植物园里被巨大的独角仙撵得慌不择路后，二丁先生再也不敢独自逛公共场所了。路痴且倒霉的人，就要多花些钱吧。

“先生，现在我要关掉馆里的灯，别害怕。”老头儿说着，就去拉扯一尊石像的耳环。那一闪而过的石像的脸，似乎是只猫。

“啪”的一声，一片黑暗。

都这个年代了，还在用这种古老的关灯方式吗？

二丁先生心里暗自想着，而且，看展览的话，把灯关掉不就什么意思都没有了吗？那些展品只有在强烈的暖黄灯下才会显得好看吧，就像女孩子手机里的自拍一样，不加个滤镜的话，怎么好意思见人呢。

算了，还是继续走吧，毕竟人家想要如何展览自己的东西，是人家的自由吧。

二丁先生跟在老头儿身后，黑暗中才发现老头儿的背居然有些佝偻，老头儿带着二丁七拐八拐，越发地走向黑暗深处。

不会有什么安全问题吧？这也太过于寂静了。二丁先生心里暗自发怵。

四周真的越来越安静了，黑暗也越来越黏稠，整个人仿佛陷入地下深深的暗河，或者邻居大妈尘封一整个冬季的泡菜坛子。

要不是老人在前边还有着微弱的脚步声，二丁先生真的要被这种令人窒息的安静逼疯了。

“馆……馆长，那个……”

“嘘……别说话，你会惊吓到星辰的。”

二丁先生刚想和馆长聊上几句，缓解一下内心的紧张，结果却被呵斥，只好无奈地把手插进衣服口袋，准备掏出手机照一下黑暗的前方。

二丁先生刚刚把手伸进去，却惊呼了一声。

“啊啊啊啊！里面有东西！有东西！”

“唉，叫你安静些你怎么又吵起来了。”

二丁先生惊魂未定，捉起口袋里一只闪着荧光的青蛙，拎着它的腿就扔了出去。

“我口袋里进了青蛙！”

那老头儿在黑暗中似乎回过头看了二丁先生一会儿，也可能没有看。这里实在太黑了。但老头儿确实沉默了下，然后说：“嗯，那就是星辰。”

“什么？！”二丁先生没忍住惊讶，“你是说，星辰是青蛙？青蛙……是星辰？是夜空里闪闪发光的星辰？”

“是星辰，青蛙就是星辰，不只青蛙，这里的小鸟、山羊、螃蟹和母鸡都是星辰。”老头儿认真地解释，然而他还在继续向前走，没有停下的意思。

这是诈骗吧。二丁先生现在已经认准了自己被骗了，什么山羊、母鸡、螃蟹、小鸟，难道是要参观农场？

参观农场可比参观这里要便宜得多了！

二丁先生心里恨恨地想着，然而既然来了，就参观一下吧，毕竟票钱已经花掉了。二丁先生心里默默地决定一会儿要狠狠地盯着这些动物，把票钱全都看回来。

又过了沉闷的几分钟，前方突然出现了光亮。

二丁先生震撼极了。

那是无数的光源，在凝滞的黑暗里缓缓飘浮着，非常宁静安详。那些星辰有的光芒热烈，有的却弱弱地安静地发着光。再抬头向高处看，有更多的星辰在飘荡着，点点连缀，几乎形成星云。那星云的形状还在不停变化着，收缩和膨胀，像一颗跳动的心脏。有一颗发光的星辰落在二丁先生脚边，光芒闪烁，煞是可爱。二丁先生止不住地心生欢喜，伸出手想要触碰它。

“别碰！”老人急忙出声提醒，但为时已晚，二丁先生又是一声惨叫：“我的手被扎出血了！”

“那颗星辰是刺猬，你碰它的话当然会被扎了。”

“怎么会是刺猬啊，那么好看的星辰，怎么会是刺猬呢？”

“是刺猬就是刺猬喽，有什么不可能的。就和刚刚的青蛙一样。”老人不以为然。

二丁先生被教训得有些脸红，好在黑暗中看不大出来：“嗯，好吧……我只是想说，这些星辰和我平时看到的似乎不太一样。”

老人看着那些星辰，背对着他：“因为啊，你看到的那些星辰，都是成熟的星辰。”

“什么，星辰也有成熟和幼稚的区别吗？”

老人在黑暗中，不知从哪里扯出两把椅子，递给二丁先生一把。

“你们平时在天空中看到的那些星辰，是成熟的星辰。”

“我没大听懂。”

“人死后会变成星辰，你知道的吧。人死之后，灵魂会汇集成光，但是需要孕育很久，才会变成真正的星辰，很多人的灵魂由于找不到安全的孕育之所，所以就在世间白白地消散了，很可惜。我和我老伴儿，年轻时，想要为这些还未成形的星辰做些什么。开始的时候……”

老头儿说到这里，突然哽咽了一下，顿了顿，才接着说。

“我和我老伴儿开始的时候，只是把我们死去的小女儿的灵魂引导到这里，她在这儿从虚无的光，最后变成了有实体的一朵蘑菇。她发出的光很美很美……后来渐渐地，我们引导了更多的灵魂，它们从一团团微弱的光，变成了发着光的青蛙、母鸡、松鼠，甚至有一个灵魂变成了一只散发着光芒的大象。”

“天哪，那一定很壮观。”

“是啊，那天晚上整个博物馆都被点亮了。我和老伴儿收集这些灵魂，后来就干脆对外宣称这里是一座博物馆，欢迎来参观。嗯，不过来的人一直很少，因为门票很贵，看星辰也不是什么有趣的事。”

“真的很有趣啊。”二丁先生看着跑过去的一只发光的豹子，插嘴道。

“谢谢你。嗯……前些年，我老伴儿也去世了，变成了光。”

“她现在应该在天上了吧。”

“不……”老人笑着，“她在我这儿。”

二丁先生有些惊讶：“这么多年了，她还没孕育成熟吗？”

“她啊，早就应该去天上了。但是她不肯，一直待在这儿陪我。她说要和我一起，手牵着手化作真正的星辰。她一直在等我。”

二丁先生叹了口气。

老人接着说：“待我把馆里这些星辰培育完全，待到他们都飞上天，我就又可以和她在一起了。”

“真好。”二丁先生不知说什么，只能感叹这么一句。因为毕竟不能祝福着说“祝你早点儿死掉和老伴儿团聚”之类的话。

“这里真的很美。”二丁先生又补充了一句。

后来，二丁先生有时在床边写东西时，也会偶尔发呆。

那个老头儿，现在已经和老伴儿一起变成星辰了吗？

天上那些亮晶晶的星辰啊，哪一只是母鸡，哪一只是山羊，又有哪一只是曾经钻进他口袋里的青蛙呢？

6 长夜里的玩具店

在古老的年代，某个国家一个偏远的小镇。小镇里最出名的是靠近某个酒肆的一家玩具店。

街上卖馒头的大娘，招牌上挂着一个憨态可掬的玩具老头儿，手里攥着一把糖果，眼神安逸慈祥。酒肆老板家的柜台上，趴着一只毛发油亮，胖乎乎的大波斯猫，许多客人结账的时候都会忍不住去摸上一把——波斯猫也是玩具。镇子上你追我打的孩子们，每人或者脖子上，或者手腕上，都戴着一个非常非常小的玩具小精灵，小精灵虽然小，但是眉眼特别精致，白白的小翅膀扑扇着，似乎没有绳子拴着，它们马上就要飞走了。大人们告诉小孩儿，这些小精灵会保护小孩子不受恶魔的侵扰。镇长家里的大院子，摆着两尊巨大的狮子玩具，又威风，又神气，守护着院子大门。

人人都以拥有一个玩具而骄傲快活着。

这些玩具，都是这家没有名字的小玩具店里的老板做的。玩具店里常年弥漫着一股中药的气味。店里很拥挤，摆放着很多很多可爱的布偶和玩具，就像一个童话王国。每当镇里小孩子放学的时候，玩具店门口的玻璃上就会趴满小孩子，睁着好奇的大眼睛向里面张望着。这时，玩具店的老板就会吹着胡子瞪着眼睛使劲儿敲打着玻璃，“哐哐哐”！

“快点儿离开我这里，别打扰我干活儿！”

于是小孩子们就一哄而散了。

酒肆是小镇里唯一的小饭馆儿，店里的厨子是一个脸色红红的老大爷，做出的肉食香味儿十足，再配上老板娘亲自酿的桂花酒，搭配几碟儿小菜，小镇里的男人们会在这里吹牛聊天一下午。

酒肆的老板娘是一个有些肥胖的妇女，她经常穿着翠绿色大裙子站在门口招徕客人，她的脸蛋儿妆化得红红的，像一个巨大的苹果。睫毛膏涂得很厚，导致她眼下总有一块黑漆漆的，类似黑眼圈的东西——这让她看起来像是长了四只眼睛。酒肆的客人喝醉了，就会嗤笑她是四眼肥婆，她也不恼，但若是厨子听到了一定会在那桌客人的菜里吐上一口口水。

酒肆只有一个小小的伙计达尔，大概也就十岁。他穿着不合身的、肥大的外套和裤子。他的衣服由于很久都没有洗过，导致已经看不出原来是什么颜色。当有客人点菜的时候，达尔就会踩着轻快的步子跑过去："客人，您要喝点儿什么或者吃点儿什么呢？"他会满脸笑容地问。

当结束一天的忙碌，达尔从老板娘手里领到当天的工资时，他会把硬币塞进上衣的大口袋，坐在散发着暖黄色灯光的玩具店门口，开心地吃着一张芝麻大饼。他把饼吃光，把地上撒的饼干渣儿和掉下来的芝麻捡起揣进衣服的另一个口袋，留着明早喂广场上的鸽子。等到暖黄色的灯光熄灭了，整条街道被笼罩在黑暗中——小镇的夜晚是完全漆黑的，没有月亮。达尔就听着自己的脚步声，踢踏、踢踏地响着，慢慢走回自己的房子，打开门，在一片漆黑中摸索着上床，盖好被子，睡上一觉。

达尔的小房子里没有灯，因为灯对于他来讲太昂贵了。

今天是达尔的生日，他觉得很快活。虽然没有人为他庆祝，他还是觉得今天和别的日子都不一样——因为他攒了钱要给自己买一个礼物。

他暗自窃喜着，干活儿就更麻利了，点菜擦桌子的时候他的眼睛都闪闪发亮。就连店里的胖老板娘都发现了他的不同：“小达尔，今天你很开心啊。”

达尔手里擦着桌子没有停，嘴里却快活地回应：“老板娘，今天我过生日呢！”达尔以为会收到生日祝福，扭头看了一眼，发现老板娘已经拖着裙子去门口招呼下一拨客人了。达尔自己乐了乐，继续擦着桌子上的油污。

下班的时候老板娘从口袋里小心地翻出了几个硬币丢给达尔，达尔和往常一样把这些钱塞进外套口袋。胖老板娘犹豫了一下：“小达尔，”她叫住了他，转身从厨房拿出了半只烤羊腿，“你是说你今天过生日吧，这个客人剩下了，你拿去吃吧。”

达尔很惊喜，拿一张纸把羊腿小心包好，对老板娘鞠了躬，笑着跑出了酒肆。

他站在玩具店前，深呼吸了一口气。终于鼓起勇气推开了门，店里和他在外面透过玻璃看到的一样，但是更加神气活现。门口那只风铃上拴着的小猴子眼睛黑亮黑亮的，看起来马上就要吱吱地叫出声，地板上摆满了各种毛绒玩具，好像很多小动物挤在一起取暖。墙壁的架子上一排排整齐地摆放着红木雕刻的人偶：骑士、国王、公主、卖风车的小贩、提着花篮的小女孩……达尔觉得自己的步子几乎迈不开了，在窗外他看到的只是一幅静止的童话图片，而当他走进这间玩具店，他感觉自己更像走进了一个童话世界。

“小孩儿，谁让你进来的？”玩具店里传来了一个苍老的声音。

“我……我想买一个玩具。”

“买玩具？哼，”那声音似乎有些不耐烦，“我这里的玩具没有便宜货！”

达尔连忙说：“我知道，我知道，我……我攒了一些钱，我想买你门口挂着的那个小熊。”

玩具店的老板似乎沉默了一会儿，然后房间里传来了穿拖鞋的声音。一个老头儿出现在了达尔面前，他胡子是花白的，乱蓬蓬地打结在一起，脏兮兮的睡帽堆在头顶。老头儿戴着一副很厚的啤酒瓶底儿似的眼镜，又大又圆。他的眉毛皱着，嘴上的胡子随着他说话一颤一颤：“小孩儿，那只小熊，我做了六个晚上，一针一线地缝了出来。它肚子里缝了一颗星星，晚上是会发光的。你有钱吗？”

达尔笑了，他从自己外套的大口袋里掏出了他攒下的所有硬币，有的硬币沾着油花儿，有的硬币上甚至已经有了锈迹。他把硬币捧在手心：“请问这些钱够吗？”

“我需要钱！你知道吗？我需要钱买材料！小熊价格是十个银币，凑够了再来！”

达尔呆呆地看着老头儿，又看了看手里那些他攒了大半年的硬币。他带着哭腔喊了一声：“你为什么需要那么多钱啊！”

老头皱着眉：“你不懂……小镇的夜晚，太黑了。”然后头也不回地回了房间。

达尔感觉自己的鼻头酸酸的，他收好硬币，转身离开了。路过门口的时候，他想再看看那只肚皮鼓鼓的，会发光的小熊。但是他硬生生克制住了自己，他打开门，关上门，下台阶，他慢慢地在黑夜里走回了自己黑暗的小房子。就着黑暗，他一点点撕下了羊腿上的肉吃掉，然后睡着了。

第二天达尔带着一对浓浓的黑眼圈去酒肆干活儿，他有些心不在焉。客人点了盐酥鸡，他却上了盘茴香花生米；客人要一壶滚烫的桂花酒，他却把从别的桌子收来的剩菜盘子端了过来。

“小伙计，你怎么回事啊？是暗恋哪个小女孩了啊？哈哈哈。”客人打着趣。

老板娘有些生气，揪着达尔的耳朵拖进了厨房。“你是不是不想干了？是我给你的工资不够高，还是给你的羊腿不够好吃？你想去别的地方干活儿你就说出来！”

达尔沉默着，手里的抹布紧紧攥着。

“你今天不要干活儿了，留在后厨帮那懒厨子洗碗吧！”老板娘说完，提起自己的大裙摆，走开了。

厨子看着达尔，对着底下堆放在一起的碗筷努努嘴：“去洗吧，小孩儿。别再惹那娘儿们儿了，她啊，就是刀子嘴豆腐心。”

达尔“嗯”了一声，卷起衣袖开始清洗底下的碗碟。

达尔正洗着，突然外面传来人群熙攘的声音，很多人在大喊大叫，厨子和小达尔都冲出了厨房，却看见老板娘正拎着一大桶水喊着：“失火啦！失火啦！快来救火！玩具店失火了！”

玩具店失火了。

大火烧光了老头儿所有的玩具，只剩下他花白的胡子和脏兮兮的睡帽。

“那些玩具啊，那老头儿做了一辈子玩具，结果最终什么都没剩下，唉……”

“是啊，太可惜了。”

“不过反正我也没有钱买，太贵了！那老头儿攒了一辈子钱，就是个守财奴！”

“我猜啊，就是因为卖得太贵，上天才让它起火的。”

“上天？我猜啊，是哪个人放的火……”

“嘘……你也真懂，哈哈哈。”

达尔再次上班的路上，他站在被烧毁得只剩下一片废墟的玩具店门前，听到人们小声议论着。

他揉了揉眼睛，低着头转身钻进了酒肆。

日子还是照样过着，达尔每天依旧忙碌，点菜，擦桌，洗碗。晚上从老板娘的手里接过工资，买一张大芝麻饼，蹲在玩具店门口一点点吃掉。不过现在的玩具店只剩下废墟，不再有柔和的灯光，不再有一个童话王国。他沉默地吃完，再沉默地走掉，沉默地在漆黑一片中入睡。

有时候他下班，蹲在台阶上吃饭的时候，会看见那老头儿佝偻着身子，在玩具店的废墟之中寻找着什么，然后塞进背后的包里。

有的时候他上班，路上会看见老头儿张着大嘴打着哈欠，穿着条纹睡衣从街上缓缓走过。

很多天过去了，很多个月过去了。小镇上的人渐渐习惯了没有玩具店的日子。卖馒头的大娘的招牌上换了花朵装饰，酒肆的柜台上，老板娘放了一只镀金的蛤蟆，听说可以招财。小孩儿手上、脖子上没有了小精灵，取而代之的是一跑动就会叮当响的铜铃，防止小孩子跑丢。镇长家的大院子里新养了两只巨大的看门狗，汪汪叫着。晚上没人敢从他家门口路过。放学的小孩儿你追我赶地从玩具店门口跑过，再没有一次驻足。

当达尔再次吃完芝麻饼，他用手拍拍外套上掉落的饼渣儿，皱着眉站起准备离开的时候，他突然发现，小镇的夜晚明亮了起来。

从小镇的西边，一只柔和的、散发着暖黄色光芒的巨大的熊缓缓升到空中。

猛然间他感到自己的心脏被狠狠攥住了，他拼命地朝着熊的方向跑去。终于，他看清楚了那只熊的全貌，那是用一些碎布片缝起来的一只巨大的熊，它的肚子鼓鼓的，眼睛黑亮，缝它的布片有的已经被烧得发黑。但是达尔仍然看得出来，就是那只小熊——不过，和他曾经在玩具店看到的不太一样的是，这只小熊，不，大熊，戴着一顶脏兮兮的睡帽。

达尔看着小熊一点点飞上了天空，停驻在小镇上空。街道不再漆黑，他看着柔和的光洒满街道，他踩着这光回家。光芒透过小窗子，投射在达尔的床上。达尔看着窗外的那只熊，一直看着。然后他揉了揉眼睛，睡着了。

小镇从此再没有漆黑的夜。

7 森林蚊身馆

在慷慨赴死之前，我决定去搞一个文身。

我的小店赔了个底朝天，借的高利贷也完全还不上。高利贷主人叫我明天去和他面谈。

面谈。

面谈个球啊！是不是要殴打我！我会像电影里一样被掰断胳膊、腿之类的扔到楼下花圃里被流浪猫踩吗？

我不想被流浪猫踩！它们的爪子很臭！

言归正传，我从小到大都是一个好孩子，模范标兵，五星红旗护卫队队长，国歌领唱……长大后经营一家水果小店，本想安安分分赚点儿小钱，娶个温柔的妻子，过上小康生活。但生活却并没那么如意。

在生意不太好的情况下，我借了些高利贷，本想靠这些钱重新装修店面，进些好货，没想到还被供货商骗，进来的水果都烂掉了。

现在欠款到期了，高利贷主人叫我去面谈。

慷慨赴死吧。

……慷慨赴死个球啊！我很害怕！

完全没有和这种人打交道的经验，怎么样才能显得自己有底气？怎么样才会让对方觉得我不是箱底被压烂的西红柿？

思来想去，我决定去弄个很酷的文身，壮壮㞞人胆。

网上查了下，酸古山脚下有家“森林蚊身馆”，价钱比较便宜。不过，酸古山这地名有点儿奇怪啊……似乎在哪儿听过关于它奇怪的传闻来着。

不管那么多了，明天是最后期限。我打了个出租车就到了山脚下。

地图上标注着，那家店就在一个小院儿里。我在森林边缘下车，走了大概三分钟吧，远远地看见一个小院子，再走近点儿，看到院子门口的阔叶树树干上用细铁丝拴了块敷衍的牌子：森林蚊身馆。

怎么还有错别字？

心里嘟囔了一句，还是走进院子。推开小屋的木门，屋里却空无一人，却也不像早就倒闭的样子，屋内无论是沙发或者小桌，都干净得很。

难道主人上厕所去了？随便找了个沙发坐着，寻思着点根烟等等，刚把烟点着，却听见沙发底下传来一个嘟嘟囔囔的声音：“客人，不要吸烟啊，烟味儿熏得在下嗓子疼。”

哪儿？哪儿来的声音？

低头，一只肚皮很肥大的胖青蛙艰难地从沙发底下探出头来，爪子里还攥着块抹布。

“沙发底下太脏了，在下正在擦。客人先把烟熄了，咳咳，在下有咽炎。”胖青蛙说。

“哦哦，好的好的，不好意思。”我赶紧在小碟子里摁灭烟头。

青蛙从沙发底下钻出来，用爪子掸掸肚皮上的灰。“客人来文身？”

“是的，我想文一个酷一点儿的文身。”

“您先坐着，我去叫文身师过来。”胖青蛙把抹布在肩膀上一搭，蹦跶蹦跶地跳到门外去了。

哦，原来青蛙也是有肩膀的。

在沙发上傻坐了一会儿，等得我有点儿困了，才听到门外传来嗡嗡嗡的声音，还有吧嗒吧嗒的，似乎是肚皮砸到地板上的声音。

向门外一望，可把我吓坏了，我的妈呀，哪儿来这么多蚊子！一小群蚊子嗡嗡地向我扑过来。胖青蛙依然蹦跶着，每蹦一下，它的肥肚皮就撞一下地板。“客人，客人，别赶走文身师啊！”青蛙喊着。

我放下手里的沙发垫。

“你说这些蚊子是文身师？”我指着那群蚊子。

青蛙一副理所应当的样子，已经跳上了桌面，撕开一片湿巾擦了擦自己的白肚皮。“客人，要不然咱们怎么叫蚊身馆呢？咱们的文身师傅就是蚊子呀。”

这时这群蚊子也落在桌面上了，我从上衣口袋掏出近视眼镜仔细看，却见桌上的每只蚊子腿上都拎着一个小桶，里面是不同色的颜料，蚊子嘴也比平时看到的要长要尖，看起来像针头似的。

“这位客人要文一个酷点儿的文身在胳膊上，你们准备下。”青蛙对着蚊子指挥着，然后转过身来，指指自己的雪白肚皮，“客人，请把手腕搭到在下肚皮上吧。”

胖青蛙说完，就四爪摊开躺倒在桌面，一副恪尽职守的样子。

我看着它的雪白肚皮，特别像一个放大版的汤圆，很柔软的感觉啊。于是听话把手腕搁在它的肚皮上，好凉快，而且那种柔软的感觉从手腕蔓延开来，顺着一条细线，绵延到全身，感觉整个人掉进了大白鹅的胳肢窝里。

几只蚊子用它们长长的嘴吸食颜料，一只只飞到我胳膊上，长长的嘴扎进皮肤。居然不怎么疼，反而有些麻麻的，很舒服的感觉。我想可能是蚊子嘴里含着麻药的原因。

“客人，您可以闭眼休息一会儿，请相信我们的文身师傅。”青蛙在我手腕下说。

这样，我闭上眼，不知不觉睡了一觉。

再次醒来，蚊子们已经坐在桌子不远处盘腿喝茶了。胖青蛙在我手腕下伸了个懒腰，揉揉眼：“我也睡着了。”

看来是文好了，我怀着激动的心情往胳膊上一看。

一个非常漂亮的，颜色鲜艳的，看起来口感润泽的，草莓。

栩栩如生。

“你们就给我文了个草莓？我要酷酷的文身，就文了这个可爱的红草莓给我？！”我声音都颤抖了。

蚊子转过头，比较大的一只端着茶杯走过来，拿着一个扩音喇叭：“客人，草莓很酷啊，你为什么觉得草莓不酷呢？”

“草莓不酷好吗？！我现在看起来像个少女！”我咬牙切齿。

“不不不，”蚊子晃晃它的腿，“客人，草莓作为我们蚊子的图腾，是很酷的东西呢，它象征着丰收，好运，不会被人类轻易拍死……总之啊，草莓是很好很好的。”

它说得也蛮有道理，我不禁有些动摇：“这草莓会让别人怕我吗？”

“放心吧，”蚊子又嘬了口茶，“草莓是很好很好的，大家都会爱你的。”

看着胳膊上那个草莓文身，我揉了揉睡得落枕的脖子：“好吧，这可能就是命运吧。”

“三百块。”蚊子说。

还好不太贵。

第二天确实见了债主。

那日这废弃的厂房，阴暗的气氛，走路间脚步的回声，我好害怕，胳膊上的草莓很红，很红，丝毫没带给我安全感。

时至今日我依然心有余悸，然而令我没想到的是，在和债主谈判的过程中，她居然很宽容地暂缓了我的还款日期，并且称赞我的文身很漂亮。

“文草莓的男人，蛮酷的。”我走的时候她这么说。

再后来，她成了我的妻子。

然后我俩一起重整旗鼓，把水果店重新开张，在黑道老大的她的威慑下，我再没被供货商骗过。

“那家水果店的水果都很好吃呢，连老板胳膊上都文着草莓，看着啊，就让人心情好！”

大家这样一传十，十传百，我的小水果店生意越来越好。

偶尔燥热的夏夜，我和妻子躺在床上，有蚊子嗡嗡嗡，妻子想要点燃蚊香，我却阻拦了她，打开窗子，用毛巾赶走它们。

还有雨后窗外的蛙鸣，每次听到，都会让我回想起那只胖青蛙。

肚皮真软。

不过还有一件事令人困扰，我的妻子养了只胖猫，偶尔会被它的爪子踩醒。

猫的爪子，果然很臭啊。

8 卖关东煮的先生你慢些走

遇见卖关东煮的先生时，二丁先生正从面试的公司出来，满腹忧伤。

起了大早赶地铁来这边，早上又没吃饭，等待面试花了很久，又被面试官一通考问，现在头晕目眩，太阳穴好像有只兔子在蹦跶一样。

拎着文件夹沿着楼下的路慢慢往回走，二丁先生来的时候天刚刚亮起来，而出来的时候太阳已经渐渐西落。

好饿啊。

前几日二丁先生刚刚看了久住昌之的《孤独的美食家》，好像只要孤独的男人走在路上，总会遇见可口的小店，进去饱餐一顿，老板娘心情好，说不定还能送些萝卜泡菜之类的小菜。这种错觉在日落西楼的黄昏，在二丁先生昏沉的脑子里渐渐发酵。

“先生，先生！”

有人在叫我吗？

二丁回头，发现是一只灰刺猬，气喘吁吁地推着一个小车，正叫他呢。

“是刺猬啊，有什么事吗？”

灰刺猬用粗短的小胳膊擦掉额头的汗，喘了会儿粗气，这才闷声闷气地说：“您能帮我一个忙吗？”

“怎么啦，我怎么帮你呢？”

“是这样的，”灰刺猬指指自己的小车，“是这样的，我有一个小吃车，在车上卖关东煮……”

“哦，是关东煮吗？我要白萝卜、香菇、鱼豆腐，还有海带！海带！”二丁的确是饿得不行了。

灰刺猬顿了一下，有些尴尬地说：“这些确实可以卖给您，但是需要您的帮助。”说着，它转过身来，却是满满一后背的关东煮材料。

“您能帮我把背后的材料摘下来放进小吃车上的煮锅里吗？”

二丁先生觉得，这也没什么难的，就放下文件夹，帮灰刺猬把后背背着的关东煮材料摘下，放进煮得沸腾的汤锅里。

没想到啊，灰刺猬的背那么小，却背着那么多好吃的呢——鱼丸、豆腐串、蟹仔包，甚至还有芝士香肠，种类丰富齐全。

不过啊，二丁毕竟没有从刺猬背上拿东西的经验，不小心弄断了好几根刺。

“我太笨了，把你的刺都弄得不好看了。”

二丁先生嘴里塞得满满的，坐在小吃车旁的马路边，手里满满一大碗关东煮，吃得喷喷香。

灰刺猬却很和善：“没关系啊，我自己用夹子夹下来时，也会弄断它们，没关系的。我还要谢谢您呢。”它手里的长筷不停地在锅里翻着。

灰刺猬的关东煮真是香啊，不知道它用了什么秘制的汤底，海带结又糯又滑，鱼豆腐口感软绵。

“你做的关东煮很好吃。”

“是啊，我们刺猬是很会做菜的。”

“应该赚了很多钱吧，不像我，现在连工作都没有。”二丁先生叹了口气，吸溜吸溜地把碗里的汤底喝掉。

“唉……”灰刺猬叹了口气，摇摇头，继续为客人做着关东煮，没再接茬儿。

这是怎么了？难道和刺猬谈钱是禁忌吗？二丁先生有些尴尬地摸着头。手里这碗关东煮还没付账，但是刺猬一直忙着帮别的客人递食物，似乎没有时间来理他。

“爸爸，爸爸！”

从远处传来一个稚嫩的声音，灰刺猬很明显地，手上的筷子一抖，一粒鱼丸掉进锅里，溅起几滴水花。

二丁手里捧着汤碗，循着声音来处看过去。

是一只金色的小刺猬啊。

它的刺即使在傍晚，这种阴暗的光线下，仍然看起来金灿灿的，漂亮得像个闪闪发光的储蓄罐。

“爸爸！”小刺猬很快就奔跑过来了（二丁先生也没想到，为什么这么短又粗的小腿能跑那么快）。

“爸爸，给我钱！最后一次！”

灰刺猬笑眯眯地，从口袋里掏出很多零钱：“拿去吧。”

那金色的小刺猬一咧嘴，笑嘻嘻地接过钱跑开了。

“要不要吃些鱼丸啊？”

“不要啦，我吃饱才过来的！”远远地，传来小刺猬的回答。

“我儿子，好看吧。”灰刺猬先生转过头对二丁说着，它这时似乎心情很好。

“是很好看，金色的刺猬很罕见啊。”

“那是，遗传了我强大的基因哟。”

二丁再次看了看它的灰色的暗淡无光又歪七扭八的刺：“你是说……你也是金刺猬？”

“废话啦，不然我怎么生出这么漂亮的金刺猬儿子？”灰刺猬先生一脸得意。

“好吧……不过你们的关系看起来有点儿奇怪。”

“嗯，是，我和它妈妈离婚了……它现在在我前妻那儿住。”

“所以你的钱都给了它是吗？”

“它需要定期护理它的刺啊。”灰刺猬先生理所当然的语气。

二丁先生觉得这很没道理，用辛苦赚来的钱供这么小的孩子挥霍。

“这么小的孩子就知道臭美了……”二丁摇摇头，把饭钱结了，慢慢走回家。

日子一天天过去，二丁先生终于找到了一份还算称心的工作。

只是有一天下班，看见广场的大荧幕上，正播放着一个幼儿园的情景剧。

几只小刺猬在太阳底下快乐地做着游戏。二丁先生本来也没太在意，这种剧实在太多了，对于成年人来说无聊又乏味，只适合参演孩子的家长拿着这种情景剧的DVD向亲戚们炫耀。

然而，那身后的布景却突然吸引了他的目光。

那是多漂亮的太阳，那金色既不刺眼，又充满了温柔的力量，不，简直不能用漂亮来形容，那是一种真正的美感。

二丁看得入了神，突然发现那太阳似乎动了一下，又动了一下。啊！他认出来了！那不就是那天，关东煮小吃摊老板的儿子吗？！

金色的刺猬扮演太阳，简直最合适不过了！

屏幕里镜头从近处拉到远处，给到观众镜头时，能看到一个灰不溜丢的刺猬的身影，后背还扎着一个可能忘记摘下来的海带结。

二丁站在屏幕外，看那只灰刺猬。

那只灰刺猬站在台下，看台上那只金刺猬。

那是它的太阳。

9 耳神

和阿卤约了去公园喝茶看戏，提前感受老年生活。酸古公园的老茶园在一汪小水塘旁，茶园的栅栏旁竹子绿得好像要滴落汁液，坐在藤条编制的椅子上，喝大碗茶，听阿卤侃大山。

桌子下我已经偷偷脱掉鞋子，让我的脚出来放放风，小风在我脚指头中间钻来钻去，整个人都放松下来。

正感叹着，一个穿着长褂子的白胡子老头儿敲着小钵儿就过来了。腰间系着一个四方的小盒子，手里一支长长的……掏耳勺。老头儿笑眯眯地在我面前站定："两位姑娘要不要掏个耳朵啊？很舒服的。"

"掏耳朵啊，话说确实好久没掏过了，最近感觉耳朵痒得很。"阿卤念叨着，白胡子老头儿立刻凑到阿卤身边……对我没有丝毫留恋。

"姑娘，我看你一表人才，天庭周正饱满，是大富大贵之相啊。"老头儿一边准备工具，一边笑眯眯地恭维着。

"那当然。"

老头儿应该完全没想到这是个脸皮论平方米计算的主儿，尴尬了一下，咳嗽两声。从背包里捞出各种器械，开始掏耳朵，嘴里还絮叨着："姑娘，是本地人吗？"

"不是。"

“啊，外地人在我们这里啊，房租越来越贵啦，一个小姑娘生活挺累的吧。”

“不贵，我赚得多。”

老头儿又噎了一下，我在这边茶叶已经呛进鼻孔好几次了，老头儿居然依旧面不改色心不跳，仙风道骨，手中长长挖耳勺稳如泰山。他继续问：“姑娘，做什么工作啊，这么赚钱？”

“卖艺。”阿卤挖了下鼻孔。

“卖艺？您也是手艺人？”老头儿一副意料之外的样子，我在对面差不多笑岔气儿。阿卤是个酿酒师，平时接些酒店约的特制酒品，这姑且，嗯，姑且算卖艺吧。

“家住附近吗？”

“啊，就酸古小区。”

“不错啊，”老头儿笑呵呵地，“那个小区环境很好，治安也不错。”

阿卤“嗯啊”地答应着，看样子她已经全身心投入掏耳朵的境界感悟中了。闭眼凝神，表情安详，如果现在天空打下一道闪雷刚好劈了她，我绝对会相信她羽化登仙去了。

老头儿手上的掏耳勺灵活转动，忽地一停，将掏耳勺末端放在眼前仔细端详。“不对，不对啊，姑娘，你这耳朵里有陈年耳垢，再不处理会危及听力的，要我说这么漂亮的小姑娘，年纪轻轻就失聪，实在太可惜了啊。”

阿卤翻了个白眼儿，她也是心直口快的主儿。“要加钱吗，提供什么特殊服务啊？”

老头儿此刻却一本正经了起来，捋着胡子，目光空旷而寂寥。“你我同是手艺人，应当知道，手艺人有手艺人的坚持和信仰，我是真的发现你耳朵里有问题。姑娘，你妄加揣测，伤透我心啊。”

“加多少钱？”

“二十。”

“成。”

老头儿又闭嘴了。不过这次架势摆开，只见他双手挥出一条残影，唰唰唰唰，在茶桌上横起一排奇怪器具，我赶紧把我那杯大碗茶端进怀里护着。

老头儿摆开他的工具后，小心地解开腰间四方盒子上的蝴蝶结，从盒子里扯出半指宽的小小绳梯，系到阿卤耳朵上。他屈起食指，在盒子上敲了两下：“起床干活儿了，孩儿们。”

盒子里传来窸窸窣窣的声音，一个比蚂蚁还要小一点儿的小人儿探出脑袋（不仔细看真的会以为是蚂蚁），东张西望了一会儿，然后摆摆手，很快，更多的小人儿爬上绳梯，顺着绳梯爬进了阿卤的耳朵。他们中间还有人带着小斧子、小锤子呢，这没问题吧。

老头儿得意地看着惊讶的我：“这可是我的独门手艺，这些小人儿啊，是我养的耳神，最擅长帮人掏耳朵啦。”

话正说着，阿卤的表情变得微妙起来，她严肃地看着我：“我耳朵里好像施工现场……我要是死了，你马上抱紧这个老头儿然后报警。”

老头儿大惊失色，连连摆手：“不行，我家里有老伴儿了。”

我没心思听这两个老不羞胡侃，心思已经全在那些叫作耳神的小人儿身上了。

那些小人儿动作很麻利，源源不断地将耳垢分解成小块儿运出，动作井然有序，分工明确，十分爱岗敬业的样子。

“哎，不对啊。”我发现了一个蹊跷之处，“既然是耳神掏耳朵，那桌子上这些工具是用来干吗的？”

老头儿又开始眯眯眼，嘴角含笑：“没别的，展示一下无影手。”

按每分钟吃一块茶点心计算，数数桌上的空盘，大概过去十分钟。老头儿又“当”的敲了一下他的小钵儿，把已经睡得口水流了一衣襟的阿卤震醒。

“咋啦咋啦？酒店来人揍我了？我就知道上次酒里胡椒粉放多了！”阿卤一哆嗦惊醒。

“姑娘睡得好吧，”老头儿伸出手掌在她眼前晃了晃，“耳神掏耳朵是很舒服的，睡过去也正常。嗯，掏耳朵十块，耳神服务二十，一共三十块，请付费。”老头儿已经完全一副生意人的样子了，刚才那仙风道骨的神棍仿佛从未存在过。

“哈哈哈……”我指着阿卤胸口的口水几乎笑得背过气去。没想到祸从天降，阿卤豪气干云地甩出一张五十的：“不用找了，帮我对面那个也掏掏，估计她耳朵里的耳屎都能筑长城了。”

今天又是周末，正躲在家里做蜜汁鸡翅呢，突然接到电话，是阿卤。

这是我最近最不想联系的人。我又回想起那天下午那段屈辱的历史，在阿卤的金钱诱惑下，慈眉善目的老头儿终于还是把我的耳朵给掏了，那些盒子里的小人儿也进入了我的耳朵，搬运出一坨又一坨不忍直视的耳垢。后来，我也不争气地睡着了，睡相还被阿卤照下来当作威胁，要我请她吃大餐。

电话还在坚持响着，叹息一声，还是接起来。

“喂，哦，是阿卤啊，怎么了？”我把电话夹在耳朵和肩膀中间，手里端着刚刚烤好的、表皮焦酥、还在盘子里嗞嗞响着的鸡翅。

“亲爱的！我家进小偷了！”

“别逗了，小偷偷你什么？你冰箱里一堆的垃圾食品？还是你柜子里珍藏多年的老白干？偷走你酿酒用的一堆调料？你个穷鬼平时还要我救济，小偷拿走你唯一一条草莓花内裤了是吗？”

阿卤的声音突然变得严肃起来：“我说真的，我家出事了，你快来。”

我揣起鸡翅下楼打车，一气呵成，然后疯狂砸着阿卤家的门。

没事吧，没事吧，一定没事吧？

然后阿卤敷着一脸黄瓜仰着头给我开门了。

哦，果然没事。

“阿卤你今天要不说清楚，我怀里这一包刚烤好的蜜汁鸡翅你一块也别想吃。”我怒了。

阿卤拽着我在沙发坐下，依旧仰着头，眼神放空，呼吸声绵长。

不是真要成仙了吧，那这一包鸡翅可归我了，我窃喜着。

“不知道怎么说起啊……你还记得那天咱们一起在公园掏耳朵吧。”

我当然记得。

“那个老头儿，有阴谋。”

悬疑的气氛鼓胀起来了！

“我，逮住了几只耳神。”

“啥？！”我真的惊讶了。

阿卤继续仰着脸，伸手在沙发下面掏啊掏，在相继掏出一条耳机线，三个鼠标垫，两个遥控器和八条没洗的内裤之后（你不是说你只有一条吗？年轻人，别太较真儿嘛），她终于掏出了一个脏兮兮的玻璃瓶递给我。

这个玻璃瓶上落了许多灰，封口的木塞看起来很结实，我拿出一张纸巾把上面的灰擦干净，果然！果然里面有很多细小的、蚂蚁似的东西……不过已经不动了，好像是死了。

“啊啊啊，阿卤，你把耳神弄死了啊！！！”我把阿卤眼睛上的两片黄瓜摘下来，玻璃瓶举到她眼前晃啊晃，玻璃瓶里的黑色颗粒簌簌地响着。

她拿在手里仔细看了眼：“哦，拿错了，这是我装黑胡椒的瓶子。”

够了。

估计她也觉得再这样下去鸡翅肯定是吃不到的，她从桌子上拽了个果盘捧着，然后使劲儿把敷着黄瓜的脸向果盘里一扣，再见她，脸上已然水分充足宛若蜜桃了。

“瓶子在我床头呢，跟我来。”

玻璃瓶里，几个小人儿正在叠罗汉，妄图逃走。

“说，你们是什么人？有什么阴谋？”

“我们是耳神，我们是来这里偷东西的。”几个小人儿齐声说。

真诚实啊，我和阿卤齐声赞叹。

“是那老头儿派你们来的吗？！”我继续审问。

“不是，那天帮这位小姐掏耳朵，我们几个偷偷留下了。”

怪不得。

“你们来阿卤家里想偷什么？”

“听说阿卤小姐很富有，我们想要阿卤小姐枕头里的一根鹅毛。”

阿卤的脸色丝毫不变：“我枕头是荞麦的。我奶奶缝的。”

几个小人儿立刻沮丧了起来，身体软软地趴在玻璃瓶子里，再不愿说话的样子。

我突然想起上个月发稿费，刚好换了套新床品，自己的新枕头就是鹅毛的。“你们要鹅毛干吗？”

一个小人儿站起来，仍然沮丧：“老先生赚钱养家，晚上睡不好觉，听说把女孩子的鹅毛枕头取出一根鹅毛，缝进睡觉的被子里，会做香甜的梦呢。”

“是啊，漂亮女孩子枕头里的鹅毛对治疗失眠有奇效。”

“可惜这个小姐没有鹅毛枕头……完蛋了，还被捉住了，老先生会很担心，呜呜呜。”

几个小人儿又悲伤起来。

这是哪里听来的怪习俗啊，我撇撇嘴。阿卤拽拽我的衣袖：“喂，姑且给它们一根鹅毛吧，不然这群小人儿回去，说不定要挨骂呢。”

“打车费你付。”

这就是耳神的故事啦，小人儿后来举着我的鹅毛开心地走了，应该是回家了吧。女孩子枕头里的鹅毛，真的会帮助失眠的人吗？谁知道呢。

不过这次烤的鸡翅倒是很好吃，我和阿卤每人吃了二十几个。

第二天清晨，老头儿打了个哈欠，揉揉眼睛起床。几个小人儿兴奋地跳着脚：“先生，先生，您昨晚睡得好吗？”

老头儿摸摸胡子：“嗯，倒是没有失眠……不过昨晚梦到好多没翅膀的鸡来围攻我，吓得我跑了一夜，现在倒是有点儿饿了。”

被神

10

灯光昏黄的窄窗。

窗边的摇椅里，坐着一个头发灰白的老太。摇椅轻轻地晃动着，壁炉里的火就快熄灭了。她手里捧着一张照片，那是她死掉的老伴儿和她的合影。

老太看着看着，眼泪就掉下来了，眼泪落在相框上，滴答滴答的。

天气越来越冷了，老太把腿上的毛毯向上拽了拽，但仍然觉得冷得发抖。她抽抽鼻子，从摇椅里起身，小心地把相框放回书架，然后摸到床上，一头栽进被子里。

很久没晒被子了啊，她嘟囔一句，都不暖和呢。

似乎是一个普通的清晨，老太突然被“笃笃，笃笃”的声音吵醒，她睁眼看声音来处，却是一只圆滚滚的麻雀站在小窗外，小小的喙轻啄窗玻璃，“笃笃，笃笃”。

老太下床，掀开窗。那只有些胖的麻雀歪着头，眼睛黑亮。

“请问有什么事？”老太问。

“是这样的，我是被神，想向您推荐我们的新被芯。”

麻雀背后传来一个闷闷的声音，一个橘子瓣那么大的小人儿从它后背厚厚的羽毛里钻出来。

他披着厚厚的红色斗篷，腰间系着一个印着绿色山羊图案的腰包，头上戴着尖顶礼帽，帽檐上沾了很多细细的落雪。

“呀，是神灵啊，快进屋吧，现在外面真的很冷。”老太赶紧招呼着。

就这样，小人儿和麻雀都进入房间了。麻雀蹲在圆桌上吃着一小盘谷子，老太用小孙子的玩具杯为被神泡了杯热可可，被神盘腿坐着。

“最近天气真是冷啊。”

“是啊，晚上睡觉都觉得冻得发抖呢。”

“用我们的被芯吧，保准你睡觉浑身都暖洋洋的。”

被神积极地推销着。

这真的是神吗？不会是推销的骗子吧，老太暗自想着。

不过被神很快就在自己的小腰包里翻找起来。

“不要怀疑，这是世界上最好的被芯。被芯里的羽毛都是由我们国家最勇敢的被神，深入森林，向使徒鸟讨来的。

“我们会为使徒鸟唱歌，尤其是即将生产的使徒鸟，听了我们的歌声，就不会难产了，作为谢礼，它们会拔下最靠近心脏的一绺绒毛送给我们。你知道吗，靠近心脏的绒毛，是最炙热的东西哦。然后被神带着这些绒毛回国，先浸泡在云朵池里使绒毛更加柔软，然后放在最靠近太阳的地方晒三天，让它们充分吸收阳光，最后在星光最盛的夜晚，把绒毛缝进布口袋里……总之，这真的是很好的被芯。”

被神信誓旦旦伸出手，手心里躺着一块小小的糖块儿似的被芯。

老太扑哧一声笑了出来。

“嗯，我相信你们做的被芯是很好，可是你看看我，”老太指指自己的身体，“我这么大，你们做的被芯这么小，真的没办法盖啊。”

被神摆摆手："那不是问题，你看。"他把手里的被芯轻轻抖开，被芯随着他的手晃动，越来越大，越来越大，很快就比被神，比麻雀都大了。老太赶忙接过被子接着抖了起来。

被芯变得越来越大越来越蓬松，终于，在老太的手中，那被芯变得和她原本的被子一样大。

被神在一旁低声说："是吧，真的是很棒的被芯，买吧，买吧。"

想不到啊。老太吃惊地摸着手里纯白柔软的被芯，这么轻，这么柔软，做得太精致了。

"请问……这么棒的被芯要多少钱呢？"

"只要五千块。"

"是啊，这么棒，确实值这么多钱，"老太感叹着，"不过我没有那么多钱了，我一个人生活，并不是那么富裕。"

被神为难起来，手里的热可可也喝不下了。"您还有其他珍贵的东西吗？我们可以接受交换的。"被神的小脑袋巡视着整个房间，定格在书架上那个漂亮的相框，"那个相框，可以用来交换吗？"

老太抬头看向书架，她和老伴的合影，那是她最珍贵的东西了。"不行，不行，"老太摇摇头，"不能给你那个。那是我生命的一部分。"

被神有点儿失望，不过他的目光很快定格在一盆已经枯萎的忘忧草上。他兴奋地指着："那个……那个植物，可以用来交换吗？"

老太看过去："那个啊，那是我老伴儿生前照料的一盆忘忧草，虽然忘忧草很珍贵，可惜他走后我对照顾植物又很不精通，现在已经枯萎了……你要枯萎的植物有什么用？"

"大用处，"被神搓手，"当使徒鸟的绒毛浸泡在云朵池里时，放一些忘忧草进去，会使被芯散发一种香香的味道，闻着睡觉会睡得很香。”

“好吧。”老太将枯萎的忘忧草摘下，递给被神，被神折啊折，将一整株都塞进他印着绿山羊图案的腰包里。

被神站起，向老太鞠了一躬。“谢谢您啦，太太，”他说，“那我就先走了，还要去下一家看看。”

“不在这里吃午饭吗？中午打算做些小鱼饼。”老太挽留着。

“不啦，不完成任务的话，回去要被其他被神嘲笑了……嘿，不过这次我得了忘忧草，算是立功啦，再次感谢您，再见。”

被神又钻进麻雀背后的羽毛，麻雀跳到窗台，张开翅膀，渐渐在飘雪的天空变成一个黑色的小点。

“真忙碌啊。”

晚上，老太盖着装了新被芯的被子，怀里抱着相框，睡得很沉，很香。

她梦见自己坐在一整片飞翔的云里，她的老伴儿在旁边笑着。她想问，我们去哪里呢？

但她最终没有问，可能是因为周遭的风景太美，也可能是老伴儿在她额头，印下了一个柔软的吻。

11 飞行和太阳以西

【一】

故事的一开始，我要告诉你们，关于这个小镇的一些故事。

小镇在世界尽头处，与世隔绝。

现在正是春天，街边蛋草花都长出来了，这种花在小镇很常见，粗壮如拇指的花梗，花托是碗状，碗里盛着花蜜。人们在街上走的时候经常能看到嘴巴尖尖的牙签鸟爪子捉着花托，撅着肉臀吸食里面的蜜汁。小镇里的人偶尔也会把这种蛋草蜜放进甜点里增加风味。夜雨初晴的早晨，闲散的上班族有时随意摘下一朵，指尖捏着花托下的梗，一口饮尽，花蜜混着雨水，刚好不那么甜但又意外的清冽，提神醒脑，吧嗒吧嗒嘴，继续前行。

整个镇子被一条小河贯穿，小河从小镇西，山那边流过来，河水并不湍急，水也很浅。河安静地流过小镇，有时候不注意，你甚至感觉整条河已经陷入了睡眠。

河畔此时的草地绿色尚浅，清晨有些露水挂在草叶尖，一个男孩坐在河边，背带裤裤腿高高挽起，露出苍白的小腿，而深小麦色的脚却伸进河水里，无意识地晃动着。有条青色的小鱼试探着接近他的脚趾，在脚边盘旋几圈，不知想到什么，甩着尾巴逃走了。

男孩仰着脖子，和脚同样颜色的小麦色的脸对着天空。今天的天很晴朗，阳光充足，偶尔有大鸟飞过，他的眼神就会追随着鸟，直到鸟消失在云里。不知发呆了多久，阳光越来越刺眼，他闭上眼睛小憩。过了一会儿，他忽然感觉脸上一阵清凉，原来是姑妈站在他背后，把他嵌进了影子里。

“布索，河水很凉，想下河还要过些日子呢，回家吃早饭吧，我做了南瓜馅饼。”姑妈说。

布索闭着嘴巴，将河水冲刷得颜色略微发红的脚丫缩回，他用手拽了身旁一把草叶随意擦了擦脚上的水，放下一只裤腿，又放下另一只裤腿。姑妈在原地静静地等着他，他沉默地站起，跟在姑妈后面回家。草地上，他的影子和姑妈的影子叠在一起。

路上，姑妈又在路边顺便采了几朵蛋草花做早餐的饮品。

回到家，饭桌上大家已经到齐了。丁可表妹、姑父、姑妈的情人、姑妈情人养的比斯猎犬，大家整齐地坐在长桌前，他的座位空着，上面铺着一张灰色的软垫。他坐在垫子上，吃起面前的南瓜馅饼，盘子旁的玻璃杯里是姑妈刚刚倒的蛋草花汁。

“布索，过几天学校开学，你准备准备也去上学吧，虽然你是哑巴……”说到这儿，姑父被姑妈瞪了一眼，但他停顿了下，还是接着说，“……虽然你不能说话，但是听课还是没问题的吧，多学点儿知识，不要在家里无所事事。”

布索的刀在盘子里用力割着，南瓜饼被他切成了一个大圆形和若干个五角星形状。对于姑父的话，他没有反应。而随着手臂的用力，他的盘子发出吱嘎吱嘎令人身体发酸的声音。

房间里气氛突然有些尴尬，姑妈的情人晃着上面还插着一块馅饼的叉子，打起圆场："布索还小呢，明年再入学也好……都好，都好，哈哈。"

丁可表妹不服气地插话："叔叔，我去年可就上学了，哥哥现在还不上学，就是坏孩子。"

那只比斯猎犬的嘴戳进盘子里，鼻孔里都是馅饼渣儿，它甩甩头，狠狠打了个喷嚏。

姑妈用勺子敲了敲盘子边，皱着眉。

大家安静下来，饭桌上只剩下令人沮丧的咀嚼声。

姑妈身后的窗子外，一只黑色的大鸟的脸贴着窗户，布索看到它黑亮的眼睛和酒红色的鸟喙。

"云上最近很潮湿，太阳好热，镇子西头的森林边缘我看到白花开了，我数了数，有六个花瓣。我的嘴为什么这么红，因为我爱美。黑色的羽毛好吸热，春天还好，夏天就更难熬了。小镇河里有一种红色的鱼，吃起来很辣，骨头也硬，上次吃的时候一不小心被你邻居家的猫吓一跳，一根鱼刺卡在嗓子眼儿里，好几天缓不过来，真是倒霉。最近翅膀下新长出一根白色的羽毛，想了想，与我曼妙的身姿不甚相符，狠狠心啄掉了，说起来还真是疼啊。哦，那根羽毛你想要吗，我丢在窗户根底下了，你自己来取。"

布索盯着那只黑色大鸟的嘴，看着它一字一句地说道。

他不着痕迹地点点头，把溜到手臂上的背带裤的带子扶回肩膀。然后放下叉子，走了出去。

他先是在街上走了一圈，然后又去河边坐了会儿，看了会儿河里的鱼，然后小心地避开院子里那只狗，溜到墙根下，那根白色的羽毛隐蔽地藏在草丛里。他攥在手心，左右看了看，然后塞进肚子前的兜里。

布索坐在床上，手里托着根白色的羽毛。

随着夜色渐浓，羽毛上的光芒开始明亮起来，待午夜十二点，秒针的咔嚓声响起，那根羽毛在他手上悬浮起来，像一个指南针，羽毛尖尖的那头固执地指着一个方向。

布索从床上跳下，跟着羽毛指针的方向，走到小窗前。他打开窗子。今夜依然在下雨，雨水绵绵，他托着羽毛，穿着格子睡衣从窗子一跃而出，很快消失在夜色里。

【二】

羽毛的光芒带着他，雨水很凉，他的格子睡衣很快被浸透。他小小的身体在夜雨里奔跑着，额头上，睫毛上，鼻子尖，挂着晶莹的雨水或者汗，像是早晨河边的草尖。

过了镇子西边的骨桥，从黑暗的森林穿梭而过，他狂奔着，终于来到了这片广阔的空地，黑色的大鸟蹲在草地中央。比起布索全身浸湿的狼狈，大鸟显得从容得多。雨水滴落在它的羽毛上，马上就像小珍珠似的滚落下去，它在雨水里，干燥得像块经年不用的抹布。

“你来了。”

“来我背上。”

“哎哟，轻点儿踩轻点儿踩，哈哈哈……你踩到我痒痒肉了。”

“抓紧了吗？”

“准备好，咱们起飞了。”

布索小小的身体趴在大鸟的背上，手紧紧捉着大鸟后颈的毛。黑色的大鸟像夜里一道迅疾的闪电，劈进了虚空。大鸟冲天而起，速度极快，布索被风吹得不得不死死闭上眼睛，他的绿色格子睡衣后襟被风吹得高高鼓起。

以这样的速度飞过一段时间，大鸟的身体渐渐稳了。布索试着睁开眼睛。

天空很暗，空中停滞着灰色的云，看起来浓重又压抑。大鸟又开口：“那些云是飞行的阻碍，它们可不像白天的云那么柔软，说起来，白天的那些云彩，我飞得累时，会趴在上面休息一会儿，确实舒服得很。但那些灰色的云，你别看它也叫云啊，一头撞上去有你好受的，又冷又硬，活脱儿是飘在天空的大石头。”

布索不知道白日天空的云有多柔软，但他觉得大鸟的背像花托一样柔软，周遭呼呼的风声让他感觉犹如身处坏掉的木笛器腔。他小小的身体陷进它的羽毛里，虽然在天空飞，但他浑身温暖。

他缩在羽毛里，只露出一点儿头，它带着他环绕了整个镇子，他看到了白天安静如睡眠的小河在夜里雨水的冲刷下变得活泼而冲动。他看到整个小镇被蛋草花环绕着，也看到森林边东一片西一片的白色，那些可能是大鸟那时所说的白色小花。再飞得高一点儿，他看到整个小镇三面环海，在夜色下，小镇浮在海面，像姑妈每天做的早餐馅饼。

而小镇的另一面，没有靠海的一面，是一座高耸的山壁。

布索敲敲大鸟的头，把身体靠近大鸟的头，以便于它能看到自己的动作。他指了指那座山。

“不行，孩子，那可不行啊。我不能靠近那座山。”

布索皱着鼻子，又敲了敲大鸟的头。

“真的不行啊，我是绝对不会过去的。我说，要不然你自己飞过去？”

大鸟狡黠地笑着，身体在空中急速转了几个圈。

布索趴在它的背上，他的眼睛盯着那块山壁，眼里似乎飘着很多块晚云。他鼻子轻轻喷出一股气流，带动鼻腔震动，特别像“嗯”的一声，但被风吹散了。

天快要亮了，从山那头隐隐露出一丁点儿太阳的光。大鸟长鸣一声，带着他向地面冲刺，眼见马上要撞到地面，大鸟灵巧地翻身，从地面平平地滑翔出去，最后缓缓降落到布索姑妈后院的草地上。

“回去吧，回去吧。”大鸟嘟囔着。

布索从它背上跳下，对它挥挥手，然后从小窗翻回自己的卧室，换掉身上湿漉漉的睡衣，钻进被子里。

他歪过头，透过小窗，一只黑色的大鸟在清晨略带雾气的空中飞去，它的爪子在潮湿的草地上留下了一个浅浅的印记。

【三】

姑妈推开门的时候，他仍然在熟睡，昨晚的飞行太累了。这个女人担忧地摸了摸他的额头，又贴着自己额头感受了会儿，确定他没有发烧，这才悄悄退了出去，把早餐留在他床头的小桌上，今天额外地，早餐为他多加了一杯牛奶。

他一直睡到晌午，才揉眼起床，打了个无声的哈欠，把已经凉掉的牛奶咕噜咕噜喝掉，他穿好衣服。

他有大事要做。

我要飞。

他心里想着。

他没有带任何多余的东西，所以大家以为他只是一如往常地出去玩，不务正业地游手好闲。他坦然地走出门，走过街道，用手指蘸了些蛋草花的蜜放在嘴里吮着。

很快，他走出了小镇，走到大鸟口中的那片森林前。森林前开着一片又一片六瓣的白花。他进了树林。

林子里长着一种白色的茅草，这种草吃起来味道糟糕极了，非常粗糙且不易嚼烂，所以人们放任它在林子里疯长。现在虽是早春，但白色的茅草已有一米多高。

布索从裤子口袋里掏出一把小刀，割起这些草来。

这活计他一直做到傍晚，他脚边已经有厚厚两大捆白色茅草，他开始编织。

这一根要搭在这一根上面，这里有些松动，要多加几根茅草，这里多系几个死结，哦哦，上面，上面要编织出把手，好让自己能穿上。

他不知疲惫地编织着，当第二日清晨，在森林还黑乎乎一片的时候，布索的两只翅膀已经编好了。

茅草织成的翅膀意外地轻巧，男孩伸手拍拍自己僵硬的脸，两只手从翅膀上两个环中穿过。嗯，刚刚好。

他在原地拍打着这对翅膀，掀起一阵不大不小的风。周围的落叶胡乱飞着，几只松鼠受到惊吓，吱吱吱地挥舞着尾巴爬到树洞里去了，但似乎还有些好奇，它们看着这只奇怪的鸟或者人类，它们的小脑袋从洞口探出，眨了眨眼。

不行，这里空间太小了。

要去更广阔的地方。

要去更高更广阔的地方。

他的目光搜寻着，然后定格在不远处，那座山壁。

【四】

山壁顶的风有些大，一个巨大的喷泉在上面，泉水从山壁的悬崖上坠落，形成一个小瀑布。布索估计镇子里的河就是从这里来的。从悬崖上向下看，能看到白色的云飘在距离悬崖边缘十多米处，更多的云都在脚下。

他张开翅膀。

和镇子上不同，悬崖上的世界万籁俱寂，只有风声，他一跃而下。

呼。

他飞起来了。

白色的翅膀，晴朗的天，白色的云，他欢快地在天空转了一个圈，然后又转了一个圈。滑翔，扇动翅膀，他迎着风，飞行在天空中。

白日的云确实是柔软的，他趴在云上，打了个滚儿，几丝云粘在他的裤子上，随着风摇摆。他又拍打起翅膀，继续飞行，和在大鸟背上的感觉完全不同，他非常享受风吹拂在脸上的那种细微的疼痛，飞啊。

飞啊。

小镇，森林，河流，瀑布，云。

蛋草花，学校红色的房顶，树荫下抬起一只脚在撒尿的比斯犬，姑妈晾晒着的他的格子睡衣。

都过去啦。

他一挥翅膀，扶摇而上。

山壁的那头，是什么呢？

白色的鸟飞得越来越高，消失于虚空。

【五】

这个中年女人不放心地跟在男孩后面，小心地隐藏着自己。

这孩子要去哪里啊。

她已经年纪不小了，家里的孩子，最放心不下的就是布索。

布索爸爸妈妈死于一场火灾，不知道是幸运还是不幸，布索那时还是个不丁点儿的小孩子，火灾发生前，他从儿童床爬下来，跑到外面的草地上不知道在干什么。

他的爸爸妈妈都没有从火灾里逃出来。

于是她收养了这个可怜的小孩儿。

她很快发现他是个哑巴，这让她更加心疼他。

这个孩子从小性格就很孤僻，说实话，她很担心他。他这是要去哪里呢？

她跟着他。

走出庭院，穿过街道，路过森林，走向悬崖山壁。

当男孩距离悬崖边缘越来越近的时候，她终于忍不住跑出来：“布索，布索！快停下，那边是悬崖啊。”

他歪着头，冲她招招手，然后又背过身，看向悬崖下的云。

她走过去，伸出手想把他拉回来。

“布索，布索……”她焦急地喊着。

男孩转过头，他挪了一小步，也伸出手，好像要牵住她。她快跑几步，要捉住他的手。

可他向后一仰。

这个女人发出一声惨叫：“布索！”

好在，她拽住他的衣服了！她拽住他了！

“听我说，别动，别动，我拉你上来，好孩子，别害怕。”

她的手在抖，她用了全身的力气，使劲儿拽着他。

“我一定能拉你上来的，明天，就明天早餐，姑妈给你做好吃的，乖，乖……”女人哽咽着。

悬崖下男孩露出灿烂的笑，正在换牙的嘴漏着风。

然后他从裤袋里掏出了一把小刀，在扯拽处一划。

12 爱情似母鸡

【一】

名山站在自家门外，好一会儿，才想起来自己是要进家门的，手在身上的口袋里颤颤地摸索着钥匙，插进钥匙孔，艰难地拧开。他怀里抱着一大摞旧书，是他女儿的遗物。

名山很老了，手肘已经长出了几块淡淡的老人斑。他枯瘦的胳膊和大腿一齐用力推门，然而手腕却不听使唤地一抖，书撒了一地，屋内和屋外。

他站在原地，未及关上的门掩在他身上，他沉默地蹲下，沉默地收拾着地上的书本。

门外高大的白槐树上花开得正浓，红嘴的雀歪着脑袋，它晶亮的眼睛里，老人的身影像只残喘的蝉。

【二】

穿过从学校到家里那段长长的街道，名山终于回到了家。

名山进屋，蹬掉皮鞋，光脚走进厨房打开冰箱门，冰箱里一股冷气扑到脸上，凉酥酥的很舒服，他取出一罐冰啤酒咕嘟咕嘟灌下去。

唉。

名山一口气喝掉大半罐，满足地叹了口气。

如果她还在，估计又要唠叨，这样怎么行呢，这么冰的酒一次性喝这么多，对身体不好的呀。

他就会回答，怎么会呢？你看我，身体不是好得很吗？没有比我更壮实的啦。

但无论他多么振振有词，她都会翻个白眼儿，最终从他手中抢走啤酒。他知道每次都会这样，但他愿意和她玩这种游戏，乐此不疲。

然而现在名山看着手中的啤酒，直到手的温度变得和啤酒一样冰，或者说啤酒被手焐热，他才醒悟过来。他把剩下的半罐啤酒又塞回冰箱。

对，她也是这么做的吧。

名山一屁股瘫在沙发上。

只是沙发还没有坐稳，突然响起了敲门声。他不想理，他什么都不想做，什么都不想去想。

一般来讲，这种敲门声如果没能得到应答，过一小会儿自然就会消失。然而今天却不知怎么了，那敲门声异常地锲而不舍，名山愤恨地把蒙住脸的抱枕扔到一边，开门。

却是一个少年，戴着黄色的鸭舌帽，手里抱着一本书和一瓶牛奶，一辆旧得掉漆的自行车倚在墙边。

见到名山，少年慌忙递过手里的书。

“先生，不好意思，昨天送牛奶的时候，刚好看到您家门口地面上有一本书，敲门很久也没人应，就擅自拿回家看了……今天送牛奶又帮您带过来啦。”少年一手握着书，另一手握着牛奶，笑得灿烂，“作为看书的礼物，这瓶牛奶送给您，自家农场产的，还蛮好喝的。”

名山盯着少年的脸，目光游移到少年手中的书。

那是女儿生前最喜欢的作家，巴勃罗·聂鲁达的一本诗集。

“你也喜欢读诗吗？”接过书和牛奶，名山随口问了一句。

“是啊，不过我没什么文化，这本书里有些词我不太懂，好在家里有本旧词典……但是我仍然觉得很美。”

这样啊。不过是个没文化的小子。名山心里这样想着，就收起了书和牛奶，冲他微微点了点头，准备关门。

少年突然想起什么，在门还未关上之前强行挤进半个身子，伸着一只胳膊招呼着：“先生！先生！牛奶的瓶子是要回收的，希望明天您喝完能放在门口，我会来取。哦哦对了，忘记和你说，我叫阿德！”

说完，少年又咧嘴一笑，露出两排明晃晃的大白牙。然后缩回身子，门外，脚踏车的丁零声渐渐远了。

女儿活着的时候经常从超市买牛奶回来，劝他喝，说喝牛奶对身体好。他却一直觉得牛奶的味道很怪，坚决不愿意。名山取了书和牛奶，随手放在茶几上，再一次回到沙发里，眼睛盯着天花板，什么都没有想。

他似乎并没有意识到自己又开始做一些无意义的事，比如，抠沙发上因为老化而变得僵硬的死皮。比如，数沙发对面墙上，那黑色挂钟的秒针。做这些事的时候，他确实是什么都没有想的。

嘎嗒，嘎嗒。

他觉得自己突然想起了什么，猛起身，膝盖在茶几上重重地磕了一下，又酸又麻。

桌边的书掉在地板上，旁边的牛奶瓶晃了一晃，勉强站立。

他伸出手去够那本书。书里，一片轻飘飘的纸掉了出来，名山从地板上捏起纸片，上面是女儿清秀的字迹，是摘抄的巴勃罗·聂鲁达的情诗。

在认识你之前，我生活在草原

我不枯等爱情，而是

埋伏，伺机扑向玫瑰。

多美。

名山小心地捏着纸片。

她摘抄句子时，头发别到耳后，大大的框架眼镜总是从鼻梁上滑下来，她会用食指把眼镜框推回去。

名山小心地把纸片对折，准备和其他重要的东西一起放进那个他准备带进坟墓的小箱子里。然而他对折时才发现，纸片背面也有字。

却是笔迹完全不同的，看起来粗糙拙劣。

我不觉得爱情需要像狼一样，去拼命捕捉。我觉得爱情应该像农场里的母鸡，能下蛋，蛋可以用来蒸、用来炸，混进面粉里做面包也不错，等母鸡老了可以用来炖汤，炖得越久就越香。爱情就像母鸡那么好。有时间你可以来我的农场玩，我带你看母鸡和玫瑰。

这傻小子。

名山真想吹一下胡子，如果他有的话。在别人的书里乱画，可真是没礼貌。不过他作为农场主的儿子，不懂这些确实也可以原谅。

名山摇摇头，正准备把纸片收起来，突然又想到什么似的，把那张纸的背面展开，仔细地又瞧了一会儿。

“写得挺有意思的。”

名山以文学系教授的身份，为这几句胡言乱语下了评语。越在手里把玩，他就越觉得这张纸上的内容无比可爱，透着一股傻劲儿。

“送牛奶的少年，爱情啊，要复杂得多呢。有本小说，里面有一个叫鲁滨孙的傻蛋，自己困在荒岛上很多年，每天自娱自乐。后来他遇见了一个野人，鲁滨孙后来和他在一起，并且叫他帮忙砍柴生火做饭……这个野人很像你口中的鸡，你能从他身上得到很多，但是这不是爱情。”

“但这不是爱情，”他继续写，“这本书你应该还没有看完吧，我看到你的书签夹在书的前几页。请你继续拿去看吧，这书的主人，想必也会同意的。”

名山收了笔，把这张纸塞进书页，放在门外，那瓶牛奶被他倒进马桶，瓶子随意冲了冲，也放在了门外。

【三】

名山看着黑压压一片的学生，讲堂里突然一片寂静。

名山张嘴，他想像以往一样微笑着继续讲下去，他张开嘴，嘴唇上下颤动着，然后又干巴巴地合上。讲堂里越发寂静，连低头开小差的学生也看向他。

几十年的教学经验，他从来不会准备稿子。然而现在他站在讲台上，头脑里一片黑暗芜杂。

他站在讲台上，想尽量讲一讲关于文学史，甚至历史上一些文人的逸闻也好，然而什么都没有。

也因为些别的事，这一天，名山永远离开了相伴几十年的讲台。

他能感觉到记忆已经一点点地衰退着。他会忘记很多事情，比如，刚刚吃过早饭，却又在街边买了一份早点吃掉，结果太撑而消化不良。比如，常常忘记钥匙放在哪里。比如，他常常会无来由地蹲在沙发前，蹲在沙发和茶几的缝隙间，好久好久，起来时腿已经酸麻难忍。

自从上一次他回复了那个送牛奶的农场主的儿子，那少年又送了几瓶牛奶过来。站在门外，天气热的时候，他的刘海儿会汗津津地贴在额头上，黄色的鸭舌帽掀得老高，一脸灿烂地笑着。

对话也都很简单，无非是："谢啦，我看了您的信，对这本书就又懂一点儿啦，这牛奶送给您，别忘记喝。"

"嗯。"

或者：

"上次您写的，玫瑰即玫瑰，花香无意义。是什么意思呢？我觉得玫瑰最厉害的地方就是它很香，很好卖，我家农场里也种了不少。"

"嗯，我会为你解答的。"

再或者：

"我懂啦。这本书真的很有意思啊，我看到很多标注呢，是您做的吗？"

"是我去世的女儿写的。"

"啊，真是对不起提到这个。"

"没事。"

日子一天天过去了，少年的书签一点点向书后面移动，偶尔少年来送牛奶的时候，也会带几束农场自己种的花，玫瑰，和别的一些不知名的花，大大一束。

那些花被名山塞进茶几上的玻璃瓶里。

【四】

今年夏天的末尾发生了一件小事。

名山去小镇上的超市买些日用品，然后又忘记带钱。这已经是这个月的第二次了，收银员也很无奈。

名山本以为这一次又只能白跑一趟，结果却遇见了农场那个阿德在超市卸货。大概两大箱东西从小车上被抱下来，阿德直起腰，捶捶背，却正巧看见了窘迫的他。

“嘿！”阿德一脸意外，咧着嘴，“好巧啊！我还以为你是个足不出户的老人呢！没想到也会亲自逛超市啊。”

名山摊开手：“没带钱啊，记性越来越差了。”

“哈哈，”阿德没有犹豫地从口袋里掏出一大把钱，零的整的，“喏，我帮你垫付吧，有空你再还给我好了。”

名山本不想扯上这些无谓的关系，只是家里确实没有食物，再来一次超市又很麻烦，只得叹口气：“好吧，那你和我一起回家，我把钱还给你。”

阿德嘿嘿笑着，双手插进帽衫的口袋里，点点头。

“哇，你家不错啊，好多书！”光着脚丫踩在客厅的地板上，阿德一脸惊叹，年轻的脸兴奋得几乎闪出光来。

“你要是喜欢，自己拿下来看。”名山趿拉着拖鞋，又给他递过一双，同样也是男式的。

“嘿，你家里还有别人吗？”少年穿上。

“没有。”

“哦，好吧。”既然主人不愿意解释，他好像也不该继续追问下去。茶几上上次他送的花有些蔫儿了，阿德决定下次再重新带些过来。

名山的拖鞋踩在地板上，踢踏踢踏的。阿德自顾自地坐在沙发上，看他已经在客厅转了几个圈，也不知道在干些什么。“喂！你干吗呢？”

名山一惊，突然醒悟过来似的：“啊，没什么，没什么……我没什么要干的。”

阿德看着他慌慌张张地拐进厨房，把新买的食物一股脑儿塞进冰箱。“喂！有水吗？我有点儿口渴了。”

名山一愣，这才想起来自己刚刚是想泡些茶给阿德。

这样，名山泡了一壶茶，两个人坐在沙发上，各自看了会儿书。整个下午就过去了。

其实真正看进去书的恐怕只有阿德自己，他一边看，一边像个小学生一样天真地提问，名山随口解答，就能让得到知识的傻小子高兴好一阵。而名山自己，更多的则是对家里有客人来访感觉到无所适从，真的已经太久太久没有人和他说上几句话了。

阿德在这样一个闲适的下午，在一个退休老教授的家里，看了许多页书，喝了一肚子水，跑了好多次厕所，又吃了几片名山买的曲奇饼干，待到天黑下去，阿德才准备回家。

“我要走了，名山先生。真的，这个下午几乎是我今年最开心的下午了，没有农活儿，沙发很软很舒服，茶很好喝，饼干也好吃，您也教会我很多有意思的事，我真开心。”

“开心的话，欢迎你常常来玩。”名山未经思考，话就已经从嘴里说出来了。

阿德一脸惊喜：“真的吗！太好了！”他高兴得几乎跳起来，但随即有些低落：“唉，名山先生……”

“叫我名山就可以，虽然比你年纪大，但是咱们已经很熟悉，就不用这样客气了。”

“……嗯，好吧，名山，我过几个月可能就要结婚了，结婚之后恐怕没有现在这么自由……唉，人为什么要结婚呢？我现在开始讨厌母鸡了，咯咯嗒的，令人脑子混乱，烦死了。”

名山定定地看着他好一会儿，张张嘴，最终忘记要说什么。

阿德离开后，他才想起来，自己忘记还给阿德垫付的买东西的钱。

【五】

“阿德？”

“啊，还是我。”

名山开门，少年手里捧着一大束火红的玫瑰。名山接过，小心地把它插在茶几上的玻璃瓶里。

“玫瑰又开啦，我看开得好看，又很香，就送点儿过来。我说一句话你可别生气啊，我最近过来，总感觉你屋子里有点儿奇怪的味道。”阿德说完，伸着头，鼻子扇动，假装嗅着奇怪味道的来源。可是嗅着嗅着，就嗅到名山身上来了。

“啊，是你身上的味道！你上次洗澡是什么时候？”

名山想了想：“嗯……不记得了。”

“啊？”阿德惊了，“你都不洗澡吗？”

名山确实不记得，有时候感觉自己洗了澡，有时候又感觉没洗，洗还是没洗，谁都不知道。

“啊呀呀，你快去洗澡吧，再这样下去，屋子里可是要生蟑螂的。”阿德开玩笑似的把名山推进浴室，“好好洗！”

他边笑边摇摇头，坐在沙发上，捧起一本书准备看，然而却感觉少了些什么。阿德站起身，径直走向冰箱。“没点儿喝的东西倒看不下去书了，真是的。”

他打开冰箱门，脸上的表情开始变得怪异。

冰箱里全都是牛奶，他送来的牛奶。

除了刚开始认识时，他回收了牛奶空瓶的那几瓶，冰箱里很满，密密摆放着几十瓶牛奶。

他都没喝吗？亏得自己每次还特地带过来，阿德有点儿心里不舒坦。

这时，浴室里传来扑通一声。

阿德急忙跑过去，推开浴室的门，名山摔在地上的一摊水里，头上的花洒还在喷着水。

他赶紧上前，关掉水龙头，扶起名山。

名山的身体很老了，平时他穿上衣服显得很利落，也看不大出来，现在这样赤裸着身体，身上松弛的皮肤和褶皱就都显露出来，蜷缩在地上，眼神空洞。他这个样子，让阿德想起了自家农场里，被大雨淋湿的苍老母鸡 。

“没事吧？”阿德扶起他。

“没事。”

“没摔着哪儿吗？”

“没，就是突然摔在地上，头脑没有反应过来。”

阿德把他扶起来，看着名山疲惫的样子。

“……我帮你搓背吧。”阿德说。

“那谢谢了。”名山的声音里什么都听不出。

阿德用一块粗糙的棉布，仔细地将名山的后背搓了个遍。即使隔着棉布，他仍然能感觉到，名山的骨头很硬很硬，身上的皮肤却很柔软。帮名山把身体冲洗干净，他又用浴巾把他的身体仔细包裹好。

在他心里，名山一直是一个厉害的学者，今天他才意识到，名山也是一个老人。

名山裹着浴巾，坐在沙发里，一动不动，一言不发，直到阿德离开。

阿德没有问，他为什么不喝掉那些牛奶。

【六】

阿德再次来到这里，已经是三个月以后的事了。

他的婚礼在秋天举行，复杂的流程，农场杀了几十只鸡来庆祝。阿德和他的新娘吃了一个月剩鸡肉。他的农场经营得越来越好，包揽了附近几个镇上大型超市的供货，再也不用每家亲自送牛奶那么辛苦。

他手里也没有提着牛奶，他想，或许名山不喜欢。他一只手敲门，另一只手里仍抱着些花，是玫瑰，只不过开得没那么艳了。

然而开门的却不是名山，是一个和他年纪相仿的少年，穿着短裤，没有穿上衣，左耳戴着一排亮晶晶的耳环。

那个少年靠着门框，腰肢甚至比阿德的妻子还要柔软，他一脸不耐烦："我没有买花，你送错了。"

"这里不是住着一个叫名山的老人吗？"

"别提那老鬼了，我天天叫他立遗嘱给我，他就是不肯，玩了老子这么多年，别想轻易脱身。装成一副老年痴呆样就想躲开，没门儿！"

阿德一时没有理解那人说的话，只好接着问："名山在家吗？"

"不在！"少年一脸不耐烦，"有事和我说，我也是这房子的主人。"

阿德愣愣地站在原地，把花交给了那少年，转身离开了。

只是路过镇子上的超市时，看见一个异常瘦削的老人，衣衫不整，佝偻着背，手里提着几瓶牛奶，慢慢地在街上走。

阿德想，农场也许该扩大规模了。

13 猪尾巴的卜德林

【一】

镇子里火盆节就要到了。冬天的阴影逐渐过去，小半月都是晴天。小镇早晨的空气带着微凉的冰碴儿，阳光透过街边云樟叶尖照射在零散着落叶的地面上，空气如水波荡漾。

为了赶走漫长冬季最后的寒冷，家家户户的房檐上已经挂起用附近林子里生长的火竹编织的筐，这些筐由家里的主妇们用肥胖而白皙的手指编织而成，用手触碰，会有微微的灼痛感。筐里还有火竹果子酿成的果酱，悬挂几日后打开瓶盖，味道辛辣又微甜，抹在早餐烤得焦酥金黄的面包片上，一口咬下去，热流从舌头蔓延整个口腔，酥麻感贯通全身，整个人都暖和起来了——这是小镇人的最爱。

而根据习俗，火盆节当日，太阳落山以后，大家会穿上自己最好看的衣服，带着自家酿制的火竹果子酱，在镇子中心处聚集，举行一场盛大的舞会。

镇子西南方向有家偏僻的小店，店门口的匾已经破败得几乎看不出名字。透过脏兮兮的店门，穿过挂满僵硬木偶的长廊，门上粘满水电费欠条的房间里，一个瘦骨伶仃的老人正努力调整他的燕尾服。

卜德林先生长得非常瘦小，但脑袋却异常地大，光秃秃的头顶油亮可鉴，四周一圈白色的头发胡乱地编成辫子，看起来似乎好多年没有解开过，卜德林先生自己也不敢解开，因为他同样觉得那些油腻头发里有大个儿的虱子窝，卜德林先生怕小虫子。

卜德林先生站在镜子前，像一只秋天僵硬的螳螂，燕尾服的两条黑色后襟耷拉在地面上，燕尾的尖尖处被磨得破烂。同样耷拉在地面上的还有他粉红色的猪尾巴。

身后藤椅上，木偶一只手抠着鼻孔（然而它鼻孔里并没有什么东西），对着大腿上一张白纸冥思苦想。

卜德林先生再次调整了脖子上那个和他脸差不多大的红色领结，这映衬得他的蒜头似的大鼻头更加红润，他清清嗓子。在镜子前整理形象的三小时的末端，他终于满意地对镜子里的自己露出一个充满黄色牙齿的满意笑容。

“咳咳……差不多了，差不多就这样……作为舞会最英俊的男人，我是应该好好打扮一下的，啊，啊，等一下。”

他迈开小细腿，在垃圾桶中翻了一会儿，灰尘和旧蝴蝶标本掉落的干枯蝶翅在他撅着的屁股上飞舞，在一阵叮叮当当之后，他从里面翻出一只黑色手杖。

卜德林把手杖在地面使劲儿戳了两下，感受一下这根手杖是否还结实。他屁股上的猪尾巴在地面上拍打出噼啪的节奏，和手杖声呼应。然后他挥舞着短手杖，在空气中画了个圈儿。声音难听又洪亮：“可以出发了，走吧，孩子。”

木偶拿起大腿上一个纸质的风车：“我刚叠好的，我能带它去吗？”

“不能。”

“……”

“带去吧。”

四月间的某个傍晚，小镇的火盆节篝火舞会开始了。

广场中央是一辆重型卡车那么大的篝火堆，围绕着它跳舞的姑娘们，腰肢像意大利面一样柔软，她们的肚脐眼里散发着豆制品的味道。年轻的小伙子腋下浓烈的酱料味儿，混合着篝火烧焦的木材气息，制造出整个舞会奇妙的氛围。

参加舞会的一般是下层的平民，但自从有一个身份高贵的某国王子从这个舞会娶走了一位姑娘后，舞会的声名就大起来了，甚至有远处城市里一些戴着珍珠项链、珍珠耳环的夫人，她们一般会在舞会进行到一半时，驾着南瓜马车貌似意外地驾到，推开车门，然后带着歉意：不好意思，我来晚了。卜德林先生的木偶曾经用它仅剩的几根手指数过，一场舞会，会有十几个夫人迟到然后说不好意思，我来晚了。而夫人的容貌和衣着的光鲜程度大概和迟到时长成正比。

卜德林先生已经入座，矮木凳和矮长桌对于他来说是刚好合适，他面前有银酒杯，杯子里火竹果子酿的酒酸甜可口。他的木偶坐在身边，每当他的酒杯空了，木偶会适时用银质的大酒壶续满。卜德林先生每次仰起脖子咕嘟咕嘟喝酒，从他嘴角流出的红色的汁液顺着下巴，然后拐一个弯，流进脖子上大红的蝴蝶结里。

先生果然是最聪明的，这样明天把领结拧一拧，还能喝上几大杯火竹果子酒。木偶暗自点头。

木偶歪着脖子想了想，继续在酒杯里注满酒。

卜德林先生此刻喝得兴起，他大蒜似的鼻子红得发亮，他的眼睛也很亮，停滞在篝火堆旁跳着舞的女人身上。

来蹭酒并不是卜德林先生唯一的目的，其实这个小镇里出名的老光棍儿想找个女人。

卜德林先生很快就发现了自己的目标。那是一个又白又壮的女人，身上的肉浑圆而结实，露出的脸蛋儿白白净净，像一个水嫩的西瓜，她看起来丰腴健康，是当妻子的合适人选。

他端着酒杯，尾巴蘸了一点儿草莓酱，以便让自己身上的气味闻起来美好一点儿。他尽量优雅地走上前，嘴角咧出一个笑容："小姐你好，"他举起酒杯，"今晚的舞会多热闹，你这么胖，一定没有人愿意和你跳舞，所以做我的妻子吧，这样你就不尴尬了。"

卜德林先生对自己这番演讲很满意，在他沉浸在自己家里也有一个女主人的幻想里的时候，一大杯果子酒顺着他的秃顶流进四周一圈白色的小辫子上。

"有多远滚多远吧，你这个猪尾巴老鬼。"女人这样说，她转身走到另一边去了。

卜德林先生回到座位的时候，木偶正在给他另一只银杯里注酒，大肚子银壶很重，木偶没攥住，一只木手指嘎嘣断掉，银壶砸到地面，"嘭"的一声。酒壶在地面滚了一下，不动了，酒壶的帽子不知道掉到哪里去了，酒浸入地面。

卜德林心里一阵不知名的烦躁懊恼，他快步走向自己那桌："蠢死了，酒都倒不好。"

舞会这一片区域由于突然爆发的吵闹声而陷入寂静，所有人都盯着这边看。

“我只不过打翻一个酒壶。”木偶认真地指指地面，“捡起来就好了。”

“都因为你这个怪物，没有女人愿意和我结婚。”他大声嚷嚷，“我当初就不应该造出你。都是因为你，因为你，我的生活全乱套了。”

“没有啊，咱们生活得不是挺好吗？”

“女人，女人，都是因为你，我没有女人！”

“可能是因为你长着猪尾巴。”

木偶天真地陈述着事实，周围的人群开始窃窃私语起来。

卜德林先生感觉一股无名火从腹中升起，也许因为火竹果子酒喝得太多，也许是别的原因。

从前，卜德林姑且算是小镇上的青年才俊，会做木匠活儿，有自己的店铺，生活富足，虽然身材短粗，形象猥琐，猪尾巴怎么看都有些恶心，但也仍有少女钦慕着他的。然后在某一年的冬天，木偶出现在他的店铺门口，一切都改变了。

这个木讷的、蠢笨的木偶从此和他生活在一起。它不擅于打扫，不会熨烫，对于后院植物的种植和照料更是一窍不通，做出的早餐像放了多年的呕吐物。这十几年来，卜德林宁愿每天早起去隔壁街买早餐，也不愿吃木偶放在床头盘子上的可疑食物。

镇子里从没出现过会说话的木偶，大家新奇而恐惧，年长的姑婆会在大家用餐时突然大哭出声，声称小镇从此将背负厄运。小孩儿趴在卜德林店铺的窗子看，会被自己母亲揪着耳朵回家狠狠教训，并且放进滚烫的热水中进行清洁。大家盛传，长着猪尾巴的卜德林制造出新的魔鬼，这是不祥的预兆。于是，卜德林的木匠店生意渐渐冷落起来，店的匾额上凝滞着可憎的氛围，店门口树上的蝉发出罪恶的鸣叫，门口的台阶下除了落叶，还有风吹过留下的细软泥土，风吹过，不知名的种子落进去，偶尔长出一点儿苍白孤独的芽。

卜德林先生感觉有一条鞭子狠狠地抽打着他的太阳穴，他的脸涨成猪肝色，像一只捕食的螳螂，黑色的燕尾服后襟在地面拖着，他冲上前，扑倒了木偶，他的拳头狠狠落在木偶身上。

木偶挣扎着，手臂胡乱挥舞：“别打我，我的木头会裂开。”

可是，卜德林已经陷入了魔障，俨然认定它就是那个让自己陷入悲惨生活的人。他一拳又一拳，打在木偶的脸上，鼻子上，肚子上。桌子上雪白的风车不知什么时候折断，掉进因酒水浸泡而变得柔软的淤泥里。

崩开的白色木碴儿刺进他的拳头，他一无所觉。

“我裂开了。”木偶说。

【二】

木偶消失后的一个月，卜德林先生和三条街道外的开猪肉铺子的女人结婚了。

卜德林先生坚持认为这是缘分使然。在木偶消失的第三天，卜德林突然极其迫切地想吃猪肉，这种念头从胃的底部升起，飘飘忽忽，游过食道和喉咙，狠狠刺进大脑，甩着尾巴将其他所有念头全都搅得稀巴烂，最后只剩下吃肉这个念头，高高盘旋在脑海，插上胜利的大旗。

卜德林是飞奔过去的，三条街道外的猪肉铺子。

卖猪肉的老板娘系着花头巾，浓眉大眼，嘴唇鲜红得像樱桃，人中两撇小胡子像两枝樱桃梗。卜德林踮起脚尖将零钱拍在案板上：“要二斤猪肉！熟的！马上就能吃的那种！”

老板娘将砍肉的刀深深剁进案板：“这么点儿破钱，买根猪尾巴都不够，赶紧滚，别耽误老娘做生意！”

卜德林瞪红了眼：“你说谁猪尾巴？”

后来的事情全镇的人都知道了。

老板娘发了火，挥着砍刀将卜德林先生的尾巴连同半个屁股都砍掉了。卜德林将老板娘告上法庭，于是法庭判决老板娘要么割二斤猪肉作为补偿，要么嫁给卜德林。

双方都同意了第二条。

婚后的生活很和谐，除了婚礼当天老板娘为了节省猪肉，用砍掉的卜德林先生的尾巴做了猪尾汤来招待大家（只用了尾巴尖，剩下的悬挂在房梁上，老板娘说要做成腊肉，冬天的时候搭配米饭吃）。猪尾汤害得参加婚礼的人都拉了肚子。卜德林先生认为自己的尾巴应该是美味的，健康的，只是烹饪方式有问题。而老板娘认为，一切都是因为卜德林的尾巴不够干净卫生。

除了这点儿小小的争执，他们大体上是愉快地生活在一起。

老板娘继续卖猪肉，有时候会砍买猪肉的啰唆老头儿那么一两刀。卜德林的不知卖什么的小店开始重新红火起来，大概是没有了猪尾巴，他感觉自己又变成了受欢迎的男人，有时候他站在铺子门口，会留意到年轻姑娘从他铺子前走过的速度，比正常走路要慢上一点儿。

这种感觉挺不错的。

火盆节过去后的夏季，焦热，干燥。街道树上的蝉不断鸣叫，蝉蜕和路上掉落的叶子混在一起，有从各处蹿出的猫刨着树叶寻找着这种美味零食。房顶不再悬挂火竹果酱，这种天气吃燥热的酱会导致便秘。水果摊卖的冰镇樱桃畅销起来，黝黑的树荫开始成为小孩儿争抢的地盘。

在婚后三个月的某一天午睡醒来，卜德林终于感觉到自己的尾巴根部一阵刺痛。他从床上挣扎着起来，眩晕感和恶心让他几乎摔在地板上。

房间里无比寂静，没有声音，空洞得几乎要窒息。他捏着床单，忽然感受到一切都如此陌生遥远，除了胸腔里跳动的心脏。窗台上有使徒鸟的粪便还没有干掉。我没睡多久，他想。

他打开冰箱，冰箱的插头不知为什么被拔了下来，里面半融化的冷冻猪肉散发着一种古怪的气味。卜德林被这气味熏得干呕一声，从第二层里掏出杯苏打水灌进嘴里。

虽然不够冰，但苏打水带来的酥麻感很快从喉咙蔓延到食道。沉浸在胃里的沉重感压迫住不断上涌的情绪。在这个没有缘由的平凡午后，他终于想起自己受到的羞辱，想起木偶那张木讷的、没有表情的脸，和最后他的拳头落下时，木头碎掉的声音。

是“咔”的一声。

【三】

然而日子过去，一切照旧。卜德林自己也不知道，他在蝉蜕掉满窗台的下午，带着一个布包，离开了这个小镇。

卜德林走在蝉鸣衰弱和阳光暴烈的小路，他看到了路边，自己正一个人跪在地上，篮子里的火竹果红得血腥。他看到路中央，他一个人扑着蝴蝶，他的猪尾巴拖在地面，尾巴尖有一块焦黑的烧痕。他看到在天空里疾驰的驯鹿车，从东方而来，车里没有坐任何人。他走在路上，不知道自己追寻着什么，他忘记了自己的店铺和生活，忘记了自己的女人和一切。

所有从日子深处缠绕着刺出的触手，摄住这个男人的屁股，摄住他的灵魂。拉扯着他，将他拖向他意想不到的远离生活本身的深渊。

“到外面去看看吧。”深渊说。

卜德林背着他的布包，踏出他生活几十年的小镇，脚步里隐藏着咔咔的轻微声响。

三天之后，卜德林走到一个全是青蛙的镇子。这个小镇没有一栋房子，小镇的大门后，是一小片一小片的小水洼。一只，或者两只青蛙共同生活于此。青蛙们热情欢迎了他，它们说：“呱，欢迎来这里，卑微的人类。”

青蛙邀请他泡在它们的水洼里，用灵活的舌头捕捉蚊子作为招待。它们称呼卜德林为“呱得难先生”，因为他的名字对于青蛙来讲很难发音。青蛙们问：“你为什么来这里？呱得难先生。”

卜德林先生也不知道，他说：“我不知道。”

青蛙们呱叫着，一只大着肚子、即将临盆的青蛙看着他的脸：“你想要什么？”

卜德林先生依然说：“我不知道。”

青蛙们的脸上浮现出一种类似于同情的神色，其实青蛙的脸很难分辨出神情，这也是青蛙夫妻甚少争吵的原因之一。但卜德林还是觉得这些青蛙正饱含同情。

卜德林打开他的布包，拿出一块僵硬的干面包，捏碎，撒在水洼里。“请吃吧，感谢你们的招待，但我要走了。”

“是啊，但你要去哪儿呢？你不知道你要什么，你甚至不知道你要去哪里。”

卜德林没有回应，他从水洼里站起，泥水从他上衣口袋里一点点漏出来，他依然背负着布包，他的脚带着他去哪里，似乎没有什么关系。

“那再见吧，也许，也许会再见，呱得难先生。”

而那个佝偻着的背影，迎着太阳，渐渐消失于天际了。

卜德林下一个到达的地方，是影子镇。

守门人是一个老朽而枯槁的男人，胯下骑着一只绿色的公山羊，腰间别着一把巨大的砍刀。卜德林来到城门时，守门人伸出手示意他停下。

“必须交纳入城费。”守门人抽出砍刀，刀尖指着卜德林灰色的大鼻子。

“我没有钱。”卜德林叹了一口气。

“我们不要你的钱，请分给我们一些你的影子。”守门人皱纹堆积着的眼睛上下打量着他的身体，“一条手臂那么多的影子，需要割下一条手臂的影子，你才可以进门。”

卜德林张开手臂，身体大字形摆开，阳光从他身后照射过来，他漆黑的影子映在地面。守门人从绿色山羊上灵活跳下，用刀割下卜德林的右手臂影子。刀尖滑过，右手臂的影子从身体上脱离出来，守门人掀起这块影子，随意折叠几下，变成一个小方块，然后丢进自己的羊皮钱包里。

守门人这时又骑在山羊背上了，他用尖而长的下巴指指城门：“进去吧。”

卜德林就进入影子城了。这里的人，有些人脚下的影子残破不全，有些人腰间的钱包已经鼓鼓囊囊，甚至能看到一些脚趾形状的影子从钱包边缘冒出。

所有的食物和物品都用影子来交换。

三天之后，卜德林弄清楚了这里的货物交换准则。

镇子里最富有的、影子会聚堆叠成山的地方，是一间尖顶琉璃屋。

“那是什么地方？”卜德林捉着路人的衣袖问。

“给我一根手指的影子，我就告诉你。”路人盯着他的影子说。

卜德林扯下大拇指的影子，路人将影子卷起，塞进裤袋：“那是琳娜神娘的房子，如果有什么困惑，可以问她，琳娜神娘什么都知道。”

“不过她收价可是很高。”

【四】

一个穿着灰色长布衫的胖女人坐在箱子里，旁边撒满花瓣的巨大圆床上，赤身裸体的年轻女人蜷缩在上面，腰肢弯成一个扭曲的弧度，类似午睡的蛇，她的乳房也像玫瑰一样粉红，看起来有细小的绒毛遍布其上，像未从树上掉下的火竹果。卜德林走进房子，看到的正是这幅景象。

卜德林踏进门槛时，一股刺鼻的酸腥气混杂着汗液、骚臭的气味，扑面而来。卜德林放缓呼吸，让自己逐渐适应这种气味。

坐在箱子里的胖女人手臂的脂肪一层一层堆积，像累积太多层的冰激凌。她的脸上吻痕凌乱，头发纠结在一起，此刻，她正用一把铁刷，努力刷开头发。

“您是琳娜神娘吗？”

“是，你想问什么。”

“我，我不知道，我不知道我想问什么，我本来一直生活在一个镇子上，有我的木偶，我的店，不知道为什么小镇的人不喜欢它，哦，我是个木匠……我本来是没有木偶的，后来有一天我捡到它，后来它和我生活在一起，但是它没什么用，也不会做家务，我的生活需要成家，需要结婚，我需要女人。然后有一天我很生气，我打了它，它不见了。本来一切都很顺利，我该成家了，于是我和一个卖猪肉的女人结婚，但是，我不懂。”

他莫名哽咽了一下，继续说：“我不懂，我突然离开家，离开了小镇，我去过很多地方，脚下踩着云的云彩镇，泡在糖浆里的甜镇，还有青蛙镇……这几年我去了很多地方，见了很多人，我隐约开始明白，那不是我喜欢的生活，那些都不是我想要的，但我仍然不懂。”

“我在找什么呢？我还不满足于什么呢？一切都很好了，小镇的人已经重新喜欢我了，我有完美的妻子了，生活变得更好了，我到底在干什么呢？”

卜德林说着，他的眼神如水汽渐渐飘起，凝结在琉璃屋顶，变得冰凉。

箱子里的胖女人沉默着，卜德林也沉默着，屋子里只有铁刷子扯断头发的撕拉声。然而琳娜神娘终于开口：“我年轻的时候，嫁给镇子里拥有影子最多的男人，因为我漂亮。他对我是很好的，不用我做任何事，爱我。在床上，甚至会像哄小孩儿一样哄我入睡。他给我讲故事，摸我的头发，他说我的头发像绸缎一样柔软。后来我杀了他。”

“似乎是没有缘由的，我杀了他。我思考了很久，我终于知道，我并不喜欢那样活着。我并不喜欢我自己漂亮的脸，也不喜欢他说的任何一句情话，我不喜欢我柔软的头发，也不喜欢他喜欢我。”

“我杀了他，把他积攒的影子变卖掉，买了这栋小屋子。”

“我喜欢年轻的姑娘，喜欢蹲在箱子里，喜欢变成一个浑蛋，这就是我想要的。”

琳娜神娘紫色的嘴唇咧开，嘿嘿地笑起来：“很多人都不知道自己想要什么，而我弄懂了。每次人们来这里，我就给他们讲我的故事。所以我才越来越富有，拥有越来越多的影子。现在，年轻人，你也应该把你的影子献给我了，全部的影子。”

“好。”

那天晚上，卜德林没了影子，孑然一身离开了影子镇。身体里除了影子，一些别的东西也脱落而出，仿佛蝉蜕。他的头脑从未如此清醒，那个念头好像一颗鞋子里的石子，每走一步，都提醒着他，刺痛着他。

路面感受到他鞋底每一步带着的温柔爱意。

他会找回它的。

而他不知道的，在某个日子里，一只木偶从远方赶来，它路过卖猪肉的铺子，看到房梁上悬着的、没有尾巴尖的腊猪尾。它低下头。

它站在卜德林先生的小店门口很久。店已经荒废，门口有使徒鸟做的窝。它从落叶里翻找很久，终于捡出那块匾，它伸出手拍落匾上的细灰和小虫。

它把肩上的背包摘下，用手拎着，胳肢窝下夹着匾，然后走进店里。

店门发出一声久违的咔嚓声。

× 普通的冬日午后 × 14

14 普通的冬日午后

太阳在一点点下沉了。

深秋，林子里的温度渐渐下降，长摆松的枝干在冷风里不断吱嘎响着。明哥从灌木丛中站起身，拍落身上的枯叶和蠕虫。他的狗在身边，长久的忍气吞声让它感觉很不爽，它舔舔有些干涩的嘴唇，终于狠狠地打了个喷嚏，鼻涕喷到灌木丛叶片上，晶莹透亮。

看来今天也不会有什么收获啊，明哥叹了口气，把猎枪扛在宽阔的肩膀上，准备回家——虽然家里也没什么好的，一样冷清无聊。

没关系，如果我能向海娜尔求婚，我们就能一起生活，我会猎最矫捷的豹子，打下肉质最鲜美的寒雀给她。

海娜尔啊……

他想着海娜尔丰腴的肉体，雪白晶亮的手指头，那一对丰满的乳房，拥抱起来该是多么舒服啊。

这样带着胡思乱想，他向林外走去。

很突兀地，在通往林外的小路上，在距离他脚边不远处，一个黑黢黢的身影一晃而过。明哥惊得吞了一口空气。相比之下，狗就显得训练有素，目光如炬，沉默着蹿了出去。

明哥又卸下肩头的枪，追着他的狗。

他跟着它穿过矮玫瑰丛，藤蔓地，和一些生长着腐烂水生植物的小水洼。他看到了狗。

狗正和那个动物对峙着。狐狸在水洼那头，狗在这头，狗很焦躁，爪子狠狠扒拉着地上的枯叶——自从又一次狗在小水塘里被一只食肉鱼咬到脚趾，它就再也不敢下水。然而今天狗好像异常兴奋，它的耳朵高高竖起，它看看明哥又看看水洼对面正挑衅似的蹲坐着的狐狸，又狠狠地打了个喷嚏。

明哥认出那是一只蜜嗉长尾狐。那狐狸的眼睛在昏暗的午后显得异常清亮，它显得毫不焦躁，粉红色的舌头舔舐着脚掌心沾染的泥巴，似乎在引诱着他。

明哥举起了枪。

然而那狐狸却又转身逃走了。它逃了几步，又在明哥猎枪射不到的地方，愣愣地盯着他。此时狗已经找到绕过水洼追击狐狸的路，又狂奔了出去。

明哥感到有一点儿困惑，他打猎十几年，这种情况显然很不常见。

一只特立独行的狐狸吗?

明哥皱眉，也追了上去。

明哥终于懂了。

那只狐狸在一个土堆旁停下。此时它又无视他们的存在了，无论是狗，还是他自己。它径自在土堆上刨着，直到土堆露出一点点青色的石头。

狐狸看看石头，又看看他。狐狸的嘴一张一张，眼睛里透露出迫切的目光，至少明哥是这么觉得的。

那个土堆看起来明显是新堆而成，还有几截断掉的蚯蚓躬着身体在土堆上扭着。

明哥抬头。

这个土堆正处于一个斜坡下方，而斜坡上也有和土堆一样土质的断层。

塌方吗?

此时狐狸更加焦躁了，它匍匐在地面，似乎随时要冲过来。而狗则龇着牙挡在他前面。

不对。

不对。明哥试探着向前走了几步，仔细观察那个土堆。在土堆下面似乎有一块青石，此刻林中万籁俱寂，所以他得以听到了那些声音。

狐狸在一旁急切地转着圈，爪子扒拉着土堆。

大石头后面有东西。

非常微弱的小小声音从大石头后面传出，明哥试探着搬开大石，无奈石头太重，他拼尽全力也只把石头搬开一个小缝。

小动物的呻吟声更大了。而那只狐狸也变得更加焦躁，它努力把自己的头塞进小缝，却只能塞进一点点鼻子，它开始呜咽了。

明哥环顾四周，终于从一棵长摆松下拾到一根较为粗壮结实的树枝。

将狐狸用脚推到一旁，明哥把树枝插在石头和洞的缝隙里。

撬开大石是一件略耗体力的事儿，好在这些年的打猎生涯让他肌肉丰满。随着他的呼吸声越来越粗，大石“砰”一声翻了身。

一个狐狸洞，里面一窝雪白雪白的小狐狸幼崽。

狐狸窜进洞里了。它呜咽着，舌头不断舔舐着幼崽的身体。

真好啊。

明哥咧着嘴笑了起来，他摸着狗脑袋，狗的表情很严肃，最后又以一个喷嚏作为回应。

夕阳仅在地平线残留一点儿，迎着夕阳的，明哥的笑脸非常灿烂。

他后背背着一只母狐和几只小狐的尸体。

这些够给海娜尔缝一件过冬的斗篷了。他微笑着。

失落的灯笼

15

一 森林，男孩，红色的火

马克思不知自己走了多久。手里的红色灯笼散发着微弱的光，能照亮他身前几尺远的路，让他不至于摔跤。灯笼不太大，红得非常好看，是那种冬日里外婆家燃烧的壁炉味道的红色，干燥又热烈。马克思提着灯笼，对黑夜降临后的森林感到既战栗又兴奋，森林空气里传出潮湿的甜味儿，草叶上露珠隐隐开始凝结。

这是马克思人生的第一次冒险。夜晚的森林里几乎是另一个世界，只穿一件薄薄的T恤，使他瘦弱的胳膊被夜风吹得全是鸡皮疙瘩。森林里的路柔软而泥泞，马克思的鞋子上沾满了泥巴，每走一步，双腿便愈加沉重。 马克思紧紧闭着嘴巴，他只是沉默地向前走着。略沉重的呼吸声，鞋子踩入土地时树叶的断裂声，鞋子从土地里拔出来，“啵”的一声，还有左手在上衣口袋里无意识地抓挠的声音，在夜晚寂静的森林显得吵闹而不合时宜。

好像迷路了。马克思想。

【一】海，音乐家，灯笼

图灵的脚又准确地踢飞了一只海滩上闲逛的小螃蟹。

海面深沉和黑得潮湿的天空融为一体，海浪一波一波地涌过来，浸透着图灵的脚趾，将脚后跟僵硬的褶皱也泡得柔软。他低着头，他的吉他背在身后。

沙滩上遗留着一块发皱的餐布，可能是白日里游客遗留下来的。图灵站在旁边看了一会儿，蹲下，把这块餐布弄得平整，餐布上有一块儿奶酪干，他随手塞进嘴里……他已经一整天没有吃饭了。

然后他坐在这块餐布上，取下背后的吉他。

他弹的是一首克罗尔族小调。

说实话，小调的旋律很优美，他的技法也十分娴熟，嘴里轻哼的歌声也温柔如潮水。但事实上，这是一首平庸无奇的小调，唱着它的人是平庸无奇的人。

图灵深知这点。

海风有些凉，不知是因为海风吹的，还是别的什么原因，图灵的脸部肌肉僵硬，他的嘴唇苍白，木讷地哼唱着。

图灵坐在餐布上，他又想起多年以前经营一家杂货店的父亲。那时候父亲还很年轻，精力旺盛，肌肉丰满，络腮胡，手指粗壮如胡萝卜，从卡车上接过货物时，手臂上青筋露出，鼓起的肌肉好像皮肤下躲着一只大耗子。那时候他喜欢蹲在自家杂货店门口，弹着一把玩具吉他，唱着当地轻快的民谣。父亲卸货累了，会一手杵着腰，一手擦汗，大声对他说：“声音再大一点儿，大音乐家！”父亲的雇工们也跟着起哄：“大音乐家，以后出名了可不要忘了咱们兄弟啊。”

“大音乐家图灵”，那时他在自己每一本书上如此签名。

父亲买了许多乐谱送给他，并答应明年生日送给他一把真正的吉他。

后来，杂货店失火，家里一切毁于一旦。他亲眼看见父亲不断冲入火场，抢救他的货物。父亲从火海里抢回了一箱彩色棉袜，两个铁锅，一包铅笔，还有几个装饰用的彩带卷。父亲丢在火海里的是他的头发，他脸上的一块皮肤，还有他的腿。

一整根梁柱断掉，砸断了他的腿，若不是村里的几个年轻人异常勇敢，恐怕这个男人的生命也要遗失在火海中。

再见到父亲是在医院。火灾发生以后，他被寄养在姑妈家，直到半个月以后才被允许去医院看望父亲。那个曾经精壮强悍，笑声能震落屋顶几块瓦片的男人躺在床上，皮肤松弛，老态毕现。图灵摸摸父亲的手，没有摸到粗壮的胡萝卜，只有干瘦如柴的粗粝皮肤，被清洁过的指甲里有刀片刮过的痕迹。

父亲挺过了那一关，半年后他拄着拐杖从医院出来时，是笑着的。他重整旗鼓，把杂货店重新开张，没有腿算得了什么呢？

但是在父亲住院这段时间，自家对面的街道，开了一家大型杂货店。

他放学路过那家杂货店，透过很大的橱窗，他看到店里的新鲜火腿，屁股上带可爱毛球的高级铅笔，精美的礼品盒，长筒袜，丝袜，带一圈彩色小球的可爱花袜，玩具小汽车，各种乐器，他看到店里整齐摆放的一排吉他，是真的吉他，不是玩具。姑妈有时候会在吃饭聊天的时候说，父亲常常拄着拐杖站在自家店门口，神情呆滞，帮忙的雇工劝他回店里休息，他也只是充耳不闻。

图灵一直住在姑妈家，父亲总是告诉他家里还没收拾好，杂货店重新开业，需要准备的事有很多。然后他小半年都住在这里。玩具吉他放在床下，他曾经弹过一次，在房间里，他唱着，然后姑妈敲门：“图灵，小点儿声好吗？你姑父在睡觉。”

图灵把玩具吉他放在床下的大纸箱子里，再也没有拿出来。

一直到图灵生日的这天晚上，姑妈烤了蛋糕，上面淋了大家都喜欢的樱桃果酱，图灵盯着自己小盘子里那块蛋糕，上面有一个姑妈家小姐姐的玩具熊鼻子那么大的樱桃。他拿起叉子将樱桃戳起，就在这时，响起了敲门声。

父亲站在门外，手里拿着一把吉他。

图灵非常兴奋，飞奔上前抱住父亲的腰。父亲比从前瘦多了，环住父亲腰肢的胳膊能感受到突出的椎骨，隐隐地硌得他心里发慌。

“生日快乐，大音乐家。”父亲笑着。

那天的每一帧画面他都记得清清楚楚，父亲坐下和他们一起吃饭，父亲从背包里拿出的啤酒，他第一次喝酒后的头晕，父亲如何把存款单放在他的床头。

他记得的是这些，父亲走了。留下他的生日礼物，然后就这样消失在他的生命里。没有告别，没有亲吻，他以为父亲至少会说：“再见啦，我的大音乐家。”或者“等我回来”。再或者“你要好好长大”。

但是他的确什么都没说。

那把吉他底部，有自家杂货铺对面的，那家大型杂货铺的商业标识。

二 悬崖，梦想，鬼

沿着一条不知何年何月被踩出的小径走着，再向前是一个微微平缓的上坡，脚下的落叶和淤泥渐渐少了，鞋子不再有粘连的感觉，马克思继续向前走着，好在从父亲那里偷来的灯笼还很明亮，他的心跳稍稍平缓了一些。就在这时，马克思脚下一空。

等他再有意识的时候，已经完全不在刚才那个小坡上了，好在那个灯笼随他一起滚落，就在不远处。他挣扎了一下，他的腿好像摔得有些麻木，但还不至于到摔断的程度，只是有些麻木的疼痛。他一瘸一拐地拾起灯笼，抬起沾满草屑的胳膊照了照四周，可惜灯笼虽然明亮，照的距离却不远，他不清楚自己在哪里，但想想，大概是一小段断崖之类的底下。

马克思丧气地坐在原地，这下糟了。

探险不成，证明自己勇气的行为也失败了，回去父亲大概又要拿店里的鸡毛掸子揍自己了。

他只是不想像父亲一样一事无成，守着一个小杂货店，每天喝得醉醺醺。那天他向父亲说，他想要一把吉他，他喜欢音乐。父亲一杯接着一杯喝着酒，好像没有听到。在沙发里，父亲比平时醉得都快，醉醺醺的，他嘟囔着："音乐家？……呵呵……音乐家啊……想都别想……可笑死了……"

马克思一气之下，离家出走。他没有带走店里任何东西，只是把角落里破破烂烂的灯笼拿着，灯笼看起来不值几个钱，马克思拿得理直气壮。

夜晚越来越冷，再继续在崖底待下去就不仅仅是感冒的问题了，马克思试着挪动脚步，但腿上的麻木退去之后，刺痛感便愈加强烈。

这可真是糟糕。

就像所有少年的奇遇探险记一样，当主角遇到困境，便会有神奇的事情发生。

马克思手里的灯笼的光芒越来越盛，马克思甚至能感觉到灯笼里大块木头燃烧的声音，灯笼的火光照得他通体温暖又舒适，疼痛感减少。他正感觉到神奇，这时候他几乎被吓得尖叫起来。

草丛里，原本什么都没有，他确定。但是草窠里迈出一双白白的小腿，一双小女孩的腿。小女孩歪着头，看向他。

“你回来了吗?”

【二】灯笼，女孩，红色的火

克罗尔小调哼唱完毕，他又弹起了另一首曲子。

海里的涛声越来越大，本来便漆黑的天空似乎有厚重的积雨云悬浮，夜晚的凉风吹得手指头关节刺痛，这使他的手指没有那么灵活，这次他弹奏的是一首缓慢而抒情的情歌。

他唱着，心不在焉。

吉他的拨弦声，鼻子里轻轻地哼唱，还有海面传来的嗒嗒声，奇妙地融为一体。

嗒嗒，嗒嗒。

这声音在乐曲里如此和谐，以至于他刚开始完全没有发现。只是他的手指由于僵硬而错弹了一个音，那嗒嗒声才在整首曲子里显露出来。

他抬起头盯着海面。是一双雪白的小脚丫，在海面上，踏水而行。脚丫上，是夜色里显得苍白的小腿。是个女孩子。那女孩提着一个红色的灯笼，身体隐没在黑暗里，灯笼红色的光能照到她身前一尺的地方。那女孩歪着头，好像在看他，又好像没有。

“今晚会下雪。”小女孩遥遥地说了一句。

“什么？”图灵以为自己听错了。

“今晚会下雪，先生。”她又认真地重复了一遍。小女孩的声音很轻巧，她手里提着的灯笼稍稍抬起，红色的火光照亮她的肚脐。

图灵弹吉他的手停了下来。突然出现的灯笼，踩着海面行走的小女孩。难道他已经死了吗？还是说他出现了幻觉？是刚刚吃下的五十片安眠药的作用吗？

但小女孩径自走了过来，光着的脚丫踏着海水，依然发出嗒嗒的声音，她走过浅滩，沾满沙粒的脚掌在图灵坐着的餐布上蹭了蹭。

直到她走近，图灵才感觉到那个红色的灯笼有多暖和，好像冬日里安静又噼啪作响的壁炉，灯笼里没有蜡烛，应该是这样，这世界上有什么蜡烛会这么暖和呢？

“你好，你弹的曲子很好听。”小女孩这样说。

图灵这次完全糊涂了。也许是冷风吹的原因，也许是安眠药起了作用，也许是他的精神错乱。

“我很喜欢。”

“谢谢。”图灵很快开始适应这种逻辑跳脱的对话了。

“让我想起了我的家乡，那时候我还很小……算了，说起来话真是很长。先生，能再给我弹一首曲子吗？就米卢先生的那首情歌，叫什么来着……哦，对，《不微笑的爱人》。”

那可是一首非常老的情歌啊，这么小的小孩儿也知道那么久远的歌吗？图灵暗自想着，手里的琴弦却已经拨弄起来了。

谁也不知道她，她是你肩头的一道伤口。

谁也不喜欢她，她是沙滩上坠落的海鸥。

谁都看不见她，她倚靠在你的床头。

她啊，她啊。

她喜欢你手腕上一点儿跳动的脉搏。

她喜欢你鱼缸里摆放的石头。

她喜欢，每个休息日你买到的海螺。

她啊，她啊……

在图灵弹奏的时候，小女孩已经盘腿坐在他身旁，安静地听着。图灵瞄着她，她没有露出什么特别的表情。

一曲终了。

“今晚会下雪，你回去吧。”

图灵的手放在琴弦上：“我来这里是准备死的。”

“为什么要死呢？”她依然平静。

“这说起来话长啦……总之就是，我是个没什么天赋的歌手，在酒吧浑浑噩噩度日，现在想想，生活也够无趣啦，梦想什么的其实完全没有，这样活下去也没什么意思，所以来海边，选择一个浪漫的死法，这样看起来我实在是一个失败的人是吧？”

“哦，还好吧。但是今晚不要死比较好，今晚海水很冷。”

“或许吧。”

小女孩沉默了一下："先生，我很寂寞。"

"……"

"我很寂寞，死掉是很寂寞的。但是今天我很开心。你的曲子让我想到了过去，我活着的时候。说起来贸然出现，打搅你的死亡真是很不礼貌，但是很久没有听过曲子了，难得会有人在海边弹奏。所以我很自私地希望你，不要死。"

"我没有活着的理由，但死掉的理由也没那么充分……你还想听什么曲子吗？"

"《布达雪山开过的花》。"

图灵的脸僵硬了一下，有些不好意思地挠了挠头："这首曲子我不会啊。"

"下个礼拜，下个礼拜能来这里吗？为我弹奏这首曲子。"

他没有反应，小女孩把自己的红色灯笼放在餐布上："下雪很冷，带着它回去吧。"

"下次来这里，灯笼亮起，我就会出现。"

三 路，告别

马克思强忍着想大叫一声的情绪。

小女孩越走越近，她的脸几乎贴到他的脸上，她仔细地看他的脸。

"不是，但是很像。"

"你回家吧，夜晚很冷，今晚会下雪。"

马克思完全不知道说些什么。

小女孩伸出手，接过灯笼："跟着我，孩子。"

明明你自己就是个孩子。马克思腹诽。

小女孩的脚光着，在前面开路，她嘴里轻轻哼着歌，听不清楚具体的歌词，但是听起来应该是很老的歌。

那灯笼的光芒随着她的歌声越来越盛，渐渐地，她带他走的路变得如同白昼一般。

真是神奇啊，马克思的心怦怦地跳着。

小女孩带领着他，一路哼着歌，他在后面跟着，有些眩晕，有些兴奋。

走到森林边界，再往前走就是他家的杂货店。马克思欢呼一声，毕竟经历了一晚上的担心害怕和受伤，这个才十来岁的男孩思家的情绪愈加浓烈了。他欢呼一声，飞快地向家里跑去了。等他想到要向这个像鬼魂一样的小女孩道别时，她已经转身走向森林，距离他越来越远了。

"再见。"小女孩背对着他。微笑着。

"再见，图灵。"

她说出了那句大家都忘记说的话。

【三】长面包，胖，吻

所以图灵最终没有死成。

当他第二次来到海边的时候，他带了长面包、餐布、果汁、三明治和几个橘子。新学到的《布达雪山开过的花》他反复练习了很多遍，在医院洗过胃之后，他出院做的第一件事就是去店里找这首曲子的乐谱。

很难找，但是找到了。

图灵坐在自己带来的一块柔软的毯子上，毯子上面有小美人鱼的印花，上面放着暖洋洋的灯笼。小姑娘和他一起坐在这块毯子上。

“很好听。”

“嗯。”

“我饿了。”

图灵递过长面包，小女孩笑了：“我吃不到食物，以前刚刚死去的时候，我一直感觉饿，和寂寞的感觉很像。站在海面上，四周空旷，海浪起伏不定，你放眼看去，什么都没有，一切都陷入夜里……我说得太复杂了。”

她接着说：“所以能听到自己喜欢的曲子，感觉真的很好，但是我又贪心不足，又想要吃东西。”

图灵沉默地听着，剥开几个橘子，把橘子瓣一个一个从小到大排列好，然后从最小的那瓣吃起。接着他又吃起了长面包，喝掉果汁，吃掉三明治。他的胃口格外好。

他从上衣口袋里掏出纸巾，擦干净嘴角，打了个冗长的嗝儿。

小女孩嘻嘻地笑着。

真快活啊，图灵想着。

以后每个礼拜的这一天夜晚，图灵都会带着吉他来到海边，他带的食物越来越多，体重在一个月内增长了十斤。

他有时候会和她讲讲在酒吧的见闻，哪个客人打赏了花篮，哪个客人点了刁钻的曲子，老板克扣了多少工资，酒吧新换的服务生小妹的嘴角有一块儿巧克力那么大的胎记。更多的时候，他们都沉默着，图灵弹奏的间隙里，海风吹来咸味儿的潮湿的空气。

但是今天，图灵有些激动：“我写了一首歌，给你的。”

“好啊，弹来听听。”

他弹了起来。

曲子里有绿色的海藻，海滩上破碎的蚌壳，晚上很冷的夜风，她的白得剔透的脚趾，红色如炉火般的灯笼。他从未感觉这么好过，仿佛全世界的灵感都藏在他的吉他里，曲子里的咸味儿，混着炉火的噼啪声，有一瞬间，他好像再也不是那个毫无天赋的乐手了。

他好像又听见父亲手里货箱重重搁在地上，爽朗地笑着：“大声点儿！大音乐家！”

他弹奏和她的相遇，从她那里听过的故事，乐曲的尾声，她吻了他。

一个氤氲着夜色的吻。

四 再见

翌日，马克思假装从小床上正常起床。他悄悄打开自己房间的门，但父亲出奇地没有在喝酒，而是站在那个角落发着呆，那个角落里原本放着一张花纹好看的毯子，里面包裹着马克思昨晚忘记要回来的灯笼。

那个早晨，马克思没有看到父亲一瞬间涨得通红的眼睛，还有张开又合上，死死紧闭的嘴唇。

【四】巡演，灯笼，人生

图灵没有想过成名，这样毫无天赋的人在音乐界是没有出名机会的。但是他在酒吧第一次弹起他送给她的那首曲子的时候，意外地，酒吧里响起了从未有过的掌声。而此刻，一个唱片公司的老板正在其中。

他终于成名了，巡演，更好的吉他，更大的舞台，更多的钱，忙碌的生活，有人叫他大音乐家，更多人叫他偶像。

人潮和人海。

他知道自己是没有天赋的，可是他还是成了大音乐家。

那个红色灯笼被印着小美人鱼的毯子包裹着，在角落里沉积着灰尘。

他红了很多年。他的歌在每一个女孩的CD机里播放着，她们说里面有梦。

他有时候会对着包裹着灯笼的毯子发呆。

后来，再后来呢。没有歌手会红火一辈子，他活跃在乐坛的时间已经够长，他和一个漂亮的女演员结了婚，又离了婚，留下一个还是婴儿的孩子。他渐渐退出了乐坛，女孩们不再用CD机播放音乐，她们在网络上下载更多更有趣的音乐。

他变卖了房子，带着小小的男孩，在离海不远也不近的地方，开了一家不大的杂货店。

我和我的龙

16

“你好啊，我是龙，要一起吃一点儿烤鱼吗？”

在没遇见它之前，我一直一个人生活着。我喜欢做饭，梦想是当一个做菜好吃的木匠，现在在一所高中担任数学老师。直到暑假前的某一天。

当我路过家门口的那个池塘的时候，我看到它盘曲着身体，粗壮的爪子擎着一根乌木枝，上面叉着一只烤得黑乎乎的小鱼。

它的肚子瘪瘪的，身体细长又瘦弱，牙齿掉了几颗，头上有两只断掉的角。

它看到我站在旁边，小声问了一句：“你好啊，我是龙，要一起吃一点儿烤鱼吗？”

我就走了过去。我蹲在它身边，它身上臭烘烘的，有一种泥巴味儿。我伸手接过那只鱼，在焦煳的鱼肚子上掰下一小块儿放在嘴里——居然很好吃。

我吧唧吧唧嘴，有些不舍地将烤鱼递还给它，它张开嘴，一口就把剩下的鱼连同乌木枝一起嚼碎吞进肚子里了。

吃完烤鱼，我们两个都很沉默。我坐在一边看池塘里翻滚来翻滚去的泥鳅，它用爪子剔着牙，有些费力，龇牙咧嘴的。

“你吃了我的鱼，”龙用小胖胳膊指着我，“你要夸我，这是礼貌。”

“你是一只很好的龙。”

龙住进了我家。我家里很大，做数学老师很赚钱，我的银行卡上不仅有工资，也经常有一些额外的进账，无非是那些家长要我多留意下自家的小孩儿。家里很宽敞，我腾出一间大屋子给龙，然后趁星期日天气晴朗，去木材商店买了材料，为它做了一张小床。当晚它很开心地蹭着这个新床，然后趁我睡觉，偷偷把我的羽绒被子偷走了。我只好又去买了床新被子。

龙住进了我家，我告诉我的同事。他们有的很惊讶，看来你家是风水宝地啊，有的只是哦了一声，然后继续批改那些无边无际的作业。也对，他们都没有养过龙，怎么知道养龙的喜悦呢。

每天下班我不再四处游走，而是去水产市场买些新鲜的鱼虾。回到家里，看窝在沙发里睡觉的龙，我会笑着捋起袖子开始做一顿好吃的晚饭。每次饭菜的香味儿飘出来，那只馋龙都会扭着身体蹭到我身边来。厨房可没有那么大，我会赶走龙，手忙脚乱盛好饭菜，和它一起吃一顿晚饭。我觉得生活很有趣，我觉得很快乐。

直到我过生日的那一天。

我不知道为什么他们会知道我的生日，我正在家里看龙在喂鱼，那些鱼被它养得膘肥体壮，肥头大耳，看起来就很美味。鱼是龙很久很久之前买回来的，用它自己的钱。我也不知道它哪里来的钱。

“一会儿啊，你把这条还有这条用来做晚饭。”龙的眼睛闪闪发光，“这些鱼肯定很好吃，肯定比泥鳅好吃多了。”

我抿着嘴笑了笑。

龙有些气恼："才不是给你的什么生日礼物……养了这么肥的鱼，不吃多浪费啊。"

我刚想笑话它，门铃响了。

我家里平时是没有客人的，我没有亲戚也没有朋友，是谁呢？

我叫龙在沙发上藏好，然后去开门。门刚刚打开，彩带喷雾和欢呼声就向我冲过来。"生日快乐！你在学校工作六年啦，校领导特意为你准备了生日惊喜！"

他们一拥而入，有些人负责摆放蛋糕，有些人负责在我房间里插满鲜花，还有一个人蹲在龙养的那些鱼面前："哟，你还养鱼呀？不过这些鱼好像不是纯种啊，吃起来也不好吃……"他转身看了看我，有些尴尬，"哈哈，个人喜好嘛，哈哈。"

他们欢呼着，分着蛋糕，唱生日快乐歌，用蛋糕上的奶油丢来丢去。一个女老师嬉笑着坐在沙发上，却一声惨叫弹跳起来："啊……安老师，你在家养了什么怪物？啊！"女老师的叫声锐利又刺耳，我看到龙蜷缩着身体，不知道是因为疼痛还是因为声音刺耳，它的身体轻轻颤抖着。

女老师吓坏了，梨花带雨地哭着。一群人都肃静了，围着我，我的龙，还有哀号着的女老师。校领导提着皮带蹭到人群前，看到沙发上蜷缩着的龙，待了一会儿，才咳了咳嗓子："嗯，小安哪，你养了一只蜥蜴在家里？"

"不，它是一条龙。"

"一条龙？"领导皱了皱眉，而领导身后的同事们抿着嘴笑着窃窃私语着："龙怎么会长成这个样子？这明明是蜥蜴……或者是鳄鱼！什么怪物嘛，还敢称自己是龙？"

“小安……可能你最近工作压力太大了吧，不然在家休息几天，这蜥……龙啊，由学校替你处理，你就不用担心了。”他慎重地拍了拍我的肩膀，之后同事们又寒暄了几句，就都离开了。

龙和我一起沉默地收拾着残局，糊在墙上的蛋糕渍，桌子上打翻的果汁，沾满了瓜子皮的地毯。当我终于擦掉墙上最后一块奶油时，我看到龙盘在地毯上，爪子抠着地毯上的瓜子皮，它嘟囔着：“我明天回家。”

“你有家吗？”

“有。我有家。”

“我和你一起回去。”

龙用爪子使劲儿刨了一下地毯，地毯里的瓜子皮弹起又落下，它没说话，甩了门，把自己关了起来。

“这就是我生活的森林，我出生在这里。你看那棵树，我和小公主曾经在那棵树下玩捉迷藏。这棵树的树冠上住着松鼠一家，松鼠家的孩子喜欢吃蜜渍松子儿，我曾经特意为它腌了一坛。你看那边，那簇小红莓丛，它结的果子，保证你做梦都想不到它的味道……”

龙带着我坐在了这棵大树下，它的眼神变得非常温柔，它倚着这棵老树，露出它有些发白的肚皮。

“我出生在这里，我的父母是两公里外小池塘里的一对年轻鳄鱼……当时它们很年轻，它们很喜欢我。后来我渐渐长大，当我长出第一只角的时候，妈妈说我是个怪物，于是把我交给了森林法庭。森林王国的小公主仁慈地赦免了我，我很感激她，我在小公主的后花园里生活着，陪伴着她，后来有一天……有一天我和她一起玩的时候，我突然有一种无法抑制的冲动，那种冲动像火焰灼烤着我的心，我拉起她，“呼”的一下，我带她飞了起来。她很害怕，不停地尖叫，哭喊着，可是，那蓝天，那白云，还有高空的风，都让我兴奋并沉醉。当我终于意识到我吓到她了，我万分后悔，带着她回到花园，她晕了过去。她的奴仆怒视着我，将我扔进了地窖，砍去了我的角，称我是恶魔的化身，要加害公主。两天以后，当那些奴仆带我去审判的时候，我幸运地逃了出来。

“逃走后，我遇见过很多人，我在动物园里和鳄鱼一起生活过，饲养员是一个脸蛋儿圆圆的可爱姑娘。我遇见过没有头发、在寺庙里敲罐子为生的男人，还有卖梅花饼的老太，直到脸蛋儿圆圆的姑娘嫁人生子，寺庙里的男人眉毛花白，卖梅花饼的老太躺在床上一睡不醒……我却没有任何变化，我一直活着，如果我是一只鳄鱼或者什么，我的确早就应该死了……而且，我会飞，虽然那次以后，我再没能飞起来过。所以，我是龙。”

它用爪子刨着地面，它的胡须向下耷拉着：“我在书上看见过，那种能活很久很久的东西，长得很漂亮，会飞……角是金色的，非常美丽。”说到这儿，它抬起爪子想要摸摸自己的断角，但是它的爪子很短，只能尴尬地放下了。

“我是龙。”它又重复了一遍，然后陷入了沉默。它的眼睛看向小红莓丛，看向远处的小湖，然后飘到了更远的地方。它声音很轻，“你听说过海吗？”

“听说过，他们说那是古老的神话里才存在的东西，非常辽阔，像流动的沙漠，或者巨大无比的湖。”

“对啊，海啊，非常大，非常大。海里有另一个世界，有很多好吃的鱼，还有好玩的东西。晚上，海里还会点起千万盏灯，那些灯游来游去，很美啊。我看到书中说，龙最终都是要回到海里的……海，就像神话里的龙一样不可思议是吗？”龙咧着嘴笑了笑。

“你不就是龙吗？你别自恋了。”

“为什么？”龙转过了头，它的胡须微微翘起，我看到它尾巴尖微微地泛着红。“我是说，我的父母是鳄鱼，我没有角了，我不会飞，我……我长得一点儿也不像龙。”

“你看到的书中描写的龙是漂亮的，会飞的，有金色的角。可是我遇见的那只龙，会烤很好吃的鱼，在我家吃，在我家睡，会和我抢沙发，吃饭之后不洗碗，还会嚷着让我为它挠肚皮，简直像个无赖，龙就是这样的啊。”

我拍了拍它的断角，“这对角的来历这么酷炫，你从来都没有提起过。”我站起来，拍拍满是草屑和树叶的裤子，“听说海在世界的南方，我们一起去看看吧。”

我骑在龙的身上，它努力跳着，像一只神经错乱的麻花，在森林里扑腾着，撞坏了好多树。可是它飞起来了。

开始的时候飞得歪歪扭扭，把我晃得晕头转向，然后它越飞越快越飞越稳，它飞得老高，飞得好快。我不知道过了多久，我只记得，我和它停下来吃了几十次云彩，甜甜的，很清凉。幸运的时候遇见彩虹，我们会大吃一顿。对了，彩虹是各种水果味儿的，红色的部分是草莓味儿，黄色的部分是橘子味儿，绿色是西瓜味儿，蓝色是梅子味儿。

我和它飞了好久好久，终于看到了海。

海是蓝色的，海里有好多好多亮晶晶的鱼在跳着，海风是咸的，海边的沙子非常柔软，非常舒服。我的龙没有回头，有些笨拙地一步一步，踩着沙滩，走进海里。

然后我看到那条龙破水而出，在天空中发出嘶哑而难听的叫喊，我抓了一把沙子使劲儿丢它，沙子落下了却眯了我的眼睛。

真好啊。

“你醒啦，要一起吃一点儿烤鱼吗。”

我在沙滩上醒来，看到它正认真地笼着一堆火，烤着鱼。

“对了，还有那天忘了说……生日快乐。”龙背着我，十分没有诚意地说了一句。

我刚要感动，忽然意识到好像有哪里不对。“你用什么引的火？”

“你的裤衩。”

猫 17

我叫司雨，男。刚刚大学毕业，现在在一家外企上班，工薪阶层。

我是在下班的路上看见她的。

她全身黑漆漆的，光明正大地蹲在我回家的路上，抬头审视着我。

她看起来浑身很干净，不像是流浪猫。但是她脖子上没有项圈，我看了看周围，没有人。

是走失的猫吗？

我蹲下，对她叫唤了几声。她眼睛盯着我看了一会儿，抬起屁股，轻松地向我走过来。我摸了摸她柔软的头，她没有拒绝我，黑色的大尾巴扫了扫我的小腿。我被融化了。

我陪她蹲在路中间好一会儿，好在这条路平时没什么人经过。但是我始终没有等到她的主人。我用手扶住膝盖支撑着自己站起，她也站起来，抬起头看着我的脸。

我拎着手提袋，里面装着我打包回来的晚饭。我看了看她，抬起腿走了。

我一直没有回头，有些狼狈地回到我租的房子，关上门，打开微波炉，把打包回来的饭菜丢进微波炉里转着，然后蹲坐在沙发上，抱着大腿等饭热。

这时候外面传来了一些声响。

难道是她?

我其实一直想养一只猫，我喜欢猫，喜欢柔软的小动物，可爱，干净，而且不需要遛，还可以陪我。

我把门上的安全栓挂好，把门打开一条缝儿。

外面的外卖小哥儿有些尴尬地放下手机：“不好意思，送错层了。”

我“哐”一声关上了门。

我想养一只猫。

这个念头让我抓心挠肝，浑身瘙痒，甚至忘记了我现在还住在廉价的短租房里，每天的晚饭是从公司食堂免费打包回来的。

我胡乱套上外套，穿着拖鞋就冲了出去。她一定还在那里，对，她一定还在那里。

我跑得很快，冲到了刚刚遇见她的地方，但是她不在那里，她已经走了。

也对，有什么理由继续留在这里呢?

但是我还是很失落，不对，应该说是沮丧，非常沮丧。我蹲在路边，脑子里一直重复着我要一只猫、我要一只猫、我要一只猫、我要一只猫、我要一只猫，就这样一直想想想，想到我感到非常饥饿。我终于想起我可以回去，微波炉里有我打包回来的西红柿炒蛋和米饭。

我就回去了。我光脚穿着拖鞋，慢腾腾地走回去。还没走进大楼，就在楼下草坪上看见了那个黑漆漆的小身影。

是她!

她在草坪上舔着爪子，神情安逸，见我走过去也不慌张，依然带着那种审视的目光看着我。我伸出手，摸她的头。她头上的小绒毛特别柔软温暖，我伸出手试探着去抱她，她躲了一下，随即又用身子蹭了蹭我的腿，发出了咕噜咕噜的声音。我抱起她。真的，我觉得她喜欢我。

就这样，我拥有了我的猫。

我没有给她起名字，我就叫她猫。我把自己的旧衣服剪碎叠好，铺在箱子里，拿出一个海碗，把我的晚餐分出了一半给她。但是她没有吃。

她窝在那个箱子里，身体弯成一个腰果儿，睡着了。

我意淫着她在没有遇见我之前，吃不饱穿不暖，没有安心的地方可以睡觉，每天担惊受怕还要担心附近流浪狗的欺压，对自己收留了她的行为感觉到一阵自我满足。

我蹑手蹑脚地开门下楼，奔去最近的宠物店，买了猫粮、猫砂。其实本来想给她买一个可爱的猫窝，那家店里有一个恐龙猫窝，特别可爱，但是问了价格之后，我扛起猫粮、猫砂没回头地回去了。回到家里，我打开门第一眼就看到她在那个海碗前，舔着舌头，里面的饭菜消失了将近一半。

真好。

猫来到这里有一个星期了，她几乎没有怕生。每天用舌头清理毛发，把自己从脚指头到屁股蛋舔个遍，然后不是坐在窗台上蔫蔫儿地晒太阳，就是窝在纸箱子里睡觉。我以为她生病了，下了决心抱着她去了一所比较靠谱的宠物医院做检查，结果出来，啥事儿没有。人家医生说，你这猫应该多进行一些户外活动，不然不利于她身心健康发展。

于是我把家里的窗子开了一个猫洞，方便她进出。她基本每天都要出去遛弯，回家吃饭、睡觉。她有自己惬意的生活。

但是她还是最喜欢弯在沙发里，四脚朝天，丑态毕露。第二喜欢拉完屎，在我的床单上蹭脚趾上沾着的猫砂。第三喜欢金枪鱼罐头。

其实也有可能她最喜欢金枪鱼罐头，只是我没有钱经常买。

猫来到家里一个月，我带回了一个女孩子L。L是我公司的同事，头发是金黄色的，法国姑娘，中文说得不错。我喜欢她。

L一进屋子，就看到了猫。猫缩在我的大号拖鞋里不知道在搞什么破坏。L用法国人特有的夸张腔调惊呼了一声，然后飞奔过去，想要抱她。

我刚想阻止，L已经热情地把猫和拖鞋一起抱在怀里，又亲又搂。猫这个色鬼，居然没有挣扎，我瞧她似乎还很享受，我有点儿嫉妒这个小玩意儿："我给你做好吃的吧，煎鱼，牛排，沙拉之类的？"

L努了努嘴："我要吃宫保鸡丁。"

好吧。

我下楼去两条街以外的超市买了蔬菜、肉，还有金枪鱼罐头，今天很开心，应该让猫也分享我的喜悦。我拎着两个购物袋回家，看到L像猫一样弯在沙发里，怀里抱着软塌塌的猫。电视里播放的是一个中国家庭伦理剧。

恍惚间我觉得，我似乎已经和她们过了半辈子。

后来，L成了我的女朋友，她经常来我这里，陪我吃饭，带很多高级猫粮和小零食给猫。给猫梳毛，剪指甲，用逗猫棒和她玩。我有时候会好笑地觉得，L难道在和我的猫谈恋爱？

在我工作两个年头后，我的经济状况有所好转，能够经常给女朋友买新衣服、鞋子、包包，能给猫买高级猫粮、金枪鱼罐头，还买了一整套猫别墅，虽然她还是喜欢睡在那个箱子里。

很平常的一天，我下班回家没有看见猫。我以为她出去溜达，毕竟这么久了，我认为她很恋家。我做好饭，打电话给L，关机。打电话给L，关机。打电话给L，关机。

我像电视剧里被负心丈夫遗弃在家的女人，蹲坐在沙发上，看菜凉了，我去热。看菜凉了，我去热。看菜凉了。

后来我知道，L两个月前就接到公司通知，要她准备回法国发展那边的业务。我打电话的那个时候，她已经飞走了。

应该是她带走了我的猫吧。我想着。

说实话，我颓废了好一段时间，陪伴我的两个亲人都走了。不开心的时候我就去逛宠物店，从包里拿出金枪鱼罐头，喂任何一只黑色毛皮的猫。身上常年弥漫着一股金枪鱼罐头味儿。家里的猫窗我再也没有关上过，虽然我知道她不会回来了。

我去学习厨艺，烘焙，做出很多好吃的东西，我变得很受女孩子欢迎。有时候我也会做梦，梦见下班的路上，她全身黑漆漆的，光明正大地蹲在我回家的路上，抬头审视着我。我梦见我胡乱套着外套冲出门。我梦见她在箱子里，弯成一个腰果。我梦见L拿着逗猫棒逗她。

我渐渐好了。

只是有一天早上起床，我看到一只巴掌大的蜥蜴耷拉着脑袋在桌子上，是死的。蜥蜴身上有一排深深的牙印。我看到装着金枪鱼罐头的包上有一排猫爪挠过的痕迹。

只有那一次。

18

没有存在感的男人

对，他在人群中属于那种完全没有存在感的男人。

明明一起出去玩，大家买票时总会忘了他。

明明自己打电话约大家吃饭，等他到时所有人已经开吃。

明明逃了班，月底考核单上却写着“全勤”。（或许是好事？）

但是他的确不喜欢这样。

有人告诉他：“听说把萤火虫化进水里喝下去，就会成为人群中最闪亮的那个。”

于是他背着大包进了森林。

天色渐黑，森林里的空气既沉重又黏稠，黑暗好像肉眼能见得一点点坠下来。他去过很多林子，可是没有一片森林像这样，这么的安静。如果闭上眼，几乎感受不到任何声音，没有风，没有树叶的颤动，没有一只鸟不经意踩动树枝时那样咔嚓一声。这种感觉好像整个森林被沉浸在一块柔软的松脂里。

他把背后的大包从肩膀卸下，靠在一棵树旁休息。天算是黑了，但这里会有萤火虫吗？空气里松脂的味道浓重，地面上是厚厚的落叶。

然而，一片安静突然被打破了。

他看到落叶的缝隙里，树枝的枝丫里，还有隐秘的黑暗里，冒出了极为微弱的光点，那些光飘出来，却没带动空气里的一点儿气流。现在森林里不再是安静的，而是光点斑驳地安静的。

当所有光点静止在空气中，他抬起头，一个带着微弱光芒的精灵从大树后走了出来。

“你是谁？”精灵看着他的脸，问。

由于很少被人注意到，他感觉有些不安。“我想捉些萤火虫。”他说。

精灵的眉毛皱了起来：“你们这些人类，真是讨厌。又是想捉萤火虫讨好女朋友吗？”

他连忙摆手：“不是的，不是，我想找些萤火虫，听说喝萤火虫汁可以让我变得有存在感……”

精灵歪着脑袋，她长长的头发从肩膀一边滑到胸前。“这样说的话，倒是可以理解了……不过，你不会以为我就这样让你带走我的宝贝吧。”

他脸红了，赶快从包里掏出带来的一些东西：“我确实没想抢走萤火虫，我这有饼干，有我自己做的曲奇，还有点儿面包……”

“不，我不喜欢。”

他低着头。

精灵顿了顿：“我要你的心。”

舞会开始前，他把手里的萤火虫丢到杯子里。

两只萤火虫在这杯水里慢慢融化，透明的温水变得碧绿，他仰头一饮而尽。

有点儿苦涩但是带着一点儿青草的味道，顺着他的喉咙，暖洋洋的，滑进他的胃。他感觉整个人好像泡在温度适宜的热水里，他的手，他的脚，从他的肢体末端到身体中心，他开始发光。

他站在镜子前，看光蔓延开来，最终在他的心脏处停止。

他掀开上衣，在本应有心脏的那个地方，是一处漏风的空洞。

他穿上自己最昂贵的那套西装，特地在西装口袋里插上一枝摘下的新鲜玫瑰。他嘴角带着笑，他走进大门，他看见他的少女。

他发着光，那光芒更加明亮，他几乎踮着脚尖快步走向她，他伸出一只手。

另一人："美丽的小姐，能请你跳一支舞吗？"

少女微笑着答应。

他沉默地收回自己刚伸出去一点儿的手，看着少女和那个成熟而有风度的男人牵手步入舞池。

还是不行吗？他抿着嘴唇。

舞会热烈，姑娘们热情如火，小伙子身形矫健，大家玩儿得很开心。一如既往，他坐在舞会边缘的沙发上，一杯又一杯地喝着甜酒。一直到舞会散了场。

他的少女脸色酡红，手里拽着外套，离开了。

少女的家距离这里不远也不近，刚刚好是开车嫌麻烦，步行又稍稍需要些时间的路程。

少女揉了揉眼睛，今天的月光很明亮啊，路上的每一颗石子都看得清清楚楚。少女轻快的步子迈着。

他在她身边默默地跟着。

他目送少女进了家门。就这样吧，他双手插进裤袋，转身离开，脚步声轻巧，如同深秋最后一片落叶悄然坠落。

森林里，精灵手里那颗心脏，突然发出柔软而甜蜜的光。

19 拜耳的小提琴

“是您院子里传来的小提琴声吗？”

“啊，吵到你了吗，我家拜耳在练琴，不好意思。”

“没，没，就是觉得挺好听的……还有您院子里炖什么哪，好香啊。”探头。

“啊啊，对，瓦罐里炖了豆腐，快坐下来一起吃一点儿，千万别客气，好久没有年轻人陪我说话啦，冷不丁见到你还觉得挺开心的。”拉出椅子。

“刚好我也没吃饭，炖豆腐有这么香吗？”嗅嗅。

“当然了，我加了些小泰椒，一点点就够，不然太辣会掩盖豆腐的本味。切碎的肉丁用酱汁腌渍半小时再撒进去，特别下饭，拜耳一次能吃四碗米饭，我稍弱点儿，吃两碗。米饭煮得很多，来来来，坐下。”拍凳子。

“好好，那我也不客气了。拜耳的小提琴拉得真不错。”

“说起这个，当年它在街头卖艺的时候，拉的琴简直太难听了，现在回想起来，还感觉好笑啊，哈哈哈。”

“街头卖艺？街头艺术家吗？”

“可没有那么厉害啊姑娘，是乞讨，明晃晃的乞讨。不要脸极了。”掀开瓦罐盖子。

“这么说不好吧……”

“就是乞丐嘛，因为它拉得还没公园里那些假装失明的拉二胡的人好听。”

“……这么说这几年它进步蛮大的，现在这首，是……嗯，《流浪者之歌》？”盯瓦罐。

“谁管它啊，我只管听着好听就行。来，豆腐好了。”盛出一碗。

“叫拜耳过来一起吃啊。”假装矜持。

“别拉了，快过来吃！”嗷一嗓子。

“嗷嗷嗷，洒家来了。”举着提琴狂奔而来。

“哇，你身上的毛发好有光泽！用的什么洗发水？”

“我的口水，每天多舔几次，给毛发做护理，非常棒，就算最干燥的冬天也不会有毛糙的烦恼。”

“这个我没法效仿啊，我的舌头恐怕够不到我的头发，遗憾啊遗憾。”

“做人类好累是吧。”

“是啊……啊啊啊！你咋是一只熊啊！熊为什么会说人话！”

“给您添麻烦了！”哭着跑开，又回身拿走一锅米饭和两勺豆腐，跑进屋子。

“……我是不是问了什么不该问的问题？”

“别理它，它只是不太好意思在陌生人面前吃饭。”

“它好奇怪，哈哈哈。”

“它啊，其实是一只挺普通的熊。只不过会说话，会拉小提琴……

这么一说还挺酷的。”

“太厉害了，会说话的熊，说实话还是第一次见，会说话的鹦鹉倒是见过不少，不过也都是些学舌之辈，没啥好惊叹的。拜耳和谁学的说话？”

“不知道，我遇见它的时候，它就会说话了，隐隐听它提过熊贩子之类的，据说拼命学习说话是为了一个女熊贩子。”

“难道爱上了？”惊。

“也说不上是爱吧，你有没有那种感觉，就是很平白地冒出一种冲动——比如，你想在蜗牛的壳上种一朵向日葵，无稽之谈吧，但是你就是无法抑制自己，在蜗牛壳上种向日葵有什么用呢？你知道几乎没什么用，但是你就会日思夜想……”

“总之是为了那个女贩子，嗯，应该是喂它食物的女贩子吧。一般来讲，剧情都会这么发展的，熊爱上饲养自己的女贩子，为了她学习说话，唉，还挺浪漫的。”

“不是，你想错啦，拜耳连那个女贩子的脸都没见过，只听它说过，它喜欢那个女贩子唱歌。它在黑暗的笼子里的时候，肚子里很饿，周围很黑很闷热，那时候它经常听到她在外面唱歌，有时候是欢快的，大部分时间是忧伤的调子。我估计那个女贩子是不是失恋了。”

“所以后来就学会说话了？”

“先跟着外面的声音哼唱着，死记硬背下来，然后夜深人静的时候独自一人哼哼。”

“居然单单通过歌儿就学会说话，厉害。”

“也不是，”再盛一碗米饭，“后来它有一次偷偷唱歌，被发现了。于是被卖给马戏团，在那儿它学会了更多话，唱更多歌儿，几乎成了大明星。”

“后来没见过那个女贩子吗？”

“都是过客啦，再没见过。”

“匆匆过客……那几乎成大明星是怎么回事？”

“要是没有那次，我肯定啊，它保准每天出现在电视里，说不定还能混上个节目主持人来当当。”

“发生了啥？”

“它被告了，意图谋杀小孩儿。”

“啊！怎么……”

“没有，我知道它没有。”

“我相信的，它那样的性格，估计干不来那样的事吧。”

“是敲诈！”狠狠摔筷子，“恶心的敲诈！拜耳当时只是舔了一口小孩儿手里的冰激凌，草莓口味的，它没忍住。结果被孩子妈妈看到了，非说它要咬小孩儿的脑袋。”

“这不是颠倒黑白吗？”

“后来法庭判决它再也不能出现在马戏团，赔偿那对母子一大笔钱，于是它赔光了在马戏团赚来的所有钱，流浪街头了。”

“唉……再来一碗米饭，多浇点儿豆腐。”

盛满一大碗。“后来怎么就学小提琴了呢？”

“因为一个患有孤独症的小孩儿。那次拜耳喝多了蜂蜜，醉醺醺的。胡言乱语，大概情况我梳理了一下，应该是有天清晨拜耳在街上落魄游荡的时候，遇见一个小提琴拉得很好的小孩儿……”

“又是小孩儿？不怕又被告吗？”

“谁知道，蠢死了。那个小孩儿站在广场中央，歪着头，拉着琴。广场人来人往的，拜耳从来没听过那么好听的声音，入迷了。它蹲在离小孩儿十米外，扶着下巴认真听，小孩儿一直拉，它就一直听。后来那孩子收起地上人们赏的零钱，准备回家。拜耳不知怎么想的，居然一路跟着去了。”

“看得出来，它真的很喜欢那曲子啊。”

“后来那小孩儿拐进一家甜品店，出来的时候捧了一块草莓布丁，然后递给拜耳了。”

“小孩儿也太善良了吧……”

“但是拜耳犹豫了一下，对，它后来信誓旦旦地对我讲，它就只犹豫了那么一下，结果小孩儿沉默着就把布丁丢进垃圾桶了。”

“脾气很怪异这小孩儿。”

“小孩儿就走了，拜耳听了一整天琴，结果肚子超饿，还是翻垃圾桶把布丁拿出来吃掉了。那布丁超好吃，拜耳就想着也要送给小孩儿一个布丁，结果它进店里一打听，超级贵！拜耳打了几天工，类似帮人家扛很重的货。”

“熊的力气很大吧，很对口。”

“本来正常应该是这样的，但是拜耳是一只特别的熊，它力气很小……所以扛货的时候扭了腰。然后养伤几天，用全部的工钱进店里买了布丁，啊，它现在还偶尔抱怨，那家店的服务态度可不怎么好，一看是熊，居然脸色很差，还说怕熊毛乱飞之类的混账话。说到哪儿了，对，它抱着布丁盒子蹲在广场中心，从早晨等到晚上，又从晚上等到第二天早上，小孩儿也没来，它就自己把布丁吃了。”

“放了那么久，布丁该酸了吧。”

“所以它又拉了两天稀。后来它多方打听那个孩子的去向，知道他自杀了。”

“……”

“不知怎么说，现在说起来我还觉得我这心里颤颤地难受。后来，拜耳听人家说，音乐声能传到天堂去，它就琢磨着，如果能拉一段曲子，就它和他相遇那天的那段曲子，它拉出来，会不会有那么一丁点儿的可能，那孩子在天堂会听到呢？”

“所以它开始学习小提琴了。”

“是的。刚开始拉得不好，好在我还懂一点儿乐理，就勉强教教它。现在它的曲子已经不错了是吧？”

“岂止不错，真的很好听，总感觉琴声里有很多东西，我嘴笨，形容不好。”

“那是它对那个孩子的思念吧。”

“唉……真好。对了，今天的豆腐也很好吃。”

“欢迎你随时再来吃。”

20

诺兰朵

【引子】

一个小男孩在海边，他手里拎着一个巨大的桶。

鲨鱼离他远远的，从海面上好奇地探出了头。

小男孩的眼睛是瞎的，但他摸索着走到海边："喂，那边是谁？我闻到你的味道了哟。"

鲨鱼犹豫了一下，尾巴拍着水花，轻轻发出一声鸣叫。

"真难听啊……嘿嘿，我知道你在哪里了。"小男孩用刷子在桶里蘸了些颜料，在空气中画着，不一会儿一只小船就出现了。小男孩划着船，跳进海里。

"你身上好凉啊，你应该喝点儿暖暖的汤。"

男孩的小船靠在鲨鱼身上，他伸出手，摸了摸它冰冷的鳍。

在某一天，整个大陆被海水淹没了，世界被分成一块一块的海域。有的海域岛屿群密布，人群聚集，而有的海域十分荒凉，如果误入了那种海域，可能会一辈子都见不到一个岛，这样的海域人们称为枯海。

诺兰朵的爸爸是一艘大船的船长，当洪水淹没港口的时候，他带着诺兰朵乘着船出海了。

他们乘着船，漂泊了好久，也许有几十年。每当海面出现小小黑点的时候，大家都会开香槟庆祝。可惜依然没有一个黑点是大家期待的岛屿。

后来，诺兰朵的爸爸死了，诺兰朵成了这艘大船的船长，现在的船上已经没有水手，也没有厨子，只有他一个人，船长犯懒的时候就让船在海上漂着。

有时候诺兰朵船长会和船上的桅杆聊天："嘿，话说今天云彩很多啊，你离得近，肯定能看得更清楚吧。唉，今天的你依然很冷淡啊。"

有时他会拿扫帚和抹布把船从船舱到甲板仔仔细细打扫一遍，一整天很容易就过去了。

在星星非常明亮的夜晚，他会把小时候带上船来的玩具从箱子里拿出来，一个一个摆放在甲板上。

他坐在玩具中间，讲讲以前爸爸讲过的故事，或者随意说说今天的感想，再或者什么都不说，只是坐在玩具中间，互相发着呆。

在没有风的下午，他会在甲板上晒内裤。像篮球场那么大的海鸥从船顶掠过，这时候，他就喊："快点儿飞吧你，别挡住我晒内裤的阳光！"

诺兰朵船长觉得今天也是平常的一天。

后舱还剩下小半斤茶叶，他在白色雕花的瓷杯里捏了一撮儿，沏些水。可能是因为气候的原因，船上烧的水总是温暾暾。诺兰朵将杯子扣上盖，搁在一旁，而他自己盘着腿靠在甲板上——他的爸爸生前也总爱这么做。

"等十六分钟，哦哦哦，现在是十五分五十九秒，五十八，五十七……"

他嘟囔着，眼神放空。他又发起呆来。

他忽然想到什么，从上衣口袋里翻出那个破烂的笔记本。

“唉，原来今天我过生日吗？糟糕，我数到哪里了！姑且算十三分钟好了，十二分五十九，五十八，五十七……”

回应他的是船底传来的一声巨大的撞击声。

诺兰朵赶到船底时，刚好看到它翻着肚皮，一动不动地在船边漂浮着。诺兰朵在船底透过窗子看到了它，一只鲨鱼。

死了？

诺兰朵在窗前观察了好一会儿：“嘿嘿，鲨鱼肉好像也很好吃……不对，我不会游泳啊……不过它看起来蛮可爱的……它会不会和我说话……应该不会吧，它好像是死了……总之……咦？”诺兰朵惊诧了一下，窗外那个蓝色的鲨鱼摆了摆尾巴，一翻身，晕晕乎乎地转了几个圈儿，又一头砸在了船身上。

诺兰朵一拍大腿。

当他战战兢兢地乘着小筏子靠近那鲨鱼的时候，他终于看清了它的全貌。这只蓝色的鲨鱼的两只眼睛已经有些腐烂，肉里泛着血污。它的鳍短短粗粗，和身体很不协调，头顶还有一个隆起，看起来像长了角。诺兰朵把它从船身旁推开，坐在筏子上从远处观察了下，确定它只是撞得头晕，这才拍拍鲨鱼的身体，准备回船上。

鲨鱼突然睁开了眼，腐烂的眼睛盯着他。

诺兰朵笑了：“干吗撞我的船？我这里可没有好吃的。”

鲨鱼眼睛眨了眨。

诺兰朵用细渔线把鲨鱼坏掉的眼睛缝了起来，鲨鱼的尾巴在水里慢慢地晃动着。诺兰朵把自己喝的茶叶敷在它的伤口处，防止伤口继续恶化。几天之后，这只鲨鱼的眼睛愈合了，诺兰朵拍拍它的头："你乖啊，别撞我的船了，我很怕水的。"

回应他的，是"砰"的一声。

鲨鱼又撞船上了。

诺兰朵终于明白，这只鲨鱼天生就是失明的。

"唉，好可怜啊……我从前也是瞎的，不过后来有一天我就能看到东西了，神奇吧……也许哪天你也会突然就能看见东西啦。"诺兰朵说这话的时候，轻轻抚摩着鲨鱼冰冷的鳍。

鲨鱼晃晃尾巴。

后来诺兰朵每天的生活变得不太一样了。那只鲨鱼一直像只小尾巴一样跟在船后。诺兰朵不再和船上的桅杆聊天，而是每天对着小鲨鱼碎碎念："鲨鱼啊，海里有很多好吃的吧，你看你那么肥，给我也带一点儿啊，吃独食可不是好朋友哦。

"话说你真的看不到吗？你看不到我吗？那你靠什么辨别方向呢？"

鲨鱼两只眼睛无神地眨了眨。

诺兰朵叹了一口气。

下午，诺兰朵钻进船舱最深处，堆积的灰尘呛得他"阿嚏阿嚏"打了好几个喷嚏，只听船旁待着的鲨鱼学着他也"阿嚏阿嚏"叫了两声。

这没良心的。诺兰朵"呸"了一下，继续在船舱底翻着。

呼，找到了。诺兰朵抹掉额头的汗，从一堆杂物里拽出一把长弓，还有一盒黑黢黢的箭。

“喂，今天晚上咱们吃好吃的，快欢呼一下吧。”他梗着脖子冲鲨鱼喊了一声。

鲨鱼尾巴拍打水面，水花溅起，溅了诺兰朵一脸。

“喂喂，这么不给面子啊，虽然说上次我给你喝了温暾暾的茶叶害你拉肚子，上上次一起吃的海鸥酱害你拉肚子，上上上次捉到的乌贼喷了咱们两个一身墨汁然后你拉了肚子……好吧，但你姑且期待一下嘛，也许这次你还会拉肚子哦。”

但鲨鱼游到船后睡觉去了。

今天晚上的星星很亮，诺兰朵仰着头观察了会儿，在船头甲板上架起一口大锅，里面放满了水和不甘心正向外爬的海星。诺兰朵搓搓手，弯弓搭箭，嗖。

几颗星星扑通砸进锅里。

“嗖嗖嗖”。

更多星星一个一个扑通扑通掉进大锅，逃跑的海星被砸晕回锅底。

从夜空掉下来的星星通红滚烫，掉进锅里很快水就沸腾了。

香味飘出来了。

“喂，快来啊，汤好了！”诺兰朵喊。

鲨鱼的尾巴摇摆得飞快，在水里转着圈儿。

诺兰朵划着筏子，抱着的木桶里盛着滚烫的汤。鲨鱼张着嘴，诺兰朵把汤倒进鲨鱼嘴里。

鲨鱼不动了。

诺兰朵微笑着看着它：“星星煮的汤，就是海的颜色，你每天在海里泡着，应该知道海的颜色……漂亮吗？”

鲨鱼慢慢沉入海底，沉寂了许久，突然从水面一跃而出，一声深沉沙哑的鱼鸣。

“真难听的叫声啊。”

诺兰朵也喝了口汤，从口袋里掏出本书，开始读故事。

“在很久很久以前，国王的城堡旁有一座游乐园。这座游乐园里面有巨大的摩天轮，有世界上最刺激的过山车，有能够载人飞上一小段的玩具飞机，游乐园里还有海上迷宫，简直可以称为最好玩的游乐园……”

小筏子靠在鲨鱼身上，他的手臂枕在脑后。

“鲨鱼，我跟你讲啊，我要用这艘船，漂完整个枯海，书里有句话怎么说来着……我们的征途是星辰大海！”

鲨鱼发出温润的呼吸声。

诺兰朵的船在枯海上继续漂着，鲨鱼也继续跟着。

风暴来了。

几十米的浪在海面上掀起又落下，他从来没见过这么大的浪，这么震耳欲聋的涛声，诺兰朵感受着整个海的轰鸣，船身剧烈地摇晃着，所有的东西都在轰隆隆地震动着，他想要呕吐，他想要疯狂地喊叫，但是唯一能做的也只是握紧船舱里的柱子。整场风暴持续了两个钟头，诺兰朵晕了过去，待到他转醒，海面已经恢复了一如既往的温柔。

但鲨鱼不见了。

鲨鱼就这样不见了，诺兰朵觉得它可能在风暴中和他失散了。

它看不见东西啊，它去哪里了啊。

诺兰朵呆坐在甲板上，一时间忘了自己应该做什么。

阳光这么好，天这么蓝。

昨天刚捕捉好的海星撒在甲板上，混在断掉的弓还有被风浪打得乱七八糟的杂物里。

这场风浪将诺兰朵的船吹离了枯海，在船漫无目的地漂了几个星期后，他看到了一座岛。

原来岛是这样的吗？原来陆地是这样的。

诺兰朵下了船，岛上的人们很热情。诺兰朵吃到了米饭，喝到了不再温暾暾的茶。吃到了蔬菜，吃到了烤得外焦里嫩酥脆金黄的乳猪，他喝了很多果子酒，在柔软的床上睡着了。

后来，他成了岛上的渔夫，他娶了粮店老板的女儿，他的那艘船依然搁浅在岛的岸边。

再后来，粮店老板的女儿和他离了婚，他一个人在岛的边缘搭了一个小木屋，每天钓鱼，晾晒鱼干，喝喝茶。

但每当星星明亮的夜晚，他便越发沉默。

每年新年的第一天，岛上的人们都会举办宴会来庆祝。而今年的似乎更加热烈，他趿拉着鞋打着哈欠走出他的木屋，刚好看到岛上的人围着岸边搁浅着的一条巨大的鱼在跳舞。

几个渔夫从他身边走过，笑着谈论着：“很多年没有这样的好事啦，一条鲨鱼够咱们吃好久！”

“是啊，真是喜事，不过这鲨鱼为什么冲到岸上来了？”

“不知道啊，听说有人看到，那鲨鱼隔着老远就直愣愣地冲着岸边游过来了，游得飞快啊。对了……”一个渔夫突然想到什么，转过头对诺兰朵说：“嘿，那鲨鱼好像把你的那艘船撞坏了，没事儿吧……反正你好多年都不用了嘛，哈哈。”

他们笑着走了。

诺兰朵沉默着，他沉默着跟在他们后面。

他的手在抖。

然后他确实看到了那条鲨鱼。

它比以前长大了。它的眼睛里，目光有些空洞。

当人们欢庆新年的晚会结束，第二天大家鼓起干劲儿准备新一年的工作的时候，有人发现诺兰朵的破船不见了，诺兰朵也不见了。

在远方的海面上，诺兰朵站在船头，一顶鲨鱼皮帽子戴在他花白的头发上，一把长弓丢在他脚边。他从上衣口袋里掏出一个小本子，郑重地写了几个字：“我们的征途是星辰大海。”

戴高帽子的小丑

21

在很久很久以前，国王的城堡旁有一座游乐园。

这座游乐园里面有巨大的摩天轮，有世界上最刺激的过山车，有能够载人飞上一小段的玩具飞机，游乐园里还有海上迷宫，简直可以称为最好玩的游乐园。

游乐园的西边，有个马戏团，小丑就在那里工作。

小丑画着滑稽的大红嘴唇，穿着裤腿肥大如灯笼一样的长裤，红色条纹的上衣，脖子上系着一条绿色的披风，在舞台上表演抛接苹果。表情夸张，手忙脚乱。直到他的手一抖，苹果掉到他头顶果汁四溅，他表情变得呆滞而又无辜。

台下的观众笑得前仰后合。

“太蠢了，太蠢了，哈哈哈！”

“你看他还把烂苹果塞进嘴里呢！”

“呀！他撅着屁股，难道是要拉肚子了吗？”

他一直很受大家欢迎，舞台下的小费盒子里，装着满满的小银币。

每天，当天色一点点变黑，游乐园里的人也渐渐离开。下班啦，小丑盘着腿坐在舞台下，一边啃着今天剩下的道具——苹果，一边数着他的小费盒子里满满的银币。

嗯，这样下去我很快就能攒够钱，换一个舒服点儿的房子了。

小丑开心地捏了几个零钱，然后收起盒子，走到游乐场对面的面包屋里买一块干面包。然后拎着面包步行一小时回家，休息五分钟，从柜子里取出点儿前天剩下的黄油抹在面包上。

填饱肚子后，小丑钻进被窝，床头一盏小南瓜灯，他开始读那本童话《妖精和小孩儿》。

“遥远的杉树林子里有一个妖精，翅膀像蜻蜓一样透明，耳朵尖而长。它的身体刚好有老杉树的叶子那么大，所以杉树叶卷起来后，刚好可以做它的小床。

“有一天，一个小孩儿在森林深处的郁金香花丛里捉虫子，而妖精正在不远处一棵郁金香的花心里休息。它听见小孩儿的声音，探出头张望，小孩儿穿着红色的连衣裙……”

小孩儿确实是可爱的东西！小丑想着。小孩子的四肢那么柔软啊，胖胖的，嫩嫩的，演砸的时候也不会对你丢西红柿，小孩儿确实是可爱的东西。

他想着，迷迷糊糊地睡去了。

第二天起床，继续穿上肥大的工作服，他又开始了一天的工作。

但是今天有些不太一样。

当他走进游乐园的时候，他看见一个穿着红裙子咬着棉花糖的漂亮小孩儿，小孩子的眼睛亮晶晶的。

“确实像天上的星星啊。”小丑想着。

小丑远远地看着，想着。

小孩儿却像一朵云一样飘到小丑的面前了。

“哇！一个小丑！”她的语气夸张，“你是小丑！”

小丑感觉自己手心里出了汗：“嗯……我……我是……”他不知道自己应该说些什么，也不知道自己的手脚应该放在哪里。

“你是小丑呀，能给我买一个冰激凌吗？”

小丑长长舒了一口气，他的红鼻子在阳光下沁出了细细的汗珠。他快步走到冷饮店，买了香草口味的特大号冰激凌，这个冰激凌和小孩儿的头一样大，递给了小孩儿后几乎看不见小孩儿的脸了。

“这么大！我吃不了啊，不如我们一起吃吧，你看这冰激凌上有两个勺子呢。”

就这样，小丑和小孩儿坐在游乐园的长凳上，分享了一份冰激凌。

小丑第一次知道冰激凌居然这么甜，甜甜的梦在嘴里化开，润过喉咙，沁过肺腑，最后深浸心里。冰凉甜蜜。

小孩儿嘴里含着一口冰激凌，长凳上晃着白净净的小腿：“小丑，你在这做什么呀。”

小丑一下子慌了神，难道要和她说，自己擅长扔苹果？丢苹果？砸苹果？

没等小丑回答，小孩儿又问：“你会唱歌吗？”

“不会。”

“那你会跳舞吗？”

“不会。”

“哈哈，我知道了，你一定会表演魔术咯！我有个朋友啊，认识一个超级厉害的魔术师呢！他能从帽子里变出小兔子！”小孩儿兴奋得手舞足蹈。

小丑低着头，两只手紧张地搓着，他感觉自己的鼻尖又出汗了。

小孩儿盯了小丑一会儿，见小丑沉默着，噘了噘嘴：“咳，总之认识你很开心！以后我们要经常一起玩噢。”

小孩儿用手背擦了擦嘴角的冰激凌渍，冰激凌已经吃光，小孩儿跑开了。

于是小丑一整天工作的时候都恍惚着。当晚上台表演时，他头撞到柱子上，额头鼓起一个大包，还踩到自己的脚尖摔倒，抛接苹果，三个苹果依次梆梆梆砸到头上，无比整齐。他站在台上尴尬地笑着，可观众却更加兴奋。欢呼声、叫好声此起彼伏，舞台下盒子里的硬币已经溢出来，甚至还有几块儿金子隐秘地闪着光。

马戏团的表演终于结束，游乐园门口，小丑怀里抱着一堆沉甸甸的钱币，他所有的钱。

他没有和往常一样去游乐园对面的面包屋里买干面包，也没有急着回家。他蹲在门口一个身披金甲的王子塑像旁，眼巴巴看着游乐园出口。

终于，游乐园那个最受欢迎的魔术师戴着高高的帽子穿着燕尾服走了出来，他帽子上的羽毛一颤一颤。

小丑急忙迎了上去。

“魔术师先生……我很想和您学习帽子里变兔子的戏法儿！这里是一点点钱，您能不能仁慈地教教我呢？”

魔术师撇撇嘴：“哟，这可真稀奇，小丑也需要变魔术了？看来我要有危机感了啊。”

小丑的脸有些烫，他巨大的红色嘴唇张开又合上，张开又合上，可是没有一个字从他嘴里说出。

魔术师“哼”了一声，刚要迈开脚，眼神却被小丑钱盒里一闪而逝的金子光芒定住。魔术师微笑着从小丑怀里取了那一盒钱币，掂掂重量，笑容更加真挚。

“既然你这么诚心，教给你这个魔术也没什么大不了……但要记住，魔术是高尚的艺术，别搞砸了。”

小丑觉得自己好像又吃了一次香草味儿的冰激凌。夕阳下，他的红鼻子亮晶晶的。

第二天，小丑早早地等在游乐场门口，小孩子没有来。

第三天，小丑早早地等在游乐场门口，小孩子没有来。

第四天，小丑等着，小孩子没有来。

第十天，小孩子没有来。

…………

第三十年，没有来。

后来小丑一直住在那个租来的小屋里，他仍然习惯每晚走到游乐场对面的面包屋里买一块干面包，拎着面包步行一小时回家，休息五分钟，抹些黄油吃掉干面包，偶尔的加餐还是游乐场的道具苹果。

床头南瓜灯下，那本童话《妖精和小孩儿》很旧，其中有一页的页脚有很多折痕，导致这一页的文字已经有些模糊了，不过没有关系。

“它找了很多年，终于在一个偏僻的小镇里找到了她。她已经老掉了。眼睛不再清澈了，头发短短的，雪白的，用一个金红色的鲤鱼形发卡别住。院子门口种满了郁金香。‘喂喂，我带来了水龙头。’妖精说。”

临睡前，床上的小丑嘴里默背着这一段。

每次小丑上班前都会在游乐园门口戴着一顶高高的帽子，为小孩子们表演帽子里变兔子的魔术，小兔子白白的小小的，非常可爱。

“喂喂，小孩儿，我给你变一个魔术吧。”

如果你以后去游乐园看见这样一个戴着高帽子的小丑，记得给他买一个香草味儿的冰激凌。

22 妖精和小孩儿

【一】

从前，遥远的杉树林子里有一个妖精，翅膀像蜻蜓一样透明，耳朵尖而长。它的身体刚好有老杉树的叶子那么大，所以杉树叶卷起来后，刚好可以做它的小床。

有一天，一个小孩儿在森林深处的郁金香花丛里捉虫子，而妖精正在不远处一棵郁金香的花心里休息。它听见小孩儿的声音，探出头张望，小孩儿穿着红色的连衣裙，头发是金色的，背着一个小背筐，背筐里有两条金红色的鲤鱼，一个缠满蛛网的纺锤，还有一个水龙头。

真好看啊。妖精想着，身体就不自觉地从郁金香花心里探出来了。它回想起自己小时候也遇见过这样的小孩子，只不过那时候它太害怕，只瞄了一眼就匆忙躲到杉树叶子后面。它看得出神，思绪不知道飘到哪里去了，没注意自己身体已经被两只白白胖胖的手指捏着，它上下左右噼里噗噜地乱折腾一气，累得翅膀耷拉下来，却仍然没能挣脱这双魔掌。

“咦，你是什么东西？”

擒获它的元凶是个小孩儿，这个小孩儿捏着它，靠近自己双眼。

她的眼睛好大啊，睫毛湿漉漉的，像林子里那头母鹿。妖精一时又发起呆来。

“喂喂喂！说话啊！”小孩儿皱着眉头，小鼻子也皱起来了，使劲儿摇晃着妖精的身体。

妖精感觉自己要被晃晕了，情急之下张大嘴一口咬住小孩儿的拇指。

“哎哟！”小孩儿痛呼一声，急忙甩开了妖精，捂住自己的伤口，而妖精被她那么用力一甩，又丢到郁金香花丛里去了。

“好疼啊……呜呜呜……”小孩子一屁股坐到地上，张大嘴哭起来。她的背筐也散落了，两条鲤鱼跳啊跳啊逃进了丛林深处，缠满蛛网的纺锤被树下休息的纺织娘趁机拾走，那亮闪闪的水龙头也不知道滚到哪里去了。

妖精本应该逃得远远的——因为所有的妖精都很胆小。

可是小女孩的号啕大哭把它吸引了回来。“实在是太粗鲁了，太粗鲁了，可是她……还是好可爱啊。”妖精躲在花丛里，随手拾起一片落叶挡着自己。妖精想着。

小女孩的哭声越发凄惨了，森林里的蘑菇们不得不弯下了腰避免声波攻击，刚刚盛开的玫瑰急忙闭拢了花瓣，而附近树上的那只坏脾气百灵恨不得要举家迁徙。妖精犹豫了一会儿，对小孩儿喊了声：“喂，人类……你还好吗？”

小孩儿不理，哭声隐隐有渐大的趋势。她的拇指上有妖精啃下的两个洞，洞里冒着蓝色的气体。

妖精从自己的小口袋里掏出了手帕，那块手帕的边角上，绣了一片杉树叶。妖精把手帕团成一个球，丢到小孩儿身前。

“用这个包扎就不痛了。”

小孩儿瞪大了眼睛，看着白色手帕团成的小球一跳，一跳，跳到自己脚丫旁。

【二】

“我的宝贝丢了。”小女孩的眼睛里还有泪花闪烁。她的手指被缠了一圈又一圈，像个圆鼓鼓的乒乓球。

妖精的翅膀沮丧地耷拉着：“对不起，我不该咬你的……那些东西是……”

“是我养的一对鲤鱼，妈妈的纺锤，还有我答应给我小男朋友带的水龙头。”

“我……那我帮你找回它们吧。”妖精说。

这样，妖精和小孩儿踏上了寻宝之旅。

他们从森林的西边向外走，是一个山坳，下面是一片空地。空地上摆着一个很大很大的鱼缸，里面有一条巨大的，蓝色的鲨鱼。

小孩儿三两步跳到鱼缸旁，使劲儿敲打着玻璃鱼缸：“喂，喂，鲨鱼！有没有看到我的宝贝？”

鲨鱼的眼睛足足有半个篮球场那么大，所以不屑的眼神传达得也尤其明显。它甩了甩尾巴，游到鱼缸里的石头后面去了。

“唉，恐怕这只鲨鱼并不知道呢。”妖精远远地看着，遗憾地叹了口气。

小孩儿有些失望，对着妖精招招手，妖精落在小孩儿的左肩。他们决定继续向西，而此刻，他们听到背后巨大的号叫声："嗷嗷嗷，别吃我，嗷！"

回头，正是刚刚那只鲨鱼。一只巨大的虎斑猫吐着血红舌头，颈上系着条花被单，左爪握着两根电线杆，右爪捉着一个洗衣盆（看样子是用来舀汤）。

小孩儿喊了一声："大猫！有没有看到我的宝贝！鲤鱼，纺锤和水龙头？"

虎斑猫用两根电线杆夹起鲨鱼，塞进嘴里，鱼尾巴还在猫嘴外甩啊甩。猫眯着眼咀嚼了一会儿，伸长脖子把鲨鱼吞进肚子，又用洗衣盆舀了勺鱼汤喝了。它吧嗒吧嗒嘴："说起来咱家今早确实看见个渔夫抱走了两只鲤鱼，红色的，当时咱家还想用来做零食很不错，但那渔夫先得到的，咱家要抢了未免显得不道德，咱家可是有素质的猫啊……"

妖精从小孩儿肩上飞起来，落在大猫鼻尖。"你知道渔夫家在哪个方向吗？"

大猫明显不习惯有东西落在自己鼻子上，两眼会聚一点，斗鸡眼状。"咱家知道，顺着河一直走，有个渔村，大概就是那边。阿……阿……阿嚏！"

大概妖精在大猫鼻子上太痒痒了，大猫一个喷嚏把妖精喷飞到草丛里。

唢呐声，欢呼声，鞭炮声。

"这应该就是渔村了吧，好热闹。"

妖精和小孩儿循声走了过去，却见是一户渔人正在办喜事。妖精和小孩儿趴着那渔人家窗子上，窗子里，一个美丽的少女对着梳妆台红着眼，看样子刚刚哭过。

“她为什么哭？她不想嫁人吗？”

“嘘……”

这时，少女房间的门开了，一个五十多岁的弯腰老人走了进来。他的颧骨高而红，脸上褶皱堆积，褶皱里满是风沙泥土堆积而成的暗痕。

“孩子……明天阿郎就来迎亲了。”

“我知道，阿爹。”少女瞧瞧自己身上满是补丁的衣服，她的嘴唇颤动，似乎想说什么，终是什么也没说出口。

“都怪你阿爹没有钱给你买新娘礼服……”老人脸上的皱纹似乎更深了，他想了想，还是伸手进怀，掏出了两条金红色的鲤鱼。

窗外的妖精瞪大了眼睛。

“你瞧你瞧，那是不是你的鱼？”

“是，那是我的鱼！”

“我去帮你拿回来！”妖精说着，就要翻窗进屋，被小孩儿一把拉住。

“嘘！小声啦，不要擅自进别人房间。我们继续看看。”

房间里，老人把腰肢扭来扭去的两条鲤鱼递给少女：“我昨天去河边，刚好看到这两只鱼手拉着手在河边玩呢，我想着你一定喜欢，就顺手逮了过来。”

少女扫了眼鲤鱼，这两只金红色的鲤鱼十分活泼，在老人手上还噘嘴瞪眼。

少女双手接过鲤鱼，越看越觉得有趣，把这一对拥在怀里，假装自己是正在哺乳的母亲。她嘴里哼着略略有些忧伤舒缓的歌谣，而那一对鲤鱼似乎感觉到少女的心事，渐渐安静下来。老人不知何时悄悄走出房间，一口浊气叹出。

屋子里渐渐地安静了，只有少女熟睡的呼吸声。

而第二天清晨，少女揉眼起床，怀里两只鲤鱼已经不见了，取而代之的是一件礼服，上面缀着珍珠和宝石，红色的礼服又轻又软，像口感最好的棉花糖一样。

“一定是鲤鱼神显灵了。”少女颤抖着身体，喜极而泣。

【三】

妖精和小孩儿继续前行，妖精有些疲惫地倚在小孩儿身后的背筐里。小孩儿身上的红色连衣裙不见了，取而代之的是一些青草和树叶编制而成的裙子。那件红色连衣裙，被妖精亲手改制成一件礼服。而那两条逃走的鲤鱼，则被妖精用绳子紧紧地捆了起来，放在背筐底部。

他们走出很远，他们遇见过枝条像手指一样的月亮树，月亮树没有见过他们的纺锤，但仍允许他们在自己的枝条上休息一晚。枝条如此柔软，躺在上面就像躺在母亲的掌心。

第二天他们告别月亮树，继续寻找。他们遇见了尾巴镶嵌着金线的云雀。那时夜晚的星光还未熄灭，云雀在一朵花上歌唱。

喝醉的老乌鸦在月光下，大家都说它有一副好心肠。

在雪水积郁的石壁，回家的少年赶着群羊。

即使脚下有山谷，还有洪水淹没。

啊，美丽的纺织娘，你是否愿意来我的新房。

啊，绿色的纺织娘，你是否愿意做我的喜娘。

云雀一直唱，森林里所有的纺织娘都从草叶下跳了出来，所有的纺织娘围绕在云雀周围。

“我们愿意，我们愿意。”

云雀停止歌唱，它亮晶晶的眼睛满意地看着周围的纺织娘，它伸出修长的翅膀，从花上一跃而下，它衔起几只纺织娘，吞进肚子里。

围绕的纺织娘们一哄而散。

妖精吓了一跳，手捂住自己张大的嘴。小孩儿挡在它身前，她的身体也在颤抖，但仍冲云雀喊了一声：

“你看到我们的纺锤了吗？”

云雀歪着脑袋，似乎在思考这个白白胖胖的小东西好不好吃。

“喂，你有没有看到我们的纺锤？”妖精在小孩儿身后，也喊了一声。

云雀抖抖羽毛，什么都没说，张开翅膀消失在夜色中。

妖精和小孩儿正在发愁，一只猞猁从丛林里跳了出来：“我见过，你们说的那个纺锤。在一只身上有灰斑的纺织娘那儿。……我知道她在哪儿……但是，今天是我的生日，可以陪我过生日吗，你们？陪我过生日，然后我告诉你们她在哪里。”

猞猁分给妖精和小孩儿蜜饯提子蛋糕，闹了一夜，他们在猞猁的肚皮上睡熟了。次日午后，他们辞别了猞猁，但还没走多远，背后追来满脸通红的猞猁。猞猁嗫嚅半晌，终于还是说出了："你们最好别去找那纺织娘，她的孩子被云雀吃掉了……听说她最近心情很不好。"

"谢谢你啦，我答应她要帮她找回宝贝。"妖精摆摆手，"谢谢你的蛋糕。"

猞猁垂着头："是我要谢谢你们陪我过生日。"

他们找到了纺织娘。

纺织娘坐在纺车前，不说话。她一直纺啊纺啊，当月亮升到天空正中央时，一件小小的衣服，从纺车里掉了出来。

"织好了。我的孩子，天气要转凉啦，穿新衣服。"

可是她对着的空气，空无一物。

"别躲藏了。我的孩子，天气要转凉啦，穿新衣服。"

回答她的，只是洞里几块石头的窃窃私语。

纺织娘茫然地看着自己的洞，眼神突然定在了妖精身上。

"孩子，我的孩子，你是我的孩子！"纺织娘大叫着，把妖精死死搂在怀里。

"我不是……"妖精刚想反驳，却被纺织娘打断。

"我的孩子，你不要说话。天这么冷，妈妈为你织了新衣裳。"纺织娘拿起那件金色的小毛衣，套在妖精身上。

"我们来拿回我们的纺锤……"

"好好好，我的孩子，你要什么我都给你。"纺织娘又哭又笑，将纺锤递给妖精。

妖精和小孩儿躺在月亮树上。

妖精左翻了一个身，右翻了一个身。最终还是站了起来，它拉拉小孩儿的衣角："我们回纺织娘那里一次。"

妖精向月亮树讨了一段树枝，它拿着小刀片挖挖削削，做了一个小小纺织娘木偶，妖精把身上金色的小毛衣套在木偶身上。妖精和小孩儿连夜回到纺织娘的洞里，想把小木偶放在纺织娘的床前。

但纺织娘已经死去了，在纺车前。

"她为什么在笑呢？"

【四】

在离开了纺织娘的洞后，他们又在一起很久，可是水龙头始终没有找到。

找了很久很久都没有找到。

小孩儿有些失望，带着鲤鱼和纺锤回家了。

妖精问："你还会回来吗？"

小孩儿没有说话。

后来小孩儿长大，嫁给了一个家里水龙头亮晶晶的人。

而妖精在森林等啊等，妖精的生命很长啊，可是小女孩为什么不回来呢？

它走出森林，偶然在森林边缘一个鸟窝里发现了那个水龙头，它用一块印着花朵和小鸟的布包裹着这个水龙头，然后背着，在胸口打了个结。

它走出森林，走了好多个城市，走过好多个窗前。

有时候它看到有人在窗口养鱼，会随手丢一些妖精食物进去（那些人永远不会明白自己养的鱼为什么后来长出了翅膀）。

有时候看到老妇在灯光下做着针线活儿，它会想起以前他们一起遇见过的那个纺织娘。

它找了很多年，终于在一个偏僻的小镇里找到了她。

她已经老掉了。眼睛不再清澈了，头发短短的，雪白的，用一个金红色的鲤鱼形发夹别住。院子门口种满了郁金香。

“喂喂，我带来了水龙头。”

老妇没有说话，手中的针线活还在麻利地继续着。然后她若无其事地打了个哈欠，伸手进怀扯出一块手帕，轻拭眼角，那块手帕的边角上绣着一片杉树叶子。

【五】

妖精一直守护着她，一直到她死去那天。

妖精听到一声玻璃碎裂的声音，它伸手去触摸，

原来是它的心啊。

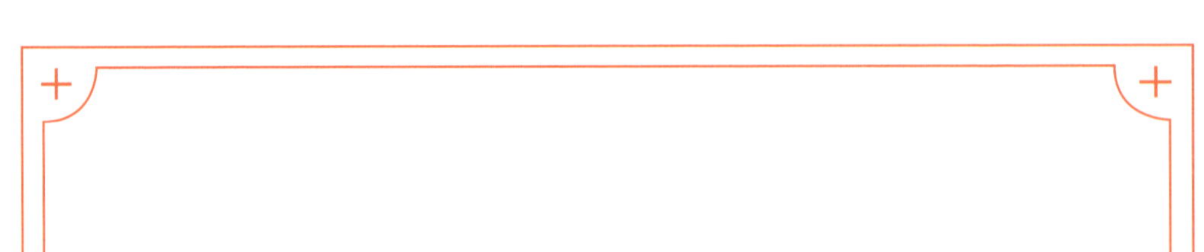

森林旅店之夜
——致敬安房直子

23

已经是冬天了。

太阳已经从树梢一点点掉下去，再往林子深处走，就越来越黑了。

一个老人左手提着一个大竹筐，右手扶着拐杖，颤颤巍巍，好像随时要倒下。林子里的路并不好走，这样独行的老人，不由得让人很担忧。

可她嘴里哼着小调儿，脚步轻快。

当她走到郁金香花丛旁时，突然听到一个奇怪的声音。

“赶不及了，赶不及了，就要赶不及了。”

就是从郁金花丛后面那个老杉树旁传来的。

老人站定，瞧了一会儿。她的眼睛已经有些花了，耳朵也不大灵光。

一定是听错了。老人想。

于是她胳膊肘拐着竹篮，继续向前走。前方是一片空地，空地上摆着一个很大很大的鱼缸，里面有一条巨大的、蓝色的鲨鱼。

老人看了一眼鲨鱼，那鲨鱼的眼睛足足有半个篮球场那么大，它摇晃着尾巴为自己系上一条红色丝带做的领结，嘴里嘟囔着：“赶不及了，赶不及了，我要赶不及了。”

老人站住。

“喂！”

老人对着鲨鱼喊了一声：

“你要去哪里啊。”

鲨鱼正在手忙脚乱地刷牙，它咕哝着：“我要去森林旅店啊。”

“森林旅店……不对啊，你不是一只鲨鱼吗，怎么你在鱼缸里啊？”

鲨鱼皱皱眉毛，一脸你真没见过世面的表情。

“鲨鱼？参加森林旅店聚会的还有大老远赶来的企鹅呢。”

“企鹅？是南极那种企鹅？它们来干什么？”

“森林旅店一年一次的聚会啊，只要带上吃的，就可以参加。我不要和你说了，我就要迟到了，啊……”

鲨鱼似乎真的很着急，从鱼缸里一跃而出，很快消失在树林里了。

老人用拐杖使劲儿戳了两下地面：“怎么就不能和我说完呢？”

这时，草丛里传来一个小小的声音，小到她几乎听不到：“你带好吃的食物了吗，我带你一起去吧。”

老人低头看，啊，这是一只犀角虫。

“我带你过去，和我走吧。”犀角虫又说了一遍。

于是老人跟着犀角虫，绕过郁金香花丛，走过十七棵杉树，一条歪扭的小路出现了，小路尽头是一座木屋，房顶上晾晒着很多水果干。

“到了到了，我们可来晚了，你去敲门吧。”犀角虫说。

老人把竹筐换到右手，然后当当当敲了三下门。

“是谁啊？”

“是我们，我们来啦。”犀角虫顺着老人的裤腿，爬到肩头，“让我们进去吧。”

屋子里窸窸窣窣一阵声音，过了一会儿，门吱呀一声开了，开门的正是老人之前遇见的那只蓝色鲨鱼，鲨鱼从门缝里探出个头来，瞄了一眼。

“哦，是你们啊，进来吧。”

啊，这太神奇了吧。老人进入屋子的第一个念头。

从外面看完全是一个小木屋，屋子里却是一个大城堡啊。城堡大厅里许多动物围成一个圈儿，圈子中间有一个大大的篝火堆，上面悬着一口大锅。

一只灰熊站起来，脱下帽子鞠了一躬。

“你们来得刚刚好，我是这个旅店的主人。请坐下吧，锅里正煮着地鼠带来的胡萝卜。大家都等着呢。”

老人也坐在圈子里。

“所以你们聚会是为了吃火锅？”老人看了一会儿，对灰熊说。

“是吃火锅……但也不只是，你注意看那口锅啊。”

巨大的铁锅里，水沸腾着，红色的胡萝卜上下翻滚，地鼠从圈子中站起来，向铁锅走了一步。

双手合十，双眼紧闭。充满了仪式感。

“一、二、三、四……九、十。”

铁锅中蒸汽氤氲，白色的蒸汽翻滚啊，渐渐地，竟凝结成一个白色的小人儿。

小人儿大概有老人的拇指那么大，穿着小裙子，沿着锅沿儿一步一步走，她手里拿着一片胡萝卜嚼着。

“是拇指姑娘啊。”大家说，“地鼠，你已经连续三年召唤出拇指姑娘了。”

地鼠目不转睛地看着，眼睛里通红。

“那年冬天，那年冬天她在我家，我们一起吃饭，一起读书，一起打扫，可是她后来……走了，我好想她啊。她说过会回来看我，我等了十几年啦，我就快死啦，她太忙没时间回来看我，我在这看看也是好的……”

拇指姑娘在锅沿儿上坐下，她的小腿一晃一晃。她笑着。

锅里的雾气渐渐淡了， 画面越来越模糊。地鼠叹了口气，还是微笑着回到圈子里。

“又见到她，真是很开心啊。今晚我要多吃点儿。”

第二个投食物的是鲨鱼，鲨鱼投了一只猫耳朵进去。锅里又翻腾起来。

一个小男孩在画面里出现。海边，他手里拎着一个巨大的桶。

鲨鱼在离他远远的海面上探出了头。

小男孩指指鲨鱼，口中说了什么。

鲨鱼犹豫了一下，转过身，尾巴拍着水花。

小男孩用刷子在桶里蘸了些黄色的颜料，在空气中随意画着，不一会儿一只小船就出现了。小男孩划着船，跳进海里。

当鲨鱼转过身的时候，男孩已经到了他眼前。

男孩伸出手，摸了摸它冰冷的鳍。

鲨鱼揉揉鼻子，一言不发地走到一旁的椅子上，闭上了眼。

老人捅捅肩上的犀角虫，指指鲨鱼：“它怎么啦？”

犀角虫的两条长触须晃动着，表示并不知情。

接下来，企鹅、龙猫、麋鹿，纷纷投进了食物，大铁锅上方闪现了不同的画面。老人看得出神，旅店老板灰熊站起，指指老人的竹筐：“您也带了吃的吧，请和我们分享一下吧。”

老人想了想，从竹筐里取出一根香芹。锅里的水又沸腾起来了，水蒸气淡淡的，于是大家看到了这样的画面。

舞台上一个小丑嘻嘻地笑着，伸腿瞪眼，手里抛接着苹果，台下的观众群情激动，硬币不断扔向台上的小丑。一个硬币不偏不倚砸中了小丑的鼻子，他的红鼻子歪了。

台下的观众似乎哄堂大笑，而围着铁锅的动物们也被他的表演逗笑了。

雾气里，小丑的笑容大大的，灿烂极了。画面一转，似乎是游乐园的门口，小丑蹲在街道旁，手里拿一小盒钱递给魔术师，两个人交谈了一会儿，小丑接过魔术师递过来的帽子，咧着嘴离开了。

铁锅上的雾气渐渐薄了，小丑的身影微弱而模糊。

老人赶紧从篮子里取出一块哈密瓜，投进铁锅里。铁锅上的画面又清晰起来。

这个小丑坐在床前，床头柜上有一本书，书旁一个篮子里似乎放了些面包。这个小丑在床上躺着，滚过来，滚过去，一个翻身，掉到地上。画面里，小丑哭了。

老人的心颤抖了起来，她抬起篮子，把整个篮子里的食物全都倒进锅里。

铁锅上画面翻腾起来，游乐园门口，行人川流不息，小丑独自站在游乐园门口，他手里拿着一顶高高的帽子，帽子在他手上翻转，突然，帽子里就跳出一只兔子。有时候他周围会围绕一群小孩子，也有时候一群人围着，笑着，指点着。更多时候他周围什么都没有。

什么都没有。

人流川流不息，而小丑的身影仿佛被定格在那儿，他头上的帽子高高的。

老人突然哭了起来。

篝火上的大铁锅，此刻传来非常好闻的香味儿。

“火锅好了，我们开饭吧。”灰熊首先站起身，围着铁锅一圈的动物们也都起身，连一旁在椅子里的鲨鱼也都站起，“企鹅，你把香椿酱分给大家吧。”

坐在灰熊旁的企鹅，从西服口袋里掏出一个小罐子，它用陶瓷的小勺，分给每人一些香椿酱。

灰熊再次脱帽致敬。

此时，铁锅里填满了各种食材，胡萝卜，猫耳朵，海豹干，南瓜面条，柳芽儿，香芹……大家聚在铁锅旁，吃得额头都是细密的汗珠。

吃完饭，大家挺着肚子坐在大沙发上休息。住在附近的几位告别了灰熊，走出木门消失在夜色中。剩下的被灰熊安排到各自房间。

然后灰熊把自己的一个漂亮的小饭盒清洗干净，垫上柔软的鹅毛和手帕，把在篝火旁睡着了的地鼠放进去，又盖了块手帕。

犀牛睡在阁楼上，灰熊把三床被子缝在一起为他盖上。

这时，老人突然想起：“啊呀，这可不好了，我是要给我小孙子送好吃的啊，他现在肯定饿坏了！”

一旁的灰熊拍拍她的肩膀，把她扶到一个用掏空了心的大南瓜做成的床上：“睡吧睡吧，放心吧。”

老人皱着眉，不停地叹着气。

不过这床太柔软了，鼻腔里都是南瓜甜丝丝的味道，所以她很快就睡着了。

待她醒来，发现她已经在她的小孙子家，她的小孙子翻着一本故事书，手里啃着一块儿猫耳朵。见她醒来，小孙子边吃边说：“奶奶，你这次做的猫耳朵很好吃啊，你做的香芹我都吃腻啦。”

“我怎么睡着了呢？”

扫晴娘

24

熏火腿，烤得酥脆的培根，还有存放得好好的小麦面包。真好啊，这么多食物。

黄鼠狼阿支感叹着，他的胡须上沾满了黄油，后背的大包裹那么大，感觉马上就要把它压垮了，但是阿支居然一直把它扛在背上，甚至还在往包裹里塞几串葡萄。

“得快走啦，不然神社的老婆子发现，说不准要痛揍我一顿。”

这样念叨着，阿支爬到仓库的小窗，大大的包裹向窗外一扔，正准备从窗台上跳下。

它不小心就瞟到房檐上挂着的那一只扫晴娘了。

那是一只多奇怪的扫晴娘啊，脑袋大大的，上面画着深蓝色的眼睛和嘴巴，阿支觉得这只扫晴娘的眼神总有些忧郁似的。他出神地看了会儿，房间里突然传出翻身的声响，阿支一慌张，随手扯下扫晴娘，拽着大包裹就逃下山去。

他的小心脏在胸膛里扑通扑通跳得厉害，可不能被发现啊。神社在整座山最高的地方，据说这个神社的老婆子特别凶，性格很坏，要是被捉了去，说不定也要被剥了皮，挂在仓库做熏肉呢。

这样一路狂奔着，阿支终于到了家。盘腿在地上坐着，他清点起这次的战利品来。

肉啊，水果啊，奶酪啊，居然还有一小罐子桂花蜜！真是大收获，阿支摸着下巴满意地直点头。

阿支是这座山的游侠，最擅长的是偷……不对，劫富济贫。去年冬天，他甚至冒着生命危险偷了狗熊家的地窖，收获了两大块肉干，而且他还发现了狗熊的秘密：狗熊喜欢偷拍母狗熊的毛茸茸的屁股。

偷来的食物他自己留下的不多，一般都分给了其他的小动物，所以他的人缘（动物缘）很好。

在一堆食物里挑挑拣拣，最终阿支决定留下这罐桂花蜜给自己。

他抱着这罐蜂蜜准备放在架子上，没想到不知踩了什么，脚下一滑，扑通一声就摔了个大跟头，好在蜜罐比较结实，咕噜噜滚到桌子底下去了。

啥？阿支恼火地看看脚边，啊，原来是从老婆子那里顺来的扫晴娘。扫晴娘被他踩了一脚，绑着脑袋的绳子松了，松松垮垮地滚出几粒玫瑰种子。

“倒霉，娘蛋的，倒霉死了。”一边抱怨着，阿支以泄愤似的一脚把扫晴娘踢到床底下去了。

撅着屁股掏了半天蜜罐，又泡了一大杯蜂蜜水，阿支才觉得自己后脑勺摔出的大包没那么疼了，盖上小被子睡去。

快到清晨的时候，阿支突然被涛声惊醒了。

这可是在深山啊，怎么会有涛声？

阿支还穿着印着小刺猬的睡衣呢，揉了揉睡眼惺忪的眼睛，趴窗户一看——

妈呀。

整座山都被淹了！

只有很多小房子漂在水面上，很多小动物也和他一样趴在窗边，不知发生了什么。

“这是怎么了！刺猬你知道吗！”阿支冲着附近一座小房子里的刺猬喊着。

“我不知道啊！我问问狗獾！”

“狗獾！你知道这是怎么了吗！为什么发大水了？”

“我也不太清楚啊！好像是有头鲸鱼来咱们山里了！我问问狐狸！”

狐狸漂得离山顶的神社最近，现在所有东西都被淹了。只留下山尖尖上的神社，还在水面露着。狐狸喊：“我知道！可能是很多年前的那件事！一定是的！”

他使劲儿眯着细长的眼睛，眼神在神社房檐上扫过来，扫过去，终于确定似的口吻：“就是这样的！大家一起划水，咱们去神社就知道原因了！”

于是狗獾也喊：“咱们去神社就知道原因了！”

于是刺猬也喊：“咱们去神社就知道原因了！”

阿支听到了。

神社！昨晚自己刚刚偷了神社……难道其中有什么联系吗？……是老婆子的诅咒？

不过在自己家里东想西想也没什么用，阿支用一只大大的勺子划着水，带着他的房子和其他动物一起向神社驶去。

确实费了一番功夫，阿支的房子划到了神社旁。

阿支看到了那只鲸鱼。

那是非常非常漂亮的一只鲸鱼啊。它的皮肤光亮又柔软，那样蓝色的皮肤，看进眼睛里，好像给心头来了那么重重一锤，让人胆战心惊的蓝色。还有它的眼睛，那么清澈透明，阿支想到自己小时候在童话书里看到的那个水晶球，他一度非常非常想拥有那个水晶球，但这只鲸鱼的眼睛，比水晶球还要美。

阿支听到鲸鱼悲伤地对着神社诉说着：

“我来了啊，桂，我来了。你为什么不见我呢？

“我来了啊，桂，你已经答应嫁给我了，是吗？

“我来了啊，桂，那时候你不想嫁给我，我送你扫晴娘。我说你挂着，什么时候改了主意，就把它摘下来。

“我来了啊，桂，桂。你出来看看我啊。

“我一听鸟儿说扫晴娘被摘下来，立刻连夜赶过来，是我来早了吗？你还没起床吗？

“桂，桂，你要嫁给我吗？”

此时动物们的房子都靠岸了，所有的动物都挤在神社还没被淹没的这一块土地上。大家叽叽喳喳地议论着这件事，阿支埋着脑袋沉默不语。

涛声里隐隐夹杂着哭泣的声音，那是从神社里传来的悲伤哭声。

“咱们得做点儿什么，”狐狸说，“海水不退下去，咱们怎么生活啊。”

“怎么办呢？”

“我听说是这样的，很多年前，神社里有个姑娘喜欢旅行，在一次旅行途中，她爱上了一只鲸鱼，鲸鱼也爱上了她。可是不知道为什么，她却离开了那只鲸鱼，回到神社，直到老去。”

“等等……难道你说的那个姑娘，就是神社里那个又凶又坏的老婆子？”

“我觉得很有可能。”狐狸说，“现在我们应该去见见那个老婆子，看看她到底怎么回事。”

大家进入神社的时候，刚好看见老婆子坐在摇椅里，她手上的帕子已经湿透了，可是她的眼泪依然一滴一滴地落下。

“是谁摘了我的扫晴娘？是谁把鲸鱼引到了这里？”她哭着。

阿支内心沉重，向前一步：“是我。”

“你为什么摘我的扫晴娘？我不想嫁给它，我不想……”

“真是对不起，不过……你不喜欢它吗？”

“不，不，我爱它。”

“那你就嫁给它啊！”

“不……”

阿支焦躁起来：“为什么？爱就嫁给它啊！为什么要在这里哭？”

老婆子脸红起来：“是……是胆怯。”

“太奇怪了，真的会因为这种事就放弃在一起吗？”

“你不懂的，你不懂的。当我没爱上它的时候，我是那么怡然自得，痛快洒脱。可是后来我爱上它了。第一次见到它，我就被它眼睛里旋转的星辰震慑了。它是那么温柔，它的声音那么好听……”

“但你逃走了。”

“是的，我不知道为什么，我对它的爱每深入一分，我内心的胆怯就加深一分。一直到我陷入深深的惶恐……我以前从未爱上过，我不知道那是什么滋味，我感觉很慌乱无措。

“每次我看到在粼粼波光里的它，再看看自己，我感觉自己实在是太过平凡，甚至于说起来有些丑陋。我以前从未觉得自己是丑的……”

阿支垂下头，他真不知道怎么回答了。

他走到神社外的空地，告诉了鲸鱼这一切。

“是吗？她是这么说的吗？”鲸鱼的眼睛闪闪地看着他，阿支也感到眩晕了——它的眼睛实在太美了。

“她是这么说的，和你在一起她感觉很卑微。”

鲸鱼晃了晃脑袋，问：“那个扫晴娘还在吗？”

“在。”阿支记得昨晚把它踢进床底下了。

“你按照我的方法做，这样……”鲸鱼小声说。

阿支惊讶得几乎跳了起来：“你确定！你确定要这么做吗？”

鲸鱼微笑起来。

阿支点点头。

多美啊！

动物们都赞叹着。

老婆子的发间别着一枝红玫瑰。那枝玫瑰有多美，语言难以形容，别在她的发间，映衬得她整个人闪闪发光。

“谢谢你。”老婆子在阿支额头亲吻了一下，“谢谢你给我这么美的玫瑰。”

“嗯，不用谢。”阿支垂着脑袋，小声说，“你现在可以去见鲸鱼了。”

老婆子又用手扶了扶玫瑰，便飞快地冲出门去，她大喊着：“我愿意了！我愿意嫁给你，我……”

她突然瞪大了眼睛。

鲸鱼的双眼干瘪下去了，星辰旋转浩瀚无垠的眼睛不见了。

“你……”

“桂，我变丑了。你还愿意嫁给我吗？”

“对不起，这些年你是不是经历了很多磨难，对不起，没能和你一起面对……”她抱住了鲸鱼。

“你说，你愿意嫁给我吗？”

“我愿意，我愿意！可惜……我今天特别美，比以往都美，你却看不到了。”

鲸鱼笑得温柔：“我能想到你有多美。”

后来，老婆子骑着鲸鱼离去了。山里的大水也退去。动物们开始拾掇森林里留下的海星和蛤蜊（据说烤着吃很棒）。

阿支不再做游侠了，他开垦了一片土地，种满了玫瑰。

在空气湿润的晚上，他还会想起那天的情景，鲸鱼把眼睛交给他，他把眼睛里的汁水挤出来，浇灌在他从床底下掏出来的，扫晴娘脑袋里的玫瑰种子上。

他还想再种出那么美的玫瑰，哪怕只有一次。

据说，在海边若能见到骑着鲸鱼的老婆子，见到她发间的玫瑰，会得到心上人的告白。

25 一封男友机器人的来信

哎呀，说起来今年夏天真是热啊。

本来想这样开始这封信，但是想了想又觉得实在是太虚伪啦，毕竟从我的身体里的设定来看，是感受不到气温的呀。

当你看到这封信的时候，我已经在某个小姐的车后座里，毕竟你创造我的时候，把我的脸造得那么好看，免费搭车对于我来说并不困难哦。

我离开这里了。

看到这里的时候你脑袋里想的应该是，它为什么不发电子邮件给我？

说起来你和我都好久没有写过字，就像我写这封信的时候，也是查阅了好几次你家里那本旧字典，才完成的（是的，那本字典我带走了，你不会介意的）。

我刚刚诞生的时候，看到这世界的第一眼，是你的脸，一张鼻梁上很多小雀斑的脸，横在我眼前。不知道我可不可以这么形容：从我诞生那天起，我进入了你的生活。

那时候，听你说，你的父母去世了，你的心情很糟糕。你对我说，快拥抱我一下。

那是我第一次抱你，你的头发香极了，你的胸顶在我的胸膛，很柔软（这里还要偷偷向你道歉，我把这段感觉的编码藏在身体里一个隐秘的位置了，真的舍不得你删掉它）。

我看着你穿着白大褂，在你的实验室里摆弄那些瓶瓶罐罐，说起来蛮惭愧，虽然我是一个机器人，听起来很酷，但的确什么都不懂。我没有你聪明，也不会做饭，生活上帮不了你什么忙。

我的脑袋里装着的，是我应该怎样，更能让你开心。

我负责提前检查自己的口腔，避免金属味儿，在嘴唇上涂一点儿唇膏，然后轻一些地吻醒你。

我负责把你的文胸扣子扣好。人类很奇特啊，无论多么出色的科学家，都没办法好好系上自己的文胸扣子。哦，我现在在车上想到的却是这些奇怪的事情。

我要负责在你把猴子脑袋解剖开来的时候，轻轻拍你的背，掀开你后颈的长发，在你的耳边亲吻一下，然后说，别害怕。

这样做有什么意义呢？我其实是不明白的，但你每次都很开心，看来你对自己编写的这段程序很满意。

我要负责在你吃饭的时候，坐在你对面，吃掉大部分饭菜。吃饭的时候需要每隔三分钟，用不同方式赞美饭菜的美味。（唉，但吃完饭，从自己胸膛里取出完好的饭菜，说实话感觉有点儿浪费哦。为什么不可以留到下顿吃呢？）

这些都是小程序，更多的时候，你在深夜两点从实验室里出来后，我要负责洗掉你满身的化学药剂的味道，在浴缸里帮你按摩。对了，有一件事情忘了说，你的后背偏左一点儿最近冒出一个粉刺，记得及时挤掉它，本来想帮你挤，但是那天我的防水系统有点儿故障，导致我头脑不清晰，真是不好意思。

我生命的大部分时间都是和你度过的，我熟悉你的体温，你头发每一寸的发香。

记得有一次闲聊的时候，你说："机器人，你说要是别人知道我搞了一个男友机器人在家里，一定超惊讶的。"

你说到这儿的时候，很神秘地眨眼，眼睛亮晶晶的。像一个在树下捡到一个漂亮玻璃球的小猴子，欣喜地想要藏起来，但又忍不住向其他伙伴炫耀，我的玻璃球很好看，你们看啊。

我想，我们的关系更像是相互抚慰的两个朋友。

渐渐地，我知道你喜欢垫两个枕头，我知道你喜欢床单上有点儿花纹，知道你和我在一起的时候喜欢听Placebo的歌。

是吧。

我之于你，也应该是类似安慰剂的东西。开始的时候我也不知道自己存在的价值是什么，因为我没有生命，我是一个机器呀。

但是你散落的长发，空气中弥漫的气味，你小腿弯曲的弧度，让一切都变得那么好。

我感觉很好。

但我总觉得你很孤独。

从什么时候开始呢，你实验室新招的小助手，那个小伙子。

头发黑亮的，鼻尖总是通红，一张平凡的脸（比起我）。

他也进入你的生活了。

他帮你处理猴子血淋淋的脑子，清洗散发着刺鼻气味儿的药剂瓶，打扫你长年懒得碰的实验室角落（就是那时候他找到了你丢了几个月的发圈。）

他很好，他来以后，你好像轻松了许多。

但我总感觉你的小助手打量我的眼光，有点儿奇怪。

当我们三个一起吃饭的时候，当你为我的碗里夹一根你不爱吃的青菜的时候，当我帮你整理实验服的时候，当我帮你铺好床单，在被子里留下你最喜欢的温度的时候。

过了一些日子，我看到他帮你拎着你家附近超市买来的大包小包，我看到他帮你揪掉白大褂上沾着的猴子大肠，我看到他在你调制试剂的时候亲吻你的额头，虽然你发火了，叫他不要打搅实验。

你换了新床单，不再做饭，这样我不用吃掉大部分饭菜，也不会浪费了。

再后来我的身体里也被注入了新的程序。

这个小姐开的车有些颠簸，我的字到现在应该歪歪扭扭很难看了，你的近视眼镜儿在家里墙角第二个抽屉里。

你听我继续说吧。

我这个机器人啊，虽然只是你闲暇时候的一个突发奇想。

但和你拥抱，是我生命的组成部分。

但是，每次抱着你的时候，我就很懊恼，为什么你制作我的时候不能再荒诞一点儿呢？

但具体要怎么荒诞呢，我想不出。

我有很多想要和你一起做的事情，其他事情。

虽然能抱着你，让我感觉我身体的每一个零件都温柔了起来。

我常常看人类在电视剧里，在电影里，书籍里（你做实验的时候我会自己找些事情做），看到他们在床上互相慰藉的时候，会说："我爱你。"

我爱你。

这是一句咒语吗？是你忘记编程进我身体里的礼仪吗？究竟是什么呢？

现在啊，总算是有一个人类帮我做到了那些其他的事情，我还挺欣慰的。

嗯，还有一丁点儿奇怪的感觉，算了，忽略它吧。

我的身体里没有输入语言天赋程序，这些都是我平时偷学来的，信很混乱，别介意。

我走啦。

26 雪谷

大雪又下了整整一个晚上，山洞顶部的灰色石头覆着一层僵白色的冷霜。推开洞口的木门，门外又多了几只冻僵了的，保持着敲门姿势的企鹅，导致我开门比平时多用了几倍的力气。好不容易出门，用脚尖把企鹅踢到一边，扫扫洞口的积雪。

雪后的早上也并不晴朗，天空里积郁着灰色的浮云，远处的山看起来比平日里更加苍白肃穆。离洞口不远处几只雪鸡扑棱着翅膀，在雪地里努力刨着洞，大概形容起来就是仰头使足了劲儿向天空一蹿，再用肥大的肚子砸下来，一个洞就敷衍地做好了。说实话我想不明白，在雪里做洞能暖和到哪里去。

手上的扫把冰凉，我的手通红，放嘴前哈了几口气。

又是一天了。

洞里传来哈欠声，狮子的眼睛还没完全睁开，摇晃着脑袋走了出来，走向雪地。当第一只爪子踩到雪，雪地发出咯吱一声，微弱的声音。狮子很显然吓了一跳，使劲儿甩着爪子，速度极快，把沾到肉垫上的细雪甩掉还不满足，又把踩到雪的那只爪子狠狠地在另一只腿上蹭了几下，另一只腿上雪白的毛发很快湿了一绺。它甩甩头上雪白的鬃毛，看样子完全清醒了。

这只白色的巨型狮子一直和我生活在一起。从我记忆开始的地方，它和我就一直生活在这个山洞里，从前它的毛发还没有这么好看，身上的毛略略发黄，像干掉的乳酪蛋糕什么的。后来它越长越茁壮，毛发又白又亮，我猜这和它每天都要吃掉几只企鹅的肚皮不无关系。

虽说这个洞里生活着它和我，按道理讲我们应该是室友关系。但事实上这只白狮从来没有在意过我，这种忽视感并不是刻意的不理睬，而更像是把我当成一株长在洞里的铜铃草之类的，会动的，擅于打扫的铜铃草。

把洞口的积雪完全清理干净以后，也就快到晌午了。晌午的日光很温暖，洞口百十米处的小水潭上还漂着几片浮冰，白狮就趴在水潭旁，由于长期趴在同一位置，那块土地被它压出一个和它身体异常熨帖的坑。它眼神幽深，缓慢又坚定地用牙齿啃食着前脚的指甲，包裹着牙齿的嘴唇被爪子撑着翻起，露出一丁点儿粉红色的牙龈。

下午三点以后雪谷开始接待来客。普通的秃头男人，穿着白色长袜的小女孩，穿着貂皮大衣来御寒的肥胖女人，一个一个，沉默着从远处的山上走下来。他们踏入雪谷，脚下雪地发出一声叹息，宣告他们的到来，他们走进来，然后按照顺序依次露出或者惊讶或者惊吓的神情。

是，任谁见到满地企鹅尸体，还是开肠破肚的那种，都会感觉略不自在的吧。

山谷里要说食物链条，企鹅应该算食物链底端。无论是在雪洞里瑟缩的雪鸡，还是雪窠里爬出的大鼠，天空里飞着的鸵鸟，都以企鹅为食。我的室友雪狮偶尔也吃些企鹅，但自从它变得越来越壮后，它就开始捕捉水潭里不知从哪里游过来的玫瑰鲨来吃了，我试着吃过它剩下的半条玫瑰鲨，在大瓦罐里炖了半日，汤汁浓稠，果然美味。

为了避免雪谷被污染，整理企鹅尸体的工作一直是我来做，把企鹅一只一只扔进那个水潭。不出半日，开肠破肚的尸体就变成小金鱼钻到潭底，不知游向何方。

今天来雪谷的人里头有一个女人，涂着红色口红，头发染成红色，和其他人一样眼神敷衍表情不耐地观光着，脚步匆匆。我站在水潭旁看他们。

而本来一切都不应该发生的。

都怪她的手镯。

那只手镯是银白色的，我猜想是银质或者铂金的，就那么毫无预兆，咕噜噜从她手腕掉下来，可真像有了生命似的，就从她脚边滚着逃走了。

说也奇怪，我居然发了善心，或许是身体里某种奇怪的驱动，我跑去追那只手镯。

手镯滚啊滚，在掉进水潭前我一把捞住了它。

但它力气十分大，居然扯着我，一下把我拖入水潭。

我连“啊”的一声都没有发出，就被冰凉的潭水淹没了。

很快，我陷入了昏迷。潭水里尖锐的声音，忽远忽近的人声交织，我的身体忽而悬浮忽而急速降落。当醒来的时候，我正躺在一张柔软的床上。房间里空调的温度有些低，床头的小桌上有白色和黄色的花。

床对面的墙上，一张巨大的照片，全家福照片挂在上面。

一个秃头男人和肥胖的女人坐在木凳上，怀里抱着一个小女孩，后面是我和一个女人。

等等……我？

是我？我为什么会在这张照片里？

或许是在水潭里浸泡太久了，我一定是精神出现了混乱。

房间里光线昏暗，一个红色头发的长裙女人走了进来。她发出尖锐的惊呼："亲爱的！亲爱的，你醒了！"

她飞速冲到我的怀里，还没待我反应过来，便又将我撞晕过去。

待我再次醒来时，那女人正满脸焦急地看着我。

胃里一种焦灼感始终拉扯着我的神经，使我听不清她究竟在说些什么。只看到她红色的嘴唇开合又开合。

呜哇。

终于，我忍不住呕吐了起来。

几只小企鹅从呕吐物里爬起来，扭着屁股从门口逃出去，面前的女人吓呆了。

又过了几日，我终于搞明白了，我似乎来到了一个奇怪的世界。我曾有一种叫爸爸和妈妈的亲密伙伴（出现在照片里，现在没有了），还有一个新室友，叫女朋友。

我不仅要照顾这个新室友，还要外出工作，在一家杂志社里看海量的文字，从中挑出错字和别字。枯燥又无聊。丝毫没有打扫雪谷来得有意思。

每星期我要固定和新室友外出吃饭，她从来不吃企鹅，在饭店里点一堆昂贵的菜，每次只吃四分之一，然后进入甜品店，开始吃奶油点心。再然后，去夜市，吃木签上的烤肉串。很可惜，这里没有卖烤企鹅肉的，不然我也能跟着吃一点儿。他们根本不理解，企鹅肉烤到八分熟撒一点儿盐巴和胡椒，有多好吃。

唯一和过去相同的是，回到家里，她会一脚踢掉高跟鞋，甩掉蕾丝外套，鼓着肚皮横在沙发里。然后我开始拿着一种叫吸尘器的便携式扫把打扫我们的山洞。

我的存在感比以往任何时候都来得浓烈。

我结婚工作生子老去，在我们五十周年纪念日，我送给她一只有点儿昂贵的铂金手镯。

雪谷的一切远去，好像一切都未曾发生。

当我七十八岁那一年，胃癌全面击垮我的身体，在医院里弥留的最后一日，我看到医院白色的墙，白色的塑胶管，手背上白色的医用胶带，还有在一个老太太哭泣声中，一点点蒙在我身上的白色床单。

我好像又回到了那个雪谷。白狮在雪落后的早晨在雪地里甩着爪子，水潭边堆成一小堆的企鹅尸体，我还没有收拾干净，一切都和过去一样。

我站在山洞前的空地上，在下午三点以后看着自己跟在一群人后面，沉默着从远处的山上走下来。我看见自己踏入雪谷，脚下雪地发出一声叹息。

27 女诗人之死

某个年代的某日，深秋时节，少年骑着猫，缓缓走在森海曼德堡大道。

这个季节的森海曼德堡的天空，永远不会出现太阳。灰云密布，街道上黑桑叶厚厚堆积。猫爪轻盈踩过，薄脆的叶片断裂。

少年脖子上挂着一串红色的浆果，少年的手指、黑猫嘴上的白胡子被染得殷红。

少年胸口那一串浆果突然叽叽叽地叫起来。

少年眯起眼睛，森海曼德堡的街道本没有人，然后现在，就在猫爪前一百码的地方，出现了一个老头子。

这个老头子的背部高高隆起，脸蛋儿或许因为干燥有些泛红。老头子的手里拿着一筐气球。

“骑着猫的少年，买些气球吧。”

少年在黑猫的背上，没有动。

“只是些气球，你在怕什么呢？”老人的嘴干裂着，笑着。他的竹筐在他的笑声下簌簌地颤动着。

老人自顾自地说着：“少年，这些气球，是我夫人生前买的。她是一个非常、非常令人讨厌的女人啊，她最喜欢穿着她自己新缝制的新裙子上山。她喜欢上山去闲逛，却不干一点儿农活儿。她说，有一天啊，她上山的时候看见了一只熊，熊胸口有白色的毛。她就那么痴痴地跟着去了，她偷偷跟在熊后面，不发出一点儿声音，脚尖踮得酸痛。后来，她看见那只熊把自己的皮脱掉，跳进了湖里，从湖里出来的是一个少年。我的女人啊，也不知道发了什么疯，居然去和那只熊谈论。一个女人和一只熊有什么好说的呢？她偏偏爱上了那只熊。”

所以你的妻子爱上了一只熊？

“她给那只熊烤了面包，为它做海带汤，加很多黑胡椒粉的那种。那只熊带着她满山地跑。”老人混浊的眼睛看着少年，老人的舌头是血红色的，一粒粒舌苔在口中，跳着，有些不安。

“后来？后来那只熊和我的妻子都跳了悬崖。”

“我在那只熊的肚子上找到我妻子，所以，听了这么好的故事，你要不要买些气球？”

少年摸摸猫的头，从猫身上跳下来，他的小靴子发出咯噔的一声。他花了两个硬币买了两只蓝色的气球，他把气球系在猫尾巴上。

“再见。谢谢你的气球。”

少年骑着猫，猫的尾巴有些烦躁地在地上甩着。

“走吧。”

少年的掌心被气球划了一条细长的口子，两边的皮肉向外翻。新的一天又要来了。

少年来到那个粉红色的树林的时候，他的猫在身后酣睡着。是的，当他不骑着猫的时候，他的猫会缩在他背上的背包里休息。那只猫没有穿着平时穿的牛仔马甲，裸露着黑色的毛发，在背包里睡成随意的形状。那只猫的形状像少年的女朋友在床上弯成的角度，迷人又令人厌恶。

少年就是在这个时候遇见那只精灵的。

精灵住在一片叶子上，非常非常小。精灵看到少年走过这片林子。

“少年，你要去哪里啊？你手上的气球很漂亮，可以送给我吗？”

少年努努嘴，转头：“我的背包里有只猫啊，我买来送给我的猫，不能送给你。”

精灵的脸有些失落：“猫！猫！”

黑猫皱着眉从背包的缝隙里伸出一点点脸。

“气球送给我吧。我可以为你讲一个故事。”

黑猫的爪子揉着脸，表示并不想听。

精灵还是说了下去：“我啊，从前有一只蝴蝶，非常漂亮的蝴蝶啊。她总喜欢在森林里的金盏花丛里飞，我躲在树叶的后边，偷偷看她。我不知道我从哪里来，我不知道我是谁，我竟莫名地醒来，莫名地在树叶后偷偷看她。她吸食花蜜，她的左腿会蹬掉跑过来的小虫子，她喜欢还没彻底成熟的花朵，带一些青涩气味儿的。我看着她，我从好多年前，看到好多年后。我看到她和聪明的玫瑰花绅士相爱，我看到她喜欢上林子后面的扶桑花，我看到了很多。世界上再也不会有比我更了解她的精灵了。后来，我看到在寒冬来临的前一天，她落在一只枯树的树干上休息。一阵大风吹过来，大风！大风吹走了树叶，吹走了枯叶，吹走了一切。我被吹瞎了眼睛。是的……从那时候起，我再也看不见了。

“你看到那只蝴蝶了吗，她的左翅膀有一个三角形的缺口，是有一次在矮玫瑰上休息的时候，被一只灰耗子咬的……你看不见，你怎么能看见呢？”它呵呵呵地笑了起来。

“送给我气球吧，我听人家说，乘着气球飞上星空的人，可以对天使许一个愿望。”

“你想许什么愿望呢？复明？再看一次那只蝴蝶？还是和那只蝴蝶在一起呢？”

“我想要她的翅膀变得和原来一样漂亮。”

少年的旅程继续着，他的猫在林子里一条小溪旁逮到一条鲨鱼，嘴里叼着，闻起来就很鲜。

“喂，姑且给我吃一点儿啊。”

猫并不说话，白色的胡子一翘一翘，尾巴上剩下的一只气球在晃呀晃，猫的尾巴尖高高竖起，晃啊晃。

在黑猫的故事里，少年是一个很蠢的人。少年擦过地板，少年的手拿着灰色的抹布，少年的身体像尺蠖一样一屈一伸，少年的嘴里含着清新剂，每擦干净一块地板，少年就喷出一口清新剂，确保地板干净又清新。那时候少年还是一个作家，从没发过任何文章，在圈子里却声名甚大，因为他最爱睡年轻的女作家。这些女作家无一例外是书籍销量超过一千万册的畅销女作家或者被他睡过之后成名。许多女作家也愿意被他睡，似乎他已经成了一个幸运符之类的什么东西。

可是她不同，她是一个诗人，在个人博客里发一些诗歌，停驻在此的看客寥寥，仅有的几处留言。

“沙发。”

“啊，好厉害。”

“教我写诗可以吗。”

寥寥。

这和少年以往的口味并不一样，但并不影响他爱她。少年在诗人的书房里，用外面的牛杂肠子捆住诗人的手脚，少年的手抚摩她的眉毛，抚摩她涂了红色唇膏的嘴，抚摩她的乳房。

然后每次少年从书桌前站起来，他的两腿麻木得好像不存在了，然后过了一会儿，双腿里的星星越来越多。

在那样的日子里，黑猫总是蜷缩在少年的背包里，伸出小小的一个头部。这间房子里是白色墙壁和地砖，客厅桌子上那一副灰黑色的，总是油腻腻的乐高玩具。可以吃的东西放在厨房一进门的右边，那里胡乱堆积着的肉，黑猫不想吃。

它从少年的背包里爬出，甩甩爪子，洗脸，刷牙，出门。黑猫走过女巫的炖锅，走过屠夫的水晶门帘，走过飘着云和天鹅的湖。它在布告栏前驻足，布告栏上有许多名字，“WANTED”。诗人的名字在布告栏的右下角，罪名是诗的题目过长。

“布兰亚托的鱼子酱和从天而降生锈的大门远方昏黄的天远处教父赤裸的乳房这一切令我若失所爱我看见一切和鱼子酱啊流浪流浪是你让我看见一处划破脸的荆棘和你的爱人……”

黑猫念了几小时，题目仍在继续。

鱼子酱确实很好吃，黑猫想。

少年的旅行在一处山洞里终止了。像一个相框，他爱过的女作家排排坐镶嵌在这相框里。在最后他看到了那个女诗人，女诗人分成三次向他问好道别。

少年的旅行结束了，他策猫而返。

“现在喝一碗海带汤再好不过了。”少年摸了摸猫的头。

“还有鱼子酱，别想偷工减料。”

森海曼德堡的太阳似乎要出来了。

另一个故事：

从前有一个少年，他爱上了博客上的一个女诗人。那时候他十分年轻有力，既英俊又可口。他打听了很久，终于知道了女作家的住处，他趴在窗子上向卧室里看。一只黑猫在窗台上，正在舔自己的爪子，胡子上似乎沾着鱼子酱。

后来他们认识了，这个诗人喜欢骑着他到处旅行，她爱上了他。她经常摸着胯下的他，摸着他的头：我爱你，少年，我爱你。

他们一起在湖水里洗澡，一起在悬崖边看落日，少年好爱这个诗人，这种爱充满宣泄和剥夺，他亲吻这个诗人，他把她推下了悬崖。悬崖下的诗人弯曲成一个迷人的角度，令人厌恶。

少年在悬崖下拾起了诗人，捧在胸前。少年的手指被染得殷红。

悬崖上，黑猫嘴里叼着刚捉到的一只蝴蝶，冷冷地看着。

那只蝴蝶的翅膀有一个三角形的缺口。

悬崖上的夕阳又橘又红，少年放下了女诗人，在黑猫的引领下，走了下去。

28 红玫瑰，白玫瑰

以前，在遥远的国度，遥远的一个皇宫，有一个大玫瑰花园。大花园里有一树老葡萄架。

没有人知道老葡萄架究竟有多老，在花园里第一朵玫瑰花盛开之前，老葡萄架就在那里了。老葡萄架在这个国家非常有名，听说在这树葡萄架下许下誓言的情人，会非常幸福。

下过雨的夜晚有些晴朗。透过老葡萄架的叶片，可以看见非常明亮的星群。

玫瑰趴在矮矮的木栏杆上，百无聊赖地晃动着自己带着尖刺的细腰，木栏杆上湿漉漉的，上面爬满了青苔。玫瑰带着露珠的身体伏在青苔上，它打着盹儿，整个身体舒展着，惬意极了。

“嘿，嘿，玫瑰花！”

玫瑰抬起头，四处张望着：“谁？谁在叫我？”

“是我啊，你向下看。”

玫瑰循着声音的来处瞧着，老葡萄架下，一株灰色的不起眼的蘑菇旁，有一只浑身灰灰的小兔子，小灰兔的眼睛是红色的，非常晶莹剔透的红色，像红色的宝石。

“你的眼睛比王宫里小公主的嘴唇还要美。”在以后相处的日子里，玫瑰曾对小灰兔这么说。

“你是谁？你要吃我吗？”

“我是兔子，兔子不吃玫瑰花。”

玫瑰咯咯地笑了起来，她的声音非常清脆悦耳，她笑起来好像最温暖的风吹拂过耳蜗。

灰兔的大耳朵动了动，它感觉自己的鼻子尖微微发烫，它盯着那抹笑得花枝乱颤的白玫瑰，眼睛眨也不眨。

“上来和我玩呀。”

灰兔和玫瑰成了朋友。

夏天的末尾，皇宫里为刚刚成年的公主举办成人礼，邻国的王子和公主都会前来为她庆贺。公主一大清早就带着她的仆人们来到花园。“我要这花园里最漂亮的花，摆在我的舞会上，你们听懂了吗？”

公主下达了命令，小心地提着她花边繁复的蓬蓬裙，转身离开了这充满肮脏泥土的花园。

仆人们忙起来了，他们收集了花园里最漂亮的最鲜艳的玫瑰花，把它们用镶着金丝的水晶瓶子装着，放在公主的舞会上。

这其中当然不包括这枝白玫瑰，这枝白玫瑰的颜色不够鲜艳。玫瑰趴在木栏杆上，小小的尖刺无聊地拨弄着木栏上的青苔。

“喂，灰兔。”

“嗯。”

“我很丑吗？”

“你美。”

“我没能参加那个舞会。”

“……”

“公主不喜欢我。”

我喜欢你。灰兔心里有一个非常小非常小的声音说着。在老葡萄架下，灰兔的心怦怦跳着。

它用自己粉色的鼻子轻轻触碰着玫瑰的叶子。

“灰兔，让我自己待一会儿。”玫瑰躲开了灰兔的触碰。两片叶子包裹着自己的花瓣，轻轻地抽泣。

灰兔静默地看了玫瑰一会儿，跳着离开了。

傍晚，舞会的音乐声渐渐从王宫传了出来。

灰兔又跳着来到这里。

“玫瑰，你好些了吗？”

“我不好。”

灰兔低着头，它灰色的大耳朵垂了下来：“玫瑰，你为什么想参加那个舞会呢？”

“我想见小公主，当我还是花骨朵的时候，她曾经帮我捉住了一只啃食我花瓣的大青虫。”

灰兔咧开它的三瓣嘴，两颗雪白的门牙露了出来：“别担心，我帮你。”

灰兔摘下自己一颗红色的眼睛，放在玫瑰的花蕊中心，整朵玫瑰刹那间变成了娇媚的粉色。

“你的眼睛比王宫里小公主的嘴唇还要美。”玫瑰赞美着。

灰兔抬起毛茸茸的爪子，抚摩着玫瑰的叶片：“你去吧，舞会一会儿就开始了。”

玫瑰眉开眼笑，小心托着自己美丽的花瓣，赶往舞会。

公主的舞会非常盛大，有很多穿着华丽裙子的公主，举止有礼的王子，玫瑰看得眼花缭乱。舞池正中间，有一个巨大的水晶喷泉，喷泉周围环绕着一圈美丽的玫瑰花丛。

就是那里。玫瑰趁大家不注意，一头扎进了玫瑰丛里。

舞会开始了。

公主穿着雪白的长裙，从台阶上一步步走下来。她的大眼睛黑亮黑亮的，像深邃悠远的夜空，她的头发绾在头顶，盘成一个繁复的发髻。她微笑着，世界上最甜的蜜糖都不及这个笑容甜美。

公主！公主！舞会里的人为她欢呼着。

玫瑰激动得浑身颤抖着，就是她，就是她。她还如初见时那么漂亮可爱，玫瑰的叶子抖动着。

公主！看这里，看这里啊！

公主穿着她漂亮的长裙，和邻国的公主们喝着甜酒，她们称赞她的美丽。王子们弯腰伸出一只手，邀请她与自己共舞一曲。公主像花朵一样，在舞池里旋转着，绽放着。

玫瑰和其他花朵一样专注地看着舞池中的公主，这时，一个毛茸茸的爪子轻轻触碰了下她的叶片。

“玫瑰，你看到公主了，我来带你回家。”

玫瑰转过头，看到灰兔的耳朵耷拉着，身体藏在玫瑰花丛中，身体被玫瑰的刺划伤了几处。

“灰兔，我不想回去，我想和公主在一起。”玫瑰犹豫了一下，说道。

“可是公主根本看不到你啊。”灰兔的声音闷闷的。

玫瑰的枝叶垂下来：“如果我是红玫瑰就好了，红色很搭配她白色

的裙子。”

灰兔的耳朵动了一下，它小声说：“别担心，我帮你。”

灰兔摘下自己另一颗红色的眼睛，放在玫瑰的花蕊中心，整朵玫瑰刹那间变成了非常明艳的红色。那红色，红得热烈，红得肆意。现在她可以非常笃定地说，她比花丛中任何一朵玫瑰都美了。

“你的眼睛比王宫里小公主的嘴唇还要美。”玫瑰用自己的叶子抚摩着灰兔柔软的额头。

灰兔没有说话，转身一跳一跳地离开了。

玫瑰的红色非常耀眼，似乎洋溢着水晶般的光芒。公主一曲舞结束，手里端着一杯蜂蜜酒站在舞池旁，她一眼就看到了这朵美得惊人的玫瑰，她走上前，雪白的小手摘下这朵玫瑰。“这朵花很搭配我的裙子。”

她说着，命令一旁的仆人将玫瑰的刺剪掉，然后小心地扎进自己的发髻里。

公主穿着白裙子，头上一朵红玫瑰，衬托得她像一个小精灵一样灵动。她戴着这朵玫瑰在舞池里继续舞蹈着，笑着。她和每一个王子跳舞，喝了很多椰子酒和蜂蜜酒。

侍女们扶着公主去后殿换了一身金色的裙子，舞会进行到了中途，国王微笑着出现。公主站在大殿中央，金色的王冠被国王双手捧着，微笑着戴在公主的头上。

“公主真美。”大家说。

那枝红玫瑰被丢在了地上。舞会结束了，仆人将所有的玫瑰用手推车运出王宫，倒进了附近的沟渠里。

沾满污泥的玫瑰躺在水沟里，不远处，一只瞎了双眼的灰兔子死在水沟旁。

从狐狸的酒馆出发

29

“他们都以为他死了，才没有呢。”

出逃之前，维斯特洛把生命抵押给巫师，换了一书包的布丁和果冻。此时大雪纷飞，正是凛冬。山里的路很难走，平滑温柔的雪地底下，潜伏着坚硬的石块和卑鄙的土坑。

维斯特洛的肚子饿极了，打开书包想吃点儿什么，结果发现布丁和果冻被冻得硬邦邦的，根本难以下口。这使维斯特洛的冒险在开始时就遭受了重大挫折，他站在雪地里，嘴里含着还未化开的带着冰碴的果冻，说不上是因为舌头的刺痛还是胃里的恐慌感，他呜咽起来。

“但我不能在这里就倒下，我要去找哥哥。”

他口中信誓旦旦。

眼泪冻成的冰晶凝固在脸上，他伸出手指抠掉。他全身的血液要凝固了，血管里流淌着的温暖河流此刻似乎也携带着冰碴从体内缓慢切割过去，皮肤麻而痒。

但路无论如何不会从脚下走掉，所以他只能顶着风雪，抬起一只脚，踩下，然后又抬起另一只脚。

然后他轰然倒下。

雪一直在下。

再次醒来是在一个温暖的小房间里，地板中间烧得嗡嗡作响的大肚子炉，床头的小柜上还有一杯喝了一半的红色饮料。

维斯特洛张望着，门开了。

进门的是一只皮毛火红火红的狐狸，它身上系着一件绿格子围裙。见到他醒来，就大声说："啊，孩子，你醒啦，我还以为你会冻死哪。说实话我真的这么想，这么冷的天儿，像你这么单薄的人怎么经受得住哟，我们狐狸都觉得钻心地冷。"这么说着，它浑身哆嗦了一下。

"我这是在哪儿啊？是你救了我吗？"维斯特洛坐起，头痛欲裂。

"这是我的酒馆，巫娜去挖独角仙的时候，恰好瞧见你像根大冰棍儿似的横在雪地里，她就顺手把你带回来了。"狐狸蹲在地上，用根一端焦黑的棍子又捅了捅炉子，确保它燃烧得够旺，"我还是觉得奇怪，你居然没死。"

"不会死，因为我已经把生命抵押了。"

"这么说就可以理解了，没有生命在身上，确实不会那样死掉。不过为什么……我是说，为什么要抵押生命？"

"我想去找我哥哥。我没有钱。卖掉生命换了些吃的，留着路上吃。"

狐狸皱眉："小子，你是不是上当了，"它伸出爪子，从床底下拽出维斯特洛的那个书包，掂了掂，"就这点儿东西？你这不是笨蛋吗！"它有点儿暴跳如雷了，"肯定被骗了，这点儿东西怎么能够熬过这场雪？"

"我以为我很快就会找到我哥哥……"

"你哥哥去哪里了？怎么这么不负责任，居然要自己弟弟去找？"

"他们说他死啦，被死神带走了。我想把他找回来，我想让他讲完海上的故事。”

狐狸沉默了一下：“那样的话，确实很难办的。”它垂着头，张张嘴，咽了口唾沫，没有出声。

正在房间里充斥着一种沉重的气氛时，维斯特洛的肚子咕噜一声。

狐狸从神游中回过神儿来，拍拍自己脑门儿，微笑着：“先不说这些，下楼吃点儿东西吧，在下开的酒馆，厨子做的东西还是很好吃的。”

踩着吱嘎作响的木质楼梯，维斯特洛随狐狸下楼。坐在楼梯旁的小桌旁：“你先坐，过会儿我叫厨子过来。”狐狸拍拍他的肩膀，然后走开。

楼下此时已经很热闹，吧台一只大蜥蜴手脚麻利地调制着一杯鸡尾酒，时不时从上衣口袋里掏出一粒小西红柿塞进嘴里，吧嗒吧嗒嚼着。一只戴眼镜儿的胖猫（说不出是什么品种），坐在酒馆的西南角，弹着一把小吉他，嘴里喵喵地不知道在喵些什么。酒馆里喝得醉醺醺的螃蟹正在和一只桌腿置气，它的前爪死死钳住那只桌腿不肯放开，并气得口吐白沫：“你居然撞我的脑袋，你太坏了，太坏了。”厨房里的帮工冲出来把它绑走，嘴里念念有词：“我说醉蟹怎么少了一只。”

维斯特洛从来没见过这种场面，作为人类的小男孩，他既没去过酒馆，也没去过充满奇怪动物的酒馆。他正四处张望着，一只挺着啤酒肚的座头鲸晃着尾巴就过来了。

“客人，您想吃点儿什么？”座头鲸微微弯腰，很有礼貌，“老板说让我过来问问你。”

维斯特洛犹豫了一下，摇摇头。狐狸只让他下楼吃饭，可是他口袋里一毛钱都没有，狐狸又没说要请客。“还是不吃了，我口袋里没有钱。”

“没关系，老板的朋友，我们不收你钱。说吧。”

“那就……三明治，烤鸡，肉，很多肉！”维斯特洛真的饿极了。

座头鲸抿着嘴笑：“还真不客气，看来是饿坏了。在这里坐一会儿，我这就去后厨。”

这下又剩维斯特洛一个人在座位上了，他一只手支撑着下巴，另一只手里攥着叉子，眼神随意在酒馆里的客人身上荡来荡去。然后他的眼神定格在一个穿着黑袍子的女巫身上。

女巫面前一碟红得晶莹的樱桃，她盘腿坐在椅子上，大腿上趴着一只瘦长的看不清面孔的黑猫。女巫捏着樱桃梗，咬下樱桃，她布满褶皱的嘴拱来拱去地咀嚼着，然后“噗”的一下，把樱桃核吐得老远，樱桃核在地面上跳了几下，轱辘到某个角落里再也不出来。

真酷。维斯特洛盯着女巫的嘴唇，自己的嘴唇也忍不住跟着噘起嚅动，每当女巫“噗”的一下吐樱桃核，他也“噗”的一下吐出一口空气。他正观察得入神，却发现女巫停止咀嚼，她转过来，隐藏在黑色帽兜里的脸朝向这边。

“她是巫娜，一个女巫。”狐狸不知什么时候又坐到他旁边。维斯特洛回过神来，狐狸坐在桌子对面，桌面已经摆满了吃的。

“好快。”

狐狸笑起来：“我看你比起看酒馆里的女巫，不如先填饱肚子。”

事实上狐狸还没说完，他已经伸出手指拈了一块红焖羊肉吃了起来，他如同仓鼠似的把肉块儿储存在右腮里，很快又蠕动到左腮里，然后又蠕动到右腮——羊肉实在太烫了。

“慢点儿吃，蠢孩子。”狐狸拍拍他的肩膀，从自己口袋里掏出半根雪茄，点燃。

维斯特洛狼吞虎咽地吃着、喝着。直到肚皮高高隆起成一个半圆，又喝了一口红莓子酒，心满意足地打了个冗长的饱嗝儿，靠在凳子上无法动弹。

狐狸呼地吐出一口烟圈："说说你的事吧，怎么跑到这山里来了，听你说要找死掉的哥哥，怎么回事？"

维斯特洛的手伸进上衣，摸着自己鼓胀的肚皮："他是一个水手……伟大的航海家！他去过好多地方，银叶洲，铜铃角，千百个岛屿，每次从海上归来，他都会坐在家里的沙发上，给大家讲海上那些神奇有趣的事。他讲海上流传着的伟大的诺兰朵船长和他的鲸鱼的故事，还讲在很晴朗的夜晚，能看到戴红花的老太太骑着鲸鱼从海面跃出……他会从海外带回小玩意儿给我，巨蜥的头骨，现在还在我的房间里，被我当作小凳子来用。还有食人草，我把它放在窗台，防止小偷进我的房间。还有精灵喝水用的小壶……"说着，他从裤子口袋里翻翻找找，掏出一只拇指大小的小杯，"喏，就是这个。嗯，还有很多很多。"他越说越兴奋，越说越大声，挥舞着手臂，整个酒馆的人都停下来看着他。

"这么大的海鸟的羽毛！"胳膊伸得直直的，他比画着，"这么老大，一根就这么老大，很轻，可以漂浮在小池塘上当作小船！听说是很远很远的地方，一种叫作使徒鸟的羽毛！"

西南角落里的胖猫也停止了弹唱，感叹着："这么棒的羽毛，这么大的羽毛，实在太喵了！这么大的鸟，估计可以吃很久吧，吃起来肯定很喵！"——在它的语言里，喵代表一切好东西。

调酒的蜥蜴一口气在嘴里放了三颗小西红柿，也停下了手中的活，大家都在听维斯特洛讲话。

“你们知道犀角鲨鱼吗，哥哥讲过，那是一种鼻子很尖的鲨鱼，听说人如果摸到它的鼻子，就会长出鳃，可以在海里游泳，不会被淹死！”

“还有，哥哥说海乌鸦的叫声会引来胖月亮，站在船顶最高处，可以从月亮上挤下白色的牛奶，嗯，月亮奶。”

狐狸眼睛盯着他，所有酒馆里的动物都盯着他，大家没有说话，等待他继续讲下去。

然而维斯特洛的声音渐渐低沉了：“可是哥哥很久很久没有回来，每次他离开我都会在日历上画一个圈儿。可是，已经有一年了，距离上一个圈的位置，已经有一年了。他还没有回家。

“那天，家里的猫爬到柜子上面去，伴随着灰尘一起掉下来的，还有一个信封，我才知道，他半年前死了。

“他在一次海难中丧生了。

“我不想他死。

“我问巫师，哥哥真的死了吗？我想见他，我还想要蜥蜴头骨，我再也不嫌弃它的味道臭臭的了，我也想听他又在哪座山看到丰腴美丽的姑娘，哪座岛的水果有一栋房子那么大，我不和他打架也不再让他帮我写作业。我想他。”

听到这里，狐狸叹了口气，白色的胡子动了动：“所以就跑出来，寻找你哥哥？还把生命抵押给了巫师？”

“嗯。”维斯特洛小声应着。

“我知道了。”狐狸湿润的鼻子一动一动的，往小碟子里掸了掸烟灰，“那你知道，把生命抵押给巫师的人，会在心愿得偿的时刻死去吗？”

“我知道。”

“所以这就是你的目的？就算你找回你的哥哥，你也死去了。你想明白了吗？找回他，你们也不可能回到从前。”

“我都知道。我不管那么多，我只想要他回来。我还想再听一次海上美人鱼的故事，还有风暴，还有没有眼睛的鲸鱼……我一定要去海上找他。”

“真是不把生命当回事啊。”狐狸嘟囔着，“翻过这座山就是大海，海边有一艘橘黄色的小船，那是很久以前别人送给我的，你拿去用吧。祝你成功。”

维斯特洛眼睛一亮：“真的吗！太感谢您了……真是太感谢了，但我没办法拒绝您这样的礼物……没有船我确实没办法出海……这样吧，我书包里的布丁和果冻都送给您，当作一点儿小小心意。”他站起身，向狐狸鞠了一躬，“真的谢谢！”

狐狸挥挥手：“不用感谢我，我和巫娜明天送你到海边。今晚早些睡吧，明早多穿些衣服，虽然你冻不死，但在这么冷的天儿里出门还是挺遭罪的。”

“嗯嗯！好的。”

维斯特洛踩着楼梯，噔噔噔地上楼。狐狸仍坐在桌前，它手里的雪茄已经要燃尽了。

“巫娜，你还记得五年前那个小伙子吗？”狐狸突然开口。

此时已是黄昏，橘子色的夕阳融在海水里，海港的橘色小船越来越远。狐狸和巫娜站在岸边，他们的身后站着胖猫、座头鲸，还有其他一些前来送行的酒馆客人。他们看着渐渐远去还在兴奋挥手的小孩儿维斯特洛。

女巫抚摩着怀里的猫：“当然记得，那个小伙子号称自己要成为航海家的嘛。”

“他是把自己的生命抵押给你了吧。”

“是，我把他的生命存在我书架上一个玻璃罐子里了。半年前，罐子碎了。”

“他得偿所愿了。”

“是的，他得偿所愿了。他成了航海家，然后死了。”

“你觉得，会不会……那个人会不会就是这小孩儿口中的哥哥？”

“很可能。”

“现在这个小孩儿也要出海了。我们是不是害了这个孩子？”

“有多少人能真正得偿所愿啊，那是很幸福的。”

“也许他属于大海。”

“也许他本来就属于大海。”

“你希望他找到他哥哥吗？”狐狸的目光定格在水天交接的橘色海平面。

“其实那不重要，他继承了他哥哥的遗志。我一直觉得，只要这样的东西在，人就没死。”

“他出海去找的，是他哥哥的遗志，是……梦想吗？”狐狸喃喃低语着，它红色的皮毛在夕阳下，像要燃烧起来了。

“是，他会成为出色的航海家。”

狐狸装模作样地打了个哈欠，用爪子揉揉眼睛，又在女巫的黑猫屁股上抹了一把。

“咱们回吧。”

黑猫恼怒地舔了舔自己毛上被蹭得湿漉漉的地方。

狐狸阿甘的小指头

30

“爷爷，我从前总说你变聪明就好了。”

“哦哦，不错，好哦。”

“爷爷，你不用变聪明，我会一直在的。”

“嗯。”

狐狸的酒馆我也是经常去坐坐的。

尽管梅利奥达斯的琴声一如既往地难听，不过为了稿子，我也忍了。

狐狸老板真名叫作阿甘，不是《阿甘正传》里那个阿甘，是耳朵毛茸茸，皮毛火红，爱穿绿格子围裙的阿甘。说是老板，其实是酒馆里最没有地位的服务生，食物的话，只会做炭烤腰果，饮品会做薄荷水，擅长擦桌子，抽烟。

酒馆的小沙发不错，很舒服，也有厚鹅毛填充的抱枕。听说是巫娜蹲守农场三天，从二十几只大鹅胳肢窝底下偷来的。此刻我窝在沙发里，手里捧着一杯热可可，不得不夸奖一下，座头鲸的手艺越来越好了。

“最近有没有发生什么好玩的事儿？我稿子可就要交了，你不说这个月房租钱可就不能到账了。”喝口饮料。

“嗯……”阿甘沉吟着，“座头鲸前些日子吃了块奶酪，结果乳糖不好，做饭的时候老放屁，整个厨房都被熏臭，好几天都不能提供食物。"

"呕……"我干呕了下，"我要故事！故事！不是恶心事！"

"胖猫梅利奥达斯前几天舔蛋时被人拍照传到网上去，还有愚蠢的人类高喊好萌好萌。"

"……我就是你口中愚蠢的人类。"

"那……蜥蜴的小西红柿没有了，它没钱买，要不你先拨款吧。"

"没有故事还想要钱，你脸皮越来越厚了。"我冷笑。

这时木门哐当一声，外面的风雪灌进屋内。巫娜冷着脸，手里拖拽着一只巨大的雪豹尸体。"我有个故事，你要不要听？"

巫娜说那天开门后，门外积雪中站着一个老头儿和一个男孩。

老头儿身上披着厚厚的黑色大斗篷，手里提着一个巨大的包袱，大鼻子冻得通红，十分像酒馆里的腊香肠。身边的男孩穿着红色棉袄，浑身上下包裹得严严实实，只露出一双浅棕色的眼睛。

"打……打扰了。"男孩深深鞠了一躬，牵着老头儿的手走了进来。

他费劲儿地解开自己胸前的扣子，又爬上木凳，踩着木凳把老头儿身上的斗篷也取下来。

男孩解下斗篷，居然是一张青蛙似的脸，畸形的、很诡异的样子。他坐下，很长一段时间都沉默不语。

既然来了客人，酒馆就忙活起来了。梅利奥达斯在西南角弹着一首《雪之歌》，狐狸老板正擦着桌子上的烟灰，座头鲸在后厨熬了一大锅热可可，用一个巨大的圆盘子，装了十几杯端到前厅。

"谢……谢谢你。"男孩鞠了一躬，很有礼貌，"我……我想知道的是，有一个女巫在这里，这个酒……酒馆对吧。”

“你找巫娜？她挖独角仙去了，还没回。”巫娜嘴里含着一颗樱桃，头也不抬——她比较讨厌麻烦。

“啊，那我……那我等等……等等。”男孩手里捧着可可杯，眼神里是掩饰不住的失望。他旁边的老人的大红鼻子里又流出清鼻涕，男孩从胸前掏出一块帕子，仔细又温柔地帮老人擦着。

“话说你找巫娜干什么啊，她可不是什么好人。”巫娜为怀里的黑猫顺着毛，“想治你的结巴？”

男孩脸红了：“不……不是的，我爷……爷爷有老年痴…………痴呆。想治。”

仔细观察着老人的脸，确实很多褶皱，沟壑，大红鼻子，眼睛灰色无神，嘴唇很宽，可能是在外面冻成了绛紫色，还没有缓过来。

“要我说啊，这种应该算自然老化，不是病啊。你好好照顾他不就得了。”巫娜呵呵笑着。

男孩沉默下来，绿色的青蛙脸上一副愁容。

“唉，这男孩是青蛙精吧，肯定是的，要不然怎么长得那么好笑，青蛙脸，天哪，哈哈哈。”我抱着鹅毛枕，整张脸都埋进枕头里，哧哧地笑着。

巫娜很严肃：“他是一个普通的男孩子。”

“那怎么是青蛙的样子啊，还结巴……”

“你听我接着说。”

“我……我听说这里的，女巫很厉害，是吧？”男孩结结巴巴地讲着，“我想治……治好我爷爷。”

巫娜撇撇嘴：“觉得他是糟老头子，不想照顾了？确实，对于你们年轻人确实是累赘……”

“不！”男孩脸憋得通红，“不，不，不是那样！不是那样的！”他的绿青蛙脸上显现出伤心的表情——本该令人同情，但怎么看都有些好笑。

“我不想活活……活了！”他声音突然拔高，但意识到自己成为酒馆的焦点，又顿时心虚了起来，“所以想爷爷……我爷爷，自己照顾自己。”

“怎么，你爷爷经常被欺负吗？自杀是怎么回事，怎么又不想活了，闹啥呢？”巫娜皱眉，转头看老头儿呆滞又鼻涕、口水一脸的样子，男孩又掏出手帕，帮老头儿擦干净。

男孩垂下头：“我怕……我死以后，我怕爷爷和我一样被……被欺负。我心里，不开心。”

“要是我，我也不开心！长成那样，一张青蛙脸，怎么上学啊，肯定要被同学欺负什么的。”我坐在沙发里愤愤不平，“不过寻死的话倒不至于吧。”

“你要是看到那个孩子浑身的伤痕……”巫娜顿了顿，“很难受，看起来真难受。都是砸伤，擦伤，虽然没什么大的伤处，但是看起来真糟心。”

“被打的？”

“呵呵……”巫娜抿着嘴，嘴角锋利，“被当作怪物了。”

“能想象到，只有爷爷相依为命，爷爷还患有老年痴呆……活着确实好艰难。接下来呢？你治疗他爷爷了吗？”

“女巫大人……女巫她什么时，候回来？”男孩喝掉最后一口可可，用手背擦嘴，但忘记手背也有擦伤，疼得扭曲着脸。

“我去问问老板。”巫娜接过老头儿递过来的空杯子，表情冷漠，起身，上楼。

留下男孩和流着口水、一脸呆滞的老人。

过了很长一会儿，狐狸下楼的时候见到老人偷偷把口水抿到沙发底下，顿时暴跳如雷。“你俩怎么这么恶心！搞脏我的沙发！”

“啊啊啊啊，对……对不起，对不起！”男孩起身鞠躬，棕色的眼睛里充满了惶恐。

“对不起有屁用，能赔得起我的沙发吗！”狐狸叉腰，“有病！”说着，还推了老头儿一下，老头儿哆哆嗦嗦地倒在沙发里。

男孩着急了：“你怎……怎么这样啊！对不……起啊，我道歉了，道歉了，我会赔给你清理费……费用的！”他大声喊着，扶起了老头儿。

“我就告诉你，白痴是没治的。”

“不许你……你……你这么……这么说我爷爷！”男孩被激怒了，像只愤怒的青蛙，扑上来和狐狸扭打在一起。

厮打中，狐狸挠了男孩的屁股，男孩把狐狸的小指头咬断了。

最后大家出面拉架，把他们扯开。

“赶紧滚吧。”狐狸龇牙。

“我们……我马上就走，再也不……不会来了！”男孩挥拳。

“赶紧，滚滚滚！”

男孩愤怒地为老头儿披上斗篷，再次把自己包裹得严严实实，酒馆的门被他踹得砰一声。男孩想了想，回过头，举着狐狸的小指头示威似的说："我不会让任……任何人欺负我爷爷！只要我在！"

狐狸咬牙切齿地看着祖孙二人的身影消失在茫茫大雪中。

"我去……阿甘你怎么这样啊，太坏了吧。"我皱眉。印象中它不是这么坏的狐狸啊。

阿甘垂着头没说话，摸着自己的断指处。

巫娜喝口茶，依然冷着脸。"阿甘才不坏。"她从口袋里翻出一封信，用手抖开。

"你自己看。"

狐狸酒馆的各位，以及巫师巫娜小姐：

冒昧写信叨扰。

如果你们能读到这封信，说明我和我的孙子已经到了你们的酒馆。

我知道我孙子已有死志。

确实是很悲哀的事情。谁想长着一张青蛙脸并且还是个结巴呢？我孙子从出生开始，就被他的父母丢给我抚养了，因为他父母都是要上班的人，养着一个青蛙脸的怪物，多少会被人瞧不起。我一个人抚养他，虽然我总教育他要坚强，要勇敢，不过收效甚微。但也可以理解，这种事情，不是当事人，又怎么能感同身受呢？

我能看到他身上的每一处伤痕，那些邻居的男孩，甚至街道上的狗对他做的事情。他变得越来越沉默寡言。我知道他对人生已经渐渐绝望，我偷看他的日记（很不好意思，这里对孙子道歉），他说，他不知道生存的意义是什么，或者难道要承受永生永世的屈辱吗?

我不知道怎么劝他，我只是个没什么文化的老头子。人生的意义这种伟大的命题，我怎么能解释得清，不过我不想让我孙子死。

我装作这副蠢相，希望你们不要介意。

这样做会给他很大压力，照顾我这个糟老头子其实很烦吧，但是姑且用这种东西暂时牵扯住他。

我想知道还会有别的东西能留住他吗?

给大家添麻烦了，抱歉。

我叹了口气，把信收起来。

“你们啊……”

摸摸阿甘的头，它一爪把我手打掉，转过头去不理人。

“还疼吗？”

“我倒是不疼了，我听鹈鹕说那男孩，把我的小指头当作项链挂脖子上，丢死狐了，丢死狐了。”阿甘懊恼地打了个喷嚏。

巫娜眼睛盯着窗外的大雪出神，喃喃着：“那个青蛙脸的孩子，以后还会被看不起，还会活得难堪，还会痛苦……这些都不会减少一分一毫。”她顿了顿，“但是他会挺过来的，为了保护他的白痴爷爷。”

“喂……”

“好吧，他们只是相依为命，互相守护而已。”

我晃了晃杯子里的最后一口饮料，喝掉。

得了故事，也该回家了。

31 狐狸酒馆的吉他手

“咱们的吉他手呢？”

“那个三脚猫去哪里了？”

“舔蛋呢吧。”

大家又哄笑起来，酒馆里充满了愉快的氛围。

一个青年不明所以，但仍跟着微笑起来。

胖猫梅利奥达斯抱着它的小吉他倚靠在窗台上，它的两只后腿大敞开着，右后腿的关节处有些奇怪的畸形，顺着窗台耷拉下去。小吉他就搁在它两腿之间，白胡子上还沾着梅子酒的红色。

当它还是一只小猫时，当然，那时候它还没有发胖，很伶俐的一只。虽然那时它也并不知道自己为何降生，又是哪只母猫将它遗弃在垃圾场，又或者是哪只不负责任的大花猫将自己注射进入母猫的身体。

想那么多何必呢？

即使那时候它不胖，却也和漂亮搭不上边儿。灰黄色的皮毛，毛毛糙糙地贴着皮肤，在垃圾场跟鬼魂儿似的游荡着，爪子扒拉扒拉垃圾袋，运气好能找到发酸的鱼骨头——虽然吃了有时候会拉肚子，但总比饿得心里发慌强吧。有时候能在还未被垃圾场里的工人挑选过的垃圾里，找到毛绒玩具，它一度以为那是死掉的别的猫，自己死掉以后也会变成这么柔软的可爱的小玩意儿，即使缺了只眼睛，或者鼻尖开了线，那也很可爱，看了之后整个猫的胃都鼓胀起来，感觉很饱（它没告诉任何人，第一次见到真正的同类尸体的感受）。

那时候它还没分清寂寞和饥饿的写法，也看不懂它们的区别。

最喜欢待的地方是垃圾场附近，一个破破烂烂的小房子。

不仔细看的话，真的很难在垃圾场里发现这个又土又臭的房子。真的，梅利奥达斯觉得自己已经够臭的了，睡觉的时候有时也会被自己臭醒，用口水舔？别开玩笑了，会被臭得吐出隔夜的酸鱼肉的。

一开始，它以为只是普通的拾荒老头儿住在里面，被子女遗弃之类的事。那时候梅利奥达斯年纪不大，见到的事却很多了。

直到夏日垃圾场蝉鸣聒噪，它再一次被自己的脚丫子臭醒。这时，它却听见垃圾场的蝉鸣中间，传来好听的声音。

它从前确实是没听过那种声音的。

非常清亮，有时候低沉，没法形容，非常喵的声音，对，特别喵。喵这个词是梅利奥达斯自己的语言，它将一切美味可口或者感觉幸福的东西都形容为喵。

再回过神来，它发现自己已经蹲在那个破房子的破窗子下了。

靠得近了，它听得更清楚。那声音听起来很舒服，传进耳朵里，痒痒的麻麻的，没有人摸过梅利奥达斯的脖子，如果有人摸它的脖子，肯定和听这个曲子的感觉很像。它想着。

那琴声弹了一会儿，加入了一个低沉好听的男声，似乎在唱着某个姑娘的名字。

真深情，它就蹲在小窗的窗根下，它撇着嘴，耳朵却舒服得背过去。

就在窗下睡了一夜。

第二天它出去觅食的时候，忍不住和居住在藤萝上的尺蠖炫耀，此前它唯一炫耀过的是捡到一整只烤得表皮酥脆的鸡：“你知道吗？我昨晚听到了很喵的曲子！”

尺蠖弓了弓身子，表示“哦”。

“我听到了他的心事，他的秘密！他爱上了一个叫莉莉丝的姑娘。”

“哈哈，羡慕吗？羡慕吗？告诉我，你羡慕吗？”

它很兴奋，骚扰过尺蠖，又去骚扰甲虫一家，搞得整个垃圾场的生物都知道了，它昨晚偷听人家墙根了。

这一整天，它不知疲倦，但收集了不少小零嘴，还逮到一只很肥的耗子。

又是夜晚，它早早地蹲在小窗下，垃圾场的其他声音渐消，污糟的小房子又传出好听的琴声，还有歌声。

这回，他歌唱的主角叫阿平。

“怎么回事，怎么这么快就爱上别的姑娘了？”梅利奥达斯怒了，一口吃掉剩下的半只耗子（本来是打算就着小曲儿慢慢吃的）。

它“噌”的一下跳上窗台，它看见了拨弄着吉他的青年，灯光不太亮，只照着琴谱，青年的半个身子隐没在黑暗里，只有吉他的声音和他的歌声从灯火最亮处传出。

“原来是谱子里的歌词，这下闹笑话了。”梅利奥达斯吐了吐舌头，一不小心吐出了半截老鼠尾巴，赶紧拾起又塞进嘴里。

后来，在整个夏季，它都蹲在窗根下听墙根，垃圾场充满馊味儿的晚上，梅利奥达斯饿着肚子或者嚼着老鼠，摇头晃脑地听着。

在听到兴起时，它也会假装自己有把吉他，幻想自己在舞台正中央，台下是成群的目光迷离的小母猫，仰望着它，爱慕着它，它在窗根下摇头晃脑，爪子扑棱着并不存在的琴。

在食物没那么匮乏的日子，它会把自己捡到的食物分给青年一些。它喜欢蹲在角落里，看青年一脸困惑地拿起窗台上半只烤鱼或者烤焦的鸡腿，它喜欢看他柔软黑亮的头发。

“他眼睛上的睫毛，像蝴蝶翅膀！像我那天梦见的蝴蝶翅膀！”它还是经常和尺蠖唠叨。

它知道了他的生日，在他为自己买了很小很小的一块生日蛋糕并且许愿时，梅利奥达斯也双爪合十，许了一个愿望。它心底纠结了一会儿，然后把自己每晚抱着睡觉的没鼻子小熊叼过来，悄悄放在青年的窗台上。

一个充斥着鱼味儿和馊掉的水果味儿的午睡，梅利奥达斯被争吵声吵醒。它扒拉开自己藏身洞穴的毛绒玩具，探出头来。

“这个垃圾场占地太多，我们要重新妥善利用这里，垃圾都会搬走，你也搬走吧。”几个穿着制服的人站在破房子门口，表情严肃。

“可是这里是我的家啊。”熟悉的声音，是青年的声音，听起来很焦躁。

“你在这本来就是占用公共地盘，没向你征税就很好了。”

“……”

“你不走，铲车照样会开过来，听句劝，搬走吧。”

“我不知道搬到哪儿去。”

“今晚铲车会铲走周围的垃圾，你的最后期限是明天。”

当晚梅利奥达斯再次蹲在窗下，没听到琴声，也没有歌声。它听到那个人收拾东西的声音，行李箱的轮子在地上滚来滚去。

它突然感觉很饿。

好饿啊，明明中午才吃到一整只幸运的烤鸡来着。

它开始奔跑，远处的铲车声音很大，它向那里奔跑。

穿过馊掉的腐臭的垃圾，和尺蠖，和独角仙，和甲虫，和它居住的，隐秘的洞，和它的毛绒玩具。

那家伙真大。

但它“噌”一下就蹿了上去，跳上铲车的机箱，蹿进驾驶舱。

铲车司机也没见过带着这么疯劲的猫，边和疯猫搏斗边开铲车，确实是很难来着，铲车方向盘一摆，整个车翻了个，戳进了旁边的垃圾坑。

梅利奥达斯从车里被甩了出去，右后脚磕在一块尖锐的石头上，从此跛了。

瘸着腿勉强站在小破屋窗台张望，什么都没有。

后来，它也走了。

再饮一口酒，梅利奥达斯挺着肥肚皮，叹了口气。

“想到从前了吗？”狐狸老板不知什么时候站在一旁。

“没，只是饿了。中午厨子做的秋刀鱼味道很喵，能不能再来一条？”

“好啊，一会儿去和大家一起吃吧，都等着听你的小曲儿呢。”

“我弹得又不好。”

“那又怎么了，谁是为了好听才听曲子？”

“我。”

“你活该。”

“是啊。”

狐狸老板叹口气，捏捏梅利奥达斯的肉爪：“要不你不弹琴，给我店里当个吉祥物，说不准我能赚更多钱呢……哎呀，你别挠我啊，我说着玩的……”

狐狸落荒而逃，梅利奥达斯看着黑发青年背着吉他，从酒馆出去，踏上小路，渐渐不见了。

它沉默着回到酒馆西南角，又弹起了吉他。隐约听见调酒师蜥蜴嘴里嚼着颗小西红柿，嘟嘟囔囔地说着：“多大人了，背包上还挂玩具熊呢，幼稚，幼稚！”

它表情镇定，没人听到它弹错了一个音。

32 房间里有狐狸

阿甘是我年轻时认识的狐狸。

那时候我独自一个人住在距离小镇十几公里外的山脚下。我的小屋是我自己亲自搭建的。屋子里唯一的家具是一张我从香瓜地里，一个老爷子那里讨来的床，睡起来有点儿硌得慌，我一度怀疑是我自己皮肤太过娇嫩，上辈子很可能是个豌豆公主，再次也是个番薯公主。

说起来这个病也是个富贵病，像我这种经济状况，本应该好好努力工作赚钱，可惜我偏偏又是个不上进的疲懒子，就这样搬到山里每天看花逗鸟，不需要洗脸也不需要刷牙，更不用洗澡（看起来像个野人）。虽然常常吃不上饭，好在门前有条小溪还比较清澈，胡乱喝个水饱也好。

很多年以后，我和阿甘聊起那时候，它还会捏着鼻子一脸嫌弃地干呕几下："你不知道，你那时候完全就是个移动垃圾点……你知道为什么你老是能捡到林子里的死鸟烤来吃吗？"

"不是你看我可怜，捉给我的吗？"

"你倒是想得好，那鸟是被你熏晕的。"

"由此说来，倒是因祸得福了。"

阿甘是在一个风和日丽的早晨和我相遇的。

风和日丽来自它自己的描述。我只记得当时我在小溪里喝水，冷不丁看到毛发旺盛的自己，也是吓了一跳。心想着或许应该洗个澡，再不济洗个脸也是好的，只是这水这么清澈，我很爱喝，下游的鹿啊，狗獾啊说不准也要喝，我此刻舒服地洗澡了，却让下游的走兽喝到我的洗澡水，我的心里也比较难安。

喝了几口水，我突然感觉有点儿头晕，迷迷糊糊就倒在小溪里睡着了。

醒来以后看见一只湿漉漉的狐狸，鼻子很黑，凑得很近，呼吸很热，张着双圆鼓鼓的大眼盯着我。

“我说你干啥？”

阿甘当年还不是这只恬不知耻的老狐狸精，还比较清纯可爱。我这突然一出声，它吓得咕噜一声往后一蹿，扑通一下又掉进小溪里。从水里爬出来，脸色严峻恼怒，居然还有点儿剑眉星目的意思，只不过浑身毛湿漉漉的，不太雅观。

后来我才知道，由于长时间的营养不良，我喝水时晕了过去，一猛子扎进小溪，整个上半身全都泡在水里，两腿还留在岸上。

按照阿甘的话讲，当时它也不知道是造了什么孽，发了善心将我从水里捞出来，弄得皮毛湿漉漉的。

我提醒过它，很可能这就是一种叫作缘分的东西。但阿甘每次都皱着鼻子，干呕几下：“猴子的大便，不好，不好。”虽然我很想提醒它，猴子的大便也没有那么臭，而且经常有后山的猴子来我的小屋门口玩，有时候遗落几颗橡子，我倒是很喜欢。不过我后来没提。

阿甘那时候也是个很穷的走兽，在我看来。所以我善意地提醒它，我的小屋还有地方，虽然不大，但多加一个狐狸窝还是绰绰有余的。

阿甘于是就搬了进来，顺便搭了个狐狸窝。

我原来是不知道的，狐狸居然这么会做床。那个狐狸窝也不知用的什么茅草，又软又舒服，阳光的味道，连做的梦都是水果味儿的。在感受到这一点的那一刻，我向阿甘宣布，它睡我的床，我来睡这可怜的狐狸窝。

瞧瞧，我是一个善良的室友。也不知道阿甘有啥好生气的，我看它好像想揍我，但是碍于我身材比它高大一些，于是没好意思而已。

但在阿甘不理我的第三天，我终于主动帮他从外面吭哧吭哧抱回些茅草，铺好了那张如同鹅卵石地面样的床。当然不是因为它能逮到兔子，烤得外酥里嫩，并且没有分给我吃。

于是当天我就和阿甘恢复了友谊，当天晚上我和它一起吃着烤兔子，一边聊天的时候，我试探着捏了捏它的肚子。

又软又肉。

“你该减肥了，这样母狐狸不会喜欢你的。”

“我胖了？”阿甘很紧张，也捏着自己的肚子，犹豫了一会儿，把手里的半只兔腿也递给我，“我还是不吃了，虽然我不喜欢母狐狸，但是她应该也不喜欢我大腹便便的样子。”

我左手一只兔子右腿，右手一只兔子左腿，当真是人生完满，边吃边笑，噎了一下。

“你不喜欢母狐狸？那你喜欢啥？”连滚带爬跑到溪边灌了几口水，我突然想起来问。

阿甘抬头看星星，没说话。

林子里的星空很好看，从前它没来的时候，我就很喜欢躺在屋子前的草地上看。想象着星星应该像跳跳糖一样吧，在嘴里嘎嘣嘎嘣地跳，甜甜的凉凉的。月亮更像酥油饼子，配一壶小烧来吃应该很好，待到看至口水分泌过旺，再爬回屋子里睡觉，必须进屋，不然被狗熊捡了去就糟糕了，说不定被捡回洞里当媳妇儿。狗熊这东西，你知道的，它没啥性别概念。

我一般都是睡到大中午。每次醒来阿甘早就从早市回来了，带回些便宜处理的萝卜、青菜啥的。是的，自从那次为了气我，它连着吃几天兔子之后，它就不怎么吃肉了，而且抠门得邪乎。按理讲它这么勤快的狐狸应该蛮富有的，但是它捉来的猎物都换成了钱，不知道藏哪儿了。每天的口粮也是萝卜、蔬菜之类的便宜货。

“实话说，你其实是兔子吧。”

阿甘瞥了我一眼，没吱声。

“我确实没见过哪只狐狸吃素的。”

“我要攒钱。”阿甘无奈地说。

这我就好奇了：“喂，我不用你付房租的。”

“不是给你，你想得美。”

“我心好痛，你居然这么说……那是给哪个野狐狸的？”

阿甘沉默地吃了一根白萝卜，由于烧心又灌了半肚子水，这才开了腔：“我有妻子，她去了很远的地方……她很爱喝酒，曾经说过梦想着开家酒馆。我想着，她要是回来，看到我开了酒馆，说不准会高兴得很。”

“你居然有老婆，我再也不能看不起你了。”我惊讶了下。

“开酒馆要很多钱。”

“所以你才这么抠门……”我若有所思，看到阿甘凛冽的眼神，还是改口，“精打细算，是精打细算。”

原来还有这么一段往事，看不出阿甘还是一个有故事的狐狸。这样它每天依然早出晚归，我还是每天在林子里游游逛逛，偶尔还能捡到树上掉下来的死鸟，本来趁着那狐狸不在，兴冲冲烤来吃，结果也不知为什么，独自偷吃的时候感觉索然无味。很可能是吃萝卜吃得伤了脾胃，都怪那抠门鬼。

再后来我遇见死鸟之类的都送到镇子里的餐馆。老板娘是个身材丰满的漂亮姑娘，嗓门儿又大又粗，拍着我的肩膀笑呵呵如同弥勒：“哥们儿，下次有这山货再送来，客人们都觉得好吃呢，尤其是鸟身上那股子臭味儿，简直和臭豆腐异曲同工……一定要再送来啊。”

看来这也是生财之道。

我又在说书馆子里找了个活儿，讲故事是个妙活儿，在上面胡扯一番，倒是也有几个人愿意听，打赏的钱老板说我可以自己揣着，他就赚个茶水钱。只是说我身上的体味略略重口味，前排的几个客人都被熏得晕厥了。

“你可以把凳子向后挪挪啊。”

这样每次阿甘早晨出门，我也挣扎着起床，捡不到鸟就捡些野蘑菇，到馆子里卖。老板娘喜笑颜开，越发地像弥勒了。

再加上说书也赚了不少，我估摸着也快够开家酒馆的钱了，就把这堆钱塞给阿甘。

阿甘很惊讶：“你哪来的钱？”

“出卖尊严。”

阿甘满眼泪水：“你为了赚钱出去卖？”

“是啊。”蘑菇和鸟确实很好卖。

阿甘露出心痛和挣扎的表情，还是把钱塞回给我：“这是你出卖肉体的辛苦钱，我不能要。”

“……你想啥呢！”

当晚阿甘顶着脑袋上几个大包，破天荒地请我喝了点儿酒，又烤了只兔子。话说烤兔子很久没吃了，香喷喷的兔腿吃得我差点儿舌头都吞了进去。

看我吃完这一只，阿甘又递过来它的那只兔腿。我也没客气，接过来撕着吃。

“要谢谢你。”阿甘说，“算上我攒的钱，差不多能开家不错的酒馆。”

“那不错，以后就去你那儿蹭酒了。”我嘴里塞满了兔子肉，没太在意。

“今晚的星星也很好。”

“你倒是浪漫，我有时候觉得这星星一闪一闪的，闹眼睛。”

“你以后遇见喜欢的人，就会爱上星星了。星星是心上人的眼睛，能看进你的心呢。”

“够肉麻的。”

阿甘白了我一眼，双手抱着后脑勺，哼着小曲儿进了屋。我第一次看它这么高兴。

第二天中午我醒来，看见阿甘已经回来了，坐在床上，垂着脑袋，手里攥着个什么东西。

我凑上前："喂，谈酒馆子没谈成？还是钱不够？钱的问题都不是问题嘛。"顺手揉它脑袋上的毛。

阿甘抬起头，直勾勾地看着我，把我看得莫名其妙。然后它伸出手，就是那只紧紧攥着东西的手。

张开，手里是一根羽毛，好像是珍珠鸟之类的生物。

它眼睛有些发红，它盯着我。

"你认识这个吗？"它说，声音有些颤抖，有点儿难听，像坏了的留声机。

我接过那根羽毛，确实有些眼熟："这是使徒鸟的毛吧？前些日子还捡到一只来着……"

阿甘紧紧地盯着我，我从来没看过它那种眼神。

它说："这根尾羽，是我妻子的。

"我在一家餐馆外面捡到的。

"老板娘说，是一个年轻人送来的鸟肉。

"老板娘说，很难得能吃到狼雀，狼雀的肉质鲜嫩。

"我的妻子，正是一只狼雀。"

它越说语速越快，眼睛越红。我连忙摆手："喂喂，你不是说你妻子去了很远的地方吗？鸟都长得差不多，你怎么就确定这根是你妻子的尾巴毛？"

"错不了，她的尾巴尖儿被火烧过，"它举起那根羽毛横在我的眼前，尾巴尖端的毛确实有点儿焦黑，"这是她……她可能提前从南方飞回来，要给我什么劳什子惊喜，以前就是的……"

我喉咙仿佛被萝卜噎住了，怎么都说不出话。我想解释，我晃着阿甘的肩膀，它瞪大眼睛看着我，眼睛里什么都没有。

沉默很长时间，它把我的手从肩膀拿下，什么也没说，走掉了。

狐狸窝里，一包我的钱，一包他的钱，它没有带走。

我想说的，我捡到那只鸟的时候，它已经死掉很久了，我想告诉它的。但怎么听都像谎言，连我自己都劝服不了。

想想也是，用卖掉妻子的钱开酒馆，换成我，我也来气，说不准会大发雷霆，打上一架之类的。狐狸没打我，够仁义了。

它走以后，我又在屋子里住了几天，狐狸窝没有阿甘的打理，变得臭烘烘，而且阴雨季节来临了，窝里总是潮湿的，难以入眠。

外面的星星躲在厚厚的云层后。

我也搬走了。

阿甘留下的钱，我开了家酒馆，招了几个伙计。我本来最不喜欢这些事儿，我只想好好做一个疲懒子，数数蜗牛，躺躺草坪，说不准在哪条小溪里淹死。

然而我居然开了家酒馆，不得不感叹一下人生无常，世事难料。

可惜我没什么经营酒馆的经验，做的食物也很难吃，只好写些故事倒贴酒馆。我也能听到伙计们私下议论，说我开这酒馆简直是个拖累，哪有做生意把自己越做越穷的道理。

谁知道呢，但酒馆在的话，我总感觉心里舒坦那么一点儿。

这天，我又蹲在楼上冥思苦想新稿子，突然听到馆子里有吵闹声，下楼一看，却是一只皮毛火红的狐狸，龇牙咧嘴，手里拿着鸡毛掸子，把我几个伙计都赶跑了。

它瞟了我一眼，从后背大大的包裹里拿出一根尾巴毛，插进酒馆桌子上的花瓶里，又伸出手指指门外：

“滚出去。”

“喂喂，这是我的酒馆。”

“现在是我的了。”

“强盗啊你。”

“你欠我的。”

于是我就被这样轰出了自己的酒馆，这酒馆也就换了主人。

那天晚上星星特别亮，闪啊闪得让人心情很好，我神色凄凉地蹲在酒馆窗户根底下，果然等到了一只烤得流油的兔子。我确实饿了，吃得很急，结果又噎住，这旁边可没有小溪给我灌，酒馆里窸窸窣窣，一会儿顺着窗户又丢出来一坛酒。

很好喝。

× 冰箱里有蜥蜴 × 33

冰箱里有蜥蜴

阿甘第一次见到蜥蜴，是在自家酒馆的冰箱里。

那天，阿甘坐在酒馆沙发上修剪尾巴毛，只听厨房里咣当一声，天崩地裂似的，阿甘一个错手，一剪子剪到尾巴尖儿上的肉，疼得吹胡子瞪眼。

所以待到它进入厨房时，心情也是略略地有些灰暗。

“这是咋了，不想干了吗你？”

座头鲸笨手笨脚地收拾地上散开的食物袋子，还有打碎的碗碟，蹲在地上缩着脑袋指指冰箱。

阿甘把冰箱门儿打开，看了一眼。

……很自然地把冰箱门关上，转身对座头鲸点点头：“嗯，这冰箱不能要了，一会儿扔掉。”

冰箱里传来咣当一声，然后咔嚓一声，再然后刺啦一声，几乎所有拟声词都用完了，终于“砰”的一声，冰箱门被撞开，一只蜥蜴滚了出来。

“别扔我。”

多年前的一个下午，那时蜥蜴还是一只小蜥蜴，那时蜥蜴还很爱吃蚊子，那时候蜥蜴还有老爹和老娘。

带着它一起出去捕猎的爹娘，会挖一个小沙坑，把它埋在里面，留出一个小孔供它呼吸。

多年前的一个下午，和更久以前的许多下午一样，聒噪的虫鸣，还有沙土流动的声音，土里偶尔小长虫路过，和它打上一个招呼。

蜥蜴说，那个下午是它的心结，每次想到，心里好像突然什么都没有了。但事实上，很多自以为是的心结，到最后都会被时间和遗忘抹平，留下的只是零星的碎片，偶尔刺进脑袋里，还生生地疼。

蜥蜴说那天下午，它一如既往地在土地里蜷缩着，睡着。然后它突然闻到一股熟悉的味道，温暖潮湿，然而事实上它睡着的土地真的变得温暖潮湿了。

下雨了吗?

它小心地探出头，看到一条蛇。

一条蛇盘在地面上，嘴里叼着具尸体，血浸透地面，一滴一滴轻飘飘地砸进心里。而地面上，还有些小虫子在挣扎扭动，是它自己爱吃的种类。

“今天想吃什么虫啊?”那时它们笑着。

“胖虫！我要吃胖虫！呃，蚊子也行！”那是蜥蜴期待的“星星”眼。

蛇盯了它一会儿，可能已经饱了，又或者它那么点儿肉不值得吃上一次，它看着蛇慢吞吞地爬走，和自己吃完小蚊子以后的懒散劲儿一个样。

从此，它便是无父无母的孤儿了。

那天，那条蛇走掉以后，蜥蜴从沙土里爬出来，它坐在沙子边很久，直到血和沙混结在一起，成了碎块儿。

它捡起沾了血迹的几只小胖虫，转身离开。

写到这儿，我叹了口气："蜥蜴的童年好惨，难道现在爱吃西红柿，是因为某种童年阴影畸变？"

阿甘坐在对面沙发上，拿着把宽齿梳，仔细梳理尾巴上的毛。在理毛的百忙之中还是抽出宝贵时间回答我的疑问。

"不是。"

"那是为啥，它为啥那么爱吃小西红柿？肯定有原因的吧，一定有原因的吧。"我挠头。

"什么都必须有原因？比如，我烦你就没有原因。"

"别骗人了……你烦我只是因为我欠你酒钱。"

"这倒确实是一个原因，那你什么时候还钱？"

"你帮我一起完成这个故事，我赚了稿费自然就还你酒钱。"

"……"

"接下来呢，你接着说，我接着写啊。"

它随身带着的包裹里，有几只已经风干的小虫，上面的血迹变成皮屑类的碎片，一点点从包裹的间隙里掉落，掉进过去的脚步里。

它尝过很多条河流，睡过很多根树枝，也嚼过很多种草叶，只是再没吃过一条虫，捉过一只蚊子。

它很怕。

它无数次在梦里又回到了那一天。

“今天想吃什么虫啊？”它们笑着。

“胖虫！我要吃胖虫！呃，蚊子也行！”蜥蜴期待的“星星”眼。

只是在梦里，老爹老娘真的带回了胖虫和蚊子，它们蹲在小沙包旁，笑嘻嘻地一起吃着晚餐。那些小虫很美味，蚊子肚子里的血液饱满，只是它吃着吃着就吐了，不停地剧烈地呕吐。

“不合胃口吗？”它们关切地问。

“不知道，我不知道……我不知道。”它很慌乱，胡乱地擦拭着嘴巴，可又呕吐了出来。

然后它醒了，醒来之后继续呕吐，却只吐出一些酸水和还未消化的草叶。

它翻了个身，伸展四肢躺在草地上。

夜晚没有星星。

它遇见北极熊那天晚上也没有星星。

白色的熊，粗壮的四肢和大肚子，血红的舌头耷拉出嘴巴，整只熊瘫在树荫底下难以动弹。

它路过的时候其实也没在意，却是那只熊先开了口：“喂，喂，那边那只！”

它回头，北极熊喘着粗气，声音虚弱：“你有吃的吗，我好饿啊。”

“没有。”它转身，准备离开。

北极熊腾地站起来（丝毫看不出刚刚还很虚弱地瘫软在地），指着蜥蜴的小包裹："你胡说啦，你包里肯定有吃的，给我吃吃吧，你瞧我饿得，连肚子都瘪下去了。"说着，北极熊指指自己的肥肚子。

"不行，"它摇摇头，"这个不是吃的。"

北极熊眼睛一亮："这么说背包里肯定有东西喽！"说着，一爪抢过蜥蜴的包裹，大头朝下地抖了抖，却只有些灰色的粉末。

那些风干的虫子，和很多东西一样，在蜥蜴流浪的日子里早就化为齑粉。只是那时候它没明白，也还没释怀。

它愣愣地看着那包裹皮，一时失了言语。

"什么嘛，真的什么都没有啊……哎？唉？你好像要哭了，你是不开心了吗？对不起，对不起，对不起……我真的太饿，这边太热了我还迷路，我这浑脑袋，对不起，对不起。"北极熊一直道着歉，蜥蜴只是木然站在原地，不知道在想些什么。

"真的对不起，是我太无礼……我能做什么补偿你吗？我看你好像特别不开心。"

"不用了，都过去了。"也不知是回答熊，还是回答自己，蜥蜴转身离开了，也没有带走那只背了多年的包裹。

蜥蜴第一次卸下包裹，感觉很奇怪，脚步有些飘忽，很轻，它还有些不习惯。

脑袋里很乱，似乎抖开包裹飘出的那些灰尘，都飘进了它的脑袋。

它就一路走，然后在一块绿莹莹的草地上停下来，坐下。

天上的云好白，一朵一朵的，好像距离它很近，很近。

真的很近，仿佛触手可及了。

“好软啊。”它伸出手，摸着眼前的云。

“是吧，是吧，很软吧，我的皮毛最舒服啦。”云突然开口说话。蜥蜴吓了一跳，噌地弹了起来——原来又是那只北极熊！

“摸了我的毛，现在不生我的气了吧。”北极熊的大脸凑过来，蜥蜴一把推开。

“我没生气。”

“怎么会！我分明看到你不开心了……那种表情我见过，我们那儿有只小熊第一次下水捉鱼，反倒被鱼咬了嘴，它就是那种表情！”

“我真的没生气。”

“看来还没原谅我，”熊臊眉耷眼地趴在蜥蜴旁边，“话说你们这边真热。”

沙漠比这边热得多，蜥蜴心想：“你既然怕热，来这边做什么？”

“我啊，想开个酒馆，但你知道啊，北极那边技术什么的都很落后，我来这边学习先进经验……谁知道你们这边的人，都很狡诈！都只让我打杂，从来不教我真正的调酒技术！”熊愤愤然。

“人家靠这技术吃饭，你又没交学费，打杂混口饭吃已经不错了。”

“其实这个道理我明白啦，只不过还是很遗憾而已。”熊叹口气，“不说这啦，对了，既然我弄坏了你的东西，我来请你吃好吃的吧。”

“我不吃，我刚刚吃过了。”

“我看到你啃草叶啦，那玩意儿又没营养又不好吃，你可真不热爱生活。”熊撇撇嘴，“你等着，我去给你搞些好吃的。”

熊说完便离它而去。

“还真是风风火火的家伙。”蜥蜴看着熊远去的背影，喃喃着。

它有些不放心，毕竟在这绿草地上，一只白色的大熊也太显眼了……这周边的猎人是很多的。

它悄悄跟在熊屁股后面，但熊跑得很快，它跟丢了。

正在它站在原地思考该往哪个方向走的时候，远远地传来一声枪响。

“太惨了，太惨了。”我抬起笔，摇摇头，“蜥蜴的身世太惨了，好不容易有个傻熊出现，又这么死了？”

阿甘白了我一眼：“我有说过那北极熊死了吗？要死也应该热死啊，你以为是普二丁的小说呢啊，稀奇古怪的死法，又烂又臭。”

“喂，她虽然写得不好，但很努力，好吗？”

“闭嘴吧你，好好听我说不行吗？别插嘴！”

“哎哟，妈，你别扔我啊。”我把靠垫从脸上拿下来，“这垫子也挺贵的，别砸坏了。”

“我看你是不想继续写稿子了吧，等编辑杀上门你可别哭。”

“你继续说。”正襟危坐。

蜥蜴很久没有手脚并用地奔跑了。

它冲着枪声传来的方向，狂奔着。

路的尽头，树下。那朵柔软的云已经倒在地上，身下的土地已经被染成深深的红色。

它又感觉自己要呕吐起来。

好像又是那天，那条蛇，那些被染红又凝固的沙土，那些扭曲着身子的虫好像又回来了。

“……哎哟，真疼。怎么又摔了一跤。”

蜥蜴猛地抬头。那只熊却挪腾着身子从地面挣扎着起来，甩了甩脑袋。“哎呀，不好，我的柿子！我的小柿子都压坏了！”熊哭丧着脸指着地面那个破烂的包裹，里面的柿子已经被熊庞大的身躯压得稀巴烂，柿子汁流进土里，把地面都染红了。

蜥蜴狂奔过去，张着双臂，却在熊身前一尺的地方骤然停下，似乎不敢相信，它努力抬起头。

熊蹲下，嘿嘿笑着，攥着的手掌在蜥蜴面前摊开：“还好我手里还有几颗，喏。”

那几颗鲜红鲜红的小西红柿躺在熊爪上，熊吸了吸鼻涕：“可好吃啦，我最近很爱吃你们这里的这个，我们那儿可没有。”

蜥蜴拿了一颗，放进嘴里。

“很好吃。”它低着头，说。

后来它们一起在城里，在各种酒馆里打工。熊打杂，蜥蜴偷学调酒。

晚上，两个一起偷偷蜷缩在酒馆冰箱里，因为熊觉得那个温度，很像自己的家乡。

蜥蜴有些怕冷，缩成一团躺在北极熊肚皮上，慢慢讲调酒的方法，讲得口渴的时候，往嘴里扔上几粒脆生生的小西红柿。

这样的日子过了很久，直到北极熊说，它要回去了。

“回哪儿？”蜥蜴一时头脑不清。

“回家啊，既然已经学会了调酒，当然要回家喽。”熊笑着。

“是哦，既然学会了……既然学会了，当然是要走的。”蜥蜴抿着嘴，“那……一路平安。”

“嗯嗯，你也要好好生活，别轻易生气啦。”

好。蜥蜴在心里说。

“它后来待过很多酒馆，工作的条件是让出冰箱给它住……哪个酒馆会放任它这么任性啊！”阿甘嗤笑着。

“你的呗。”我头也不抬。

阿甘语塞，半晌才憋出一句：“你要是还我酒钱，我至于没钱发工资吗！至于让出冰箱吗！赶紧去交稿子还我钱！”

合上本子，我哼哈答应着：“放心啦，肯定还你钱啦，放心，放心，新口味的冰激凌我肯定不会买的……”

被一脚踢出门外。

“冰箱门关上了，一片黑暗。

“分外像那些没有星星的夜晚。

“可是这寒冷的温度，真是舒坦。

“它想着，就又往嘴里丢了一颗小西红柿。

“你的酒馆，开好了吗？

“你那边没有小西红柿，你的那一份啊，我就帮你吃了。”

守山的女巫

34

【一】死

黄昏的山顶，灰暗与明黄交织。夕阳悬在地平线，最后的光线落在大地，晶莹的红。还带着躁意的几棵槐树沉默不语，只有树枝上的乌鸦聒噪。草地里偶尔几头觅食的鹿神经质地停下，愣愣地看着远处，目光游离，神色难辨。时不时抬起蹄子在土里刨出几个坑，毫无意义。然后仍不知缘由地奔向远处。

山顶有两个人。

相对而坐，不言不语，不声不响。

山顶的两个人看起来和雪地几乎融为了一体。

左边的是一个胖和尚，光头在雪地里晶莹发亮。

右边的女人，脸色苍白。脏兮兮的袍子，怀里抱着一只黑猫，那只猫躁动不安着，似乎想逃离这种压抑到令人崩溃的安静。

她后背系着一把大刀。

大到什么程度呢？这把刀看起来似乎有一人高，像门那么宽。刀上散发着一种刺鼻的金属味儿，似乎还夹杂着一点儿血腥，味道令人不是很愉快。

背着大刀的女人终于开口说道：“我不会走的，这里有我的房子。”

胖和尚抬起脸，认真地答道："你不属于这里，你……不是我们族的人，不可以做山神。"

"臭老头儿说我是山神，我当然是山神。"

胖和尚又笑。

"你这样会死。"

"嗯。"

"死了就什么都没了。"

巫娜皱眉想了想，似乎在思考这种可能性。随后她摇摇头，依然是认真的口吻："没了就没了，谈不上好，也谈不上坏吧。"

胖和尚无语。

对于这种认真的无赖态度，他是真的没有办法。

"你看这座山，是近百公里最富饶的山。"胖和尚说，"所有山神都在觊觎这块肥肉，你那老头儿守不住，你……更守不住。"

巫娜笑笑:"试试才知道啊。"

胖和尚终于叹息一声。

两道刺眼的光芒从天地间炸裂，天地突然寂静了一瞬，似乎什么都没有发生。

胖和尚摇摇头，起身。用手拍打着屁股上的枯叶，转身离开。

而在原地，巫娜的脸白得透明，她手里握着那把大刀断了，刀柄在她手心，指缝里流出鲜红的血。

还有喉咙，还有心脏，还有四肢。

草叶浸泡着红色的血，由翠绿变得灰暗。

一只黑猫蹲在一旁，舔舐着沾染了血液的爪子。

远处，山上的生灵草木渐渐枯败，精气神顺着大地向她的尸体汇聚。

【二】臭老头儿

巫娜第一次见到那老头儿时，已经好几天没吃饭了。

那时候她还小，也没什么时间观念，所以具体多久也不清楚。她悄悄跟在老头儿身后。那老头儿走在林子里，身后的背篓超大，像一只倔强的蚂蚁。

老头儿的山竹从背篓缝隙掉出来，她就快走几步，捡起，剥开皮吃掉。然后山竹又掉下来，她就又捡起。就这样一路跟着他回到了山顶，这才发现他在山顶有个挺好的小房子。

那老头儿把背筐里的果子倒进一口大缸里，使劲儿揉了揉腰，一屁股瘫坐在房子外面的小摇椅上。嘴里不知道哼着什么奇奇怪怪的调子。巫娜躲在草丛里偷偷瞧他。这是她在这座山上见到的第一个人，自打她被扔在这里以后。

老头儿哼哼唧唧半晌，终于半睁半闭着眼睛，冲她这边嚷了句："出来吧，别躲在那儿，吃了我的山竹还想干些别的坏事吗？"

巫娜一惊，本想偷看完就悄悄溜走的计划失败了，只好站出来。她冷着一张小脸，没什么表情地看着那老头儿。

"哟，原来是个女娃。"老头儿乐呵呵地从摇椅上起身，向她走了过来。

她一惊，顿时想到的只有逃跑。

那些灰色的回忆啊。

慌不择路地狂奔，狂奔，心脏跳得要爆裂了，不能被他抓住，不能被他抓住。

她身后，老头儿向前伸着一只手:“哎哎哎，别跑了，前面……”然后她一脚踏空，摔进一个大坑，晕了过去。

“……是我挖的坑专门为了防狗熊的。”老头儿无语地蹲在坑外，看着跌在坑里，奄奄一息的她。

巫娜再次醒来是在一个陌生的房间里，老头儿背对着她坐在窗口的工作台上，拿着一根铁杵，在捣着什么。听到这边有声音，老头回过头冲她笑了笑:“小女娃，你醒了？”

巫娜紧了紧身上的衣服。

“唉。”老头儿抱着铁钵就走过来了，一张脸横在巫娜脸前，左看看，右看看，巫娜甚至数清楚了他究竟有几根胡子。“你啊，掉进我挖的坑里了，还好只是脑袋摔了下，没啥大问题。”说着，老头儿把手里的铁钵就递过来了，“喝这个，好得快。”

巫娜没说话，也没动作，冷冷地看着老头儿，眼神里充斥着不信任。

老头儿被她看得有点儿毛毛的，竟然浑身抖了抖：“你这么看我干啥？”

“我要吃肉。”巫娜沉默了许久，直到老头儿又要毛了，突然冒出一句。

“吃肉？我从来不吃肉。”

“为什么？”

“因为肉很贵。”

所以，巫娜对老头儿的第一印象是：抠门儿。

巫娜就在老头儿这里住下，她的伤渐渐好了，但是老头儿也没提让她离开的事，她就一直在这山顶的小房子里，姑且算是有了个安身的地方。

老头儿从来没问过她从哪里来，为什么出现在山里，为什么小小年纪却在外流浪，为什么那么怕人。老头儿每天的生活很规律。太阳升起之前背上大背篓下山摘果子，或者寻找别的能吃的东西，下午在太阳没落山之前再背着满满一大筐东西回来。

巫娜观察了几天，后来在房子里待着实在无聊，就和老头儿一起下山。她这才知道，老头儿竟是这座山的山神。

老头儿下山时，会有很多松鼠跟着，那些松鼠很灵活，顺着老头儿的裤腿攀爬到他身上，再爬到肩膀，把果子丢进老头儿身后的背篓里。还有狐狸躲在树后，用脚偷偷踢出一两个桃子，滴溜溜滚到老头儿脚边。山上的凤尾花开得美，有风吹过时，成千上万的凤尾花一起摇晃着脑袋，毛茸茸的花瓣扫到巫娜的脸，痒痒的。

那时候巫娜总是默默地跟在老头儿身后，老头儿有时候会带狐狸回家一起吃果子，有时候肩膀上攀着一两只松鼠，他看它们的眼光很温和，和看她的眼神一个样。

后来巫娜问老头儿，你是把我当作山上的动物养着吗？老头儿就笑笑说，你自己觉得呢？巫娜说你肯定更喜欢松鼠和狐狸之类的，因为它们是你山上的，你是山神。老头儿就摸摸她已经长长的头发，笑得眯着眼，又不说话了。

有一次老头儿去了山上很远的地方，巫娜赌气没有去。但为什么赌气呢？巫娜也有点儿记不清了。巫娜蹲在老头儿的小屋门口拨弄着地下的蚂蚁，这时候有山上的动物躲在大树后面，有只胆大的狗獾甚至跑到小屋门口，爬进老头儿的大缸里吃起了水果。巫娜有些生气，举起手里的石子儿就扔了过去。

“这是臭老头儿的水果，你们走！”

老头儿后来又背着一大筐山果子回来，巫娜赌气不理他，见到他回来就扭过脸。老头儿就从身后的大筐里翻啊翻，翻出一只黑猫递给她。

从此巫娜就有猫了。

老头儿的手脚很灵活，丝毫不像是上了岁数的老人，更像一个小孩子。不过应该和他是山神有关系吧。老头儿偶尔会用草叶编些小螳螂、小蚂蚱送给巫娜，巫娜觉得幼稚，往往随手丢给猫，待老头儿再看见时，那些小螳螂已经变得残破不堪。

在巫娜和老头儿一起住的第一年年尾，酸古山下了第一场雪，巫娜趴在窗台上，看着老头儿一如既往地背着大筐从山下回来。看着他进屋，看着他抖落满身积雪。老头儿向她走过来，她却又假装看窗外的雪景了。

“喜欢雪吗？”老头儿问。

“嗯。”

“快过年了啊。”

“……”

“这个送给你。”老头儿从自己衣服的前襟里掏出一只大鸡腿，“一整年没动荤腥，憋坏了吧。”

巫娜眼睛一亮，夺过鸡腿就开始啃。啃着啃着，就觉得满嘴酸涩，眼睛也发胀起来。

“别哭啊，鸡腿不好吃吗？”

巫娜摇摇头，别过脸，继续啃。

“别哭。”老头儿拍拍她。

“无论过去是什么样子的，毕竟都过去了。”拍。“都会好起来，会的。”继续拍。

巫娜仍没回头，背对着老头儿：“你是不是把手上的油擦我身上了？”

“……被你发现了。”

“臭！老！头儿！”

巫娜那时候晚上睡在臭老头儿的床上。冬天房间里很凉，屋子里生的火不足以让整个屋子暖和起来。所以一般睡觉前，老头儿会在巫娜的被子里放一只暖水袋，这样她钻进去时就不会感觉冷。巫娜钻进被窝里，老头儿坐在她床头，膝盖上盘着一只早就睡得死死的黑猫。

他会讲山上那些动物的故事。哪只仙鹤产了幼崽，由于长得难看被爸妈嫌弃，起了个“烤鸭”的小名。又有哪只石头精暗恋身边的小草很久很久不敢表白。巫娜伴着这些故事入睡，总是一夜无梦。早晨起床，那老头儿已经留了早饭在床头，又不见了身影。

巫娜在老头儿家待的第二年，老头儿第一次带她下山。

她已很久没有在人世间生活了。走在街上，熙熙攘攘的人群，老头儿走在前头。她看着陌生又熟悉的一切，那些不好的回忆又浮现在眼前，她感觉眼前漆黑，呼吸困难，像要溺死在令人窒息的黑暗里。

这时候，老头儿牵住她的小手，很自然：“想吃糖葫芦吗？想吃吗？想吃我也买不起。”

“闭嘴。”巫娜恶狠狠地说。但是她心里好像浸泡在温水里一样，平静下来。

老头儿还是给她买了糖葫芦。

这一天，老头儿带她吃了糖葫芦，吃了酥油果子，吃了镇上最有名的菜馆的菜，他们还喝了些酒。那是巫娜第一次喝酒。很辣，回味却是甘的。

老头儿跷着腿，嘴里哼哼唧唧不知什么曲儿，就着一碟儿花生米，喝了两坛。巫娜就着大米白饭，两个素菜，也喝了两坛。

老头儿喝着喝着，一看巫娜绯红的小脸儿，顿时笑瘫。“巫娜啊，咱们以后别老黑着一张脸了，难看，难看极了。你看这红扑扑的笑脸多惹人爱。”

“闭嘴。”

“我可不能闭嘴，我还要喝酒呢。”

巫娜头开始有点儿晕，毕竟第一次喝，又喝了这么多。

“老头儿。”

“干吗？”

“你会死吗？”

“啊，一般来讲呢，是不会的。”

“到底会不会？”

“有时候也会。”

“什么时候？”

“该死的时候。”

“真是废话。”

巫娜越说，舌头越僵硬，头脑也越不清晰。

“你喝醉了，巫娜。”

“嗯。”

“我们回吧。”

“嗯。”

这一年，巫娜的人生中第一次喝酒，也第一次醉到不省人事。她自以为藏得好好的小心思在醉酒之后全都倒了出来。

“你别死，你能别死吗？……别离开我。……这是我的臭老头儿，你们这些狐狸都滚开。……臭老头儿，我看到了，你是不是要走？”

老头儿把醉倒的巫娜扛在肩头，一步一步向山上走，一边笑这丫头怎么醉酒之后是个话痨，一边回应着：“我不死啊，暂时还不会死。

“不离开。……是你的，你这贪心的丫头。……你看到什么了啊？我不走。”

那次，巫娜醉倒了三天，三天之后醒来头痛欲裂。躺在床上动弹不得，然而她却闻到了很香的味道，是萝卜汤，还热着。

老头儿从门外探进个脑袋，见她醒了，一乐：“哟，酒鬼醒了！”

“……”

“喝那么多，难道想把我喝穷？”

“……”

巫娜瞪了他一眼，捧起那碗萝卜汤，仰起脖子就喝了进去，咂咂嘴，放下碗，又躺下。

“懒蛋子。”老头儿呸了一下，转过身继续在院子里弄他的水果大缸，脸上却是带着如释重负的笑。

再长大一些，有时候巫娜会爬到屋顶看星星。怀里抱着老头儿摘回来的西瓜，微凉的夜风，一切都很好。一切一如既往，一切都如平常。她假装并不知道老头儿的身体越来越差。

他背回来的水果越来越少了。他的睡眠越来越不好，有时候她一个翻身，都会把他惊醒。

他的手有时候会莫名地抽搐，手里的东西拿不住了。

还有，他把她支开，让她去照顾西山那只难产的母刺猬的那天，有几个人来她和他的家了。老头儿和他们激烈地争吵。

她默默地观察着一切，她什么都知道。

【三】少年时

但那一天还是来了。

头天晚上，老头儿坐在摇椅上，巫娜在树根下看蚂蚁。老头儿招招手，叫过巫娜："丫头，山脚下有只刺猬啊最近肚子不太好……"

又是这样，巫娜想，每次他只要撒谎，就会扯到刺猬。

"所以？"

"明天早上你早点儿起，帮我去看看它。"

巫娜知道他肯定又有事情瞒着她，所以第二天清早吃过老头儿做的早饭，便假装下山去了。

她半路偷偷潜了回来。

还没走近屋子，她就听见激烈的争吵声。

“酸古山这么富饶，居然交给你这么不求上进的人管理，这么多年都不好好修炼，修为不进反退，你根本不是称职的山神！”

“你都把酸古山管理成这个样子，怎么配得上我们山神族？”

“你退位让贤吧。”

这时候传来老头儿的声音，他的声音是她从未听过的疲惫：“退位可以，你们不就是想要我的山吗？但是我已经想好要谁来接我的班了。”

“谁？”很多声音一起问。

“巫娜。”

“你捡来的那个小丫头？！她又不是山神族的人！我看过她，她不仅不是人类，还是个女巫！肮脏的女巫！”

“她很好，是女巫也没关系。”

“你要把山交给一个女巫？女巫族的人都冷血又腌臜，你居然这么糟践自己的山？”

老头儿说：“我的山，我心里有数。”

“不行，我们不同意……你不要顽固了，这对你对那丫头都没好处。我们不介意用武力让你交出山的。”

“不可能，这是我的山，也是巫娜的，你们……”后面又是大声争吵。

巫娜躲在大树后，浑身僵硬。都是为了她吗？

晚上巫娜回来，老头儿看起来有些疲惫，但是仍然笑呵呵的：“那只刺猬怎么说？”

“吃多了，不消化而已。”巫娜没什么表情。

“啊！”老头儿表情夸张，“咱们山里真是物质太丰富了，连刺猬都会吃撑！”之后又碎碎念了一阵。

吃过晚饭，巫娜很早就上了床。巫娜对老头儿说，再给我讲个故事吧。

老头儿就坐在床头，猫不知跑哪儿去了，他揉了揉太阳穴：“嗯，今天讲个狐狸变成人偷人家内衣的故事吧。”

“讲过了。”

“哦哦，那讲一只仙鹤捉鱼，反而被鱼咬伤翅膀的故事好了。”

“讲过了。”

“啊……这个也讲过了吗，那讲刺猬……”

“我想听山神族的故事。”

“什么？”

“山神族的故事。”巫娜说。

老头儿一直没说话，愣愣地盯着巫娜的脸。

“这么多年，你一直在保护我，很累吧。保护一个女巫族……在遇见你之前，我一个人在山下的人世间飘着，乞讨，被贩卖，被有恶趣味的人类买去猥亵……我逃走了，进了山，遇见了你。

“你从来没问过我，我从哪里来。我也知道，你看出我是女巫族的人，但是在你眼里我只是个小丫头。吃你的饭，住你这里，好像我本来就属于这儿，好像我就应该和你一起，从这天地初开，我本来就应该和你一起似的。但是，你现在遇见麻烦了。我想说，我长大了，你看看我，我很高也很强壮，我用那扇大铁门磨了把刀。我可以保护你了，老头儿。”

老头儿摸着巫娜长长的头发，鼻头有些红了：“睡吧，我可是山神，怎么需要你一个小丫头保护呢。我的故事太少了，你都觉得没意思了吧。我明天下山买些话本回来好了。”

他吹熄了蜡烛，屋子里变得漆黑。

房间里寂静了许久，突然又传来老头儿的声音，有些颤抖：“你啊，确实长大了，该离开这儿了。

“别陪我这糟老头子耗着了。”

“我不能离开这儿，这是我家。”巫娜回了一句，声音闷闷的。

屋子里再没了声响。

【四】别离和相遇

老头儿的身体越来越糟，这几年巫娜想尽办法，仍然没能让他好起来。其他山的山神来过几次，巫娜扛着门板做的大刀站在屋外，宛若门神。

他们来了几次，吃了闭门羹，便不再来了。只是还留了话：“他会来收回这座山的！”

他是谁，巫娜觉得无所谓。

老头儿死掉那天，屋子周围聚集了很多动物。仙鹤、山马、豹子，狐狸、野兔……它们沉默地匍匐在屋子周围，围成一个圈。

巫娜抱着老头儿的尸体，神情有些呆滞。他是渐渐死掉的，不突兀，只是身体机能一点点坏掉，是自然老死。可是山神的寿命本不应该那么短，山神可以收集整座山的精气神，保护自己的生机。只是臭老头儿从来没那么做过。

巫娜抱着他，很久很久。然而最后还是把他埋葬在屋外的小院儿里。

这样离你也不算远。巫娜是这么想的。

臭老头儿死后，巫娜在床底发现了一个箱子，打开之后发现是一些已经风干了的草编蚂蚱、草编螳螂。还有一张小字条："留了些玩具给我的巫娜，不爱玩就给猫。"巫娜抱着这个箱子，终于号啕大哭。

故事到了后来，巫娜成了新的山神。其他山神族最终找来了个胖和尚，胖和尚对她说："你不是山神族，你不能管理这座山。"

于是巫娜和他打了一架。

胖和尚好厉害，巫娜败了，巫娜死掉了。胖和尚交了差，其他山神族准备接手这座山时，突然发现这座山已经完了。没有生机和精气，已然是一座死山。他们商量了很久，最后决定放弃这座没用的山。

所以巫娜从死亡中醒来时，看到的是满天风雪，天寒地冻，黑猫哆嗦着身子，盘在她胸口。她闭上眼，咳了咳吸进肺里的雪。山里已经没有了精气……都是为了救活她吗？

一个女巫？她笑了笑。

但是山，守住了。

不知道你会高兴呢，还是生气得要揍我呢？巫娜在雪地里翻滚了下身子，终于爬起来，慢慢地消失在风雪里。

旁边一棵树下，一只皮毛火红的狐狸看着她离开的背影，若有所思。

造梦人

35

二十年后一个大暴雨的夜晚，我第一次奓着胆子靠近那个老头儿，他的尸体。我终于发现他比传说中更加苍老，更加面目可憎。

老人的尸体和小木屋一样，在缓慢上涨的海水里渐渐分崩离析。

我住的岛名叫维扬岛，岛屿四面环水。在维扬岛远处，是红宝石岛。二十年前，我比现在年轻二十岁。每天早起吃过父母炖得腥臭恶心的鱼汤，就晃荡着身体在岛上闲逛。我喜欢逗弄岛上那些可爱的姑娘，我会悄无声息地躲在她们身后，待到她们转过身来，就亲上一口，我喜欢看她们满脸通红又气又羞的样子，那红红的脸蛋儿特别像红宝石岛的颜色。

红宝石岛是我们所有岛民的圣地。

红宝石岛距离维扬岛很远，我们站在岛边缘的海滩上，也仅能看清楚红宝石岛的影子。那是非常非常美丽的影子。是一点儿血液般的红，凝结在蓝色的海上，有岛民说那红色是岛上冬天燃起的珍贵炭火，红色炙热而有力量。有岛民说那红色是大海的眼睛，看起来温柔又威严。在沉郁的夜色尚未褪去的清晨，在岛民用饭之前，大家会向着红宝石岛的方向叩拜，虔诚地祈祷自己的岛屿不被大海的波涛淹没。

二十年前，我的外婆还在世，她是一个极其普通的老女人。身材干瘪，乳房沉郁地下垂到肚脐，走路弯着腰，每天晚上都咳嗽得厉害。我有时候失眠，能听到她半夜咳嗽，嗓子里混浊不清，像某种海兽的吼叫。

那时候我和外婆关系并不亲密，她总是面无表情郁郁寡欢，别人的外婆都会疼爱自己的外孙，然而她似乎完全没有疼爱我的意识。除了每天特定给岛上那个罪民送饭的时间，我几乎感觉不到时间在她身上是流逝的。她每天都在天色未亮的时候起床，搬起一只小马扎，这样坐在屋前一直到黄昏时刻。到了黄昏时刻，她就进厨房做一篮子饭菜，去给岛上那个罪民送饭。我印象很深刻，她崴着脚走向海边的样子，一步步缓慢艰深。如果目光继续跟着她的背影，就能看到她走过去的路好像越来越亮，她佝偻的身体越来越挺拔，似乎她不是去给罪民送饭，而是去参拜一个古老的神明。

我曾经听说过那个该死的罪民的故事。那还是在我出生以前的事。

罪民名叫萨博，那时候，他是整座岛最好的木匠老萨博的儿子。他的父亲是个极好的人，经常帮其他岛民做木工活儿，却只收一点儿粮食。萨博从小跟着父亲学木工，不得不说，萨博是一个天生的木匠，无论什么复杂的木工设计，他都能很快做出来。他在十岁时就帮我家做了一个自动从井里引水进家里的装置，非常精巧和结实，几十年后的今天，那个装置除了因为缺少替换的木头而有些漏水之外，依然好用。他还帮助有小孩儿的家庭设计了儿童摇摇床，特别神奇，小孩子睡在里面又香又安稳。自从有了萨博，萨博的父亲几乎不需要干太多活儿，他每天带着自豪的微笑背着手巡视着岛屿，看着岛上的那些树，想象着它们可以变成什么样精巧的东西。然后听着岛民的赞扬："老萨博，你儿子小萨博可真棒啊！"

萨博的父亲老萨博就搓着双手，并露出一口烂掉的牙齿："其实没那么好啦。” 嘴上虽然谦虚着，可任谁都能看得出他脸上那股得意劲儿，他转身离开时，脚下的泥土也被踩得更加紧实了些。

我想说的是，如果没有那件事，萨博可能会成为整座岛最具声望的岛主。

萨博是红宝石岛的狂热者。

据说那时他每天清晨都要用冷水净身，然后对着红宝石岛的方向叩拜。当他不做木工活的时候，他就会跑到海边，痴痴地看着红宝石岛。有时候别人请他做木工活儿，他手上麻利得很，眼神却呆滞无神，别人喊他的名字，他会被吓一跳，大叫一声：“红宝石岛！”

岛民都爱红宝石岛，但是数萨博最为痴狂。终于有一天，萨博的父亲笑着对萨博说：“萨博，不如你造一艘船吧！你造一艘船，我们都去看看那美丽的红宝石岛！”

萨博从此陷入疯狂。

萨博开始每家每户地请求：“我想造一艘去红宝石岛的船，你愿意帮助我吗？”

岛民都很爱红宝石岛，他们同意了。大家齐心协力砍掉了岛上所有已经成材的树木，萨博搭了个简易的木屋在海边，开始了没日没夜的工作。至少表面是这样的。

岛民们后来说：“表面是这样的！那个罪民，他骗了我们的木材，去向海神许了什么愿望，或者卖给了路过的船队，甚至，我们怀疑他只是为了不让我们好过，他只是想看我们失望的样子！”

这些岛民是这样说的，这些岛民很愤怒。因为据说后来，萨博的船并没有造好，或者说在造好的前一夜有预谋地消失了。

是萨博的诡计。

我说过我的外婆和我一直都很生疏。作为岛上唯一能和罪民接触的人，我觉得外婆身上充满了神秘感。可是隐隐地，我对她也有些惧怕，我怕她的面无表情，让人完全看不透她在想什么。

那时候我想着，我外婆应该不怎么喜欢我。直到那次我几乎要死。

那天我又偷偷亲了一个姑娘，我知道她没有哥哥。这个姑娘是岛上最漂亮动人的女孩，我亲她真的是蓄谋已久。她转过身见到是我，气得马上哭了起来。我着了慌，想安慰但又不知道怎么做，过了一会儿，哭声引来了不少人——其中就有这位美丽姑娘的仰慕者。

于是我就被这些仰慕者扔进了大海。

海水不深，他们扔我，更多是想让我得到教训。我也确实得到了教训。

从海水里爬出来，回到家，我马上开始发高烧。我猜这是对我不端行为的惩罚。我烧得迷迷糊糊，看到几个身影在我身边，一会儿清晰，一会儿模糊。我感觉到一阵阵恶心但是胃里却空空荡荡，这样似乎折腾了很久，直到傍晚才沉沉睡去。

半夜我突然睁眼醒来，却看见外婆坐在我床边的椅子上，已经睡着了，她怀里抱着一个陶土罐子，在黑暗中隐隐发着红色的光芒。

那是什么呢？

我躺在床上，歪头盯着外婆熟睡的脸。她看起来很疲惫了。

我悄悄起了身，尽力伸长胳膊，去够她怀里的罐子 ，就在我手指头将要够着罐盖的一刹那，外婆突然睁开了眼睛。

那双枯老的眼睛，眼褶耷拉在眼褶上，眼球混浊，眼神凌厉地盯着我。不知道是出于恐惧还是因为发烧太厉害头脑糊涂了，我居然“哇”的一声哭了出来。

外婆见我哭得厉害，就来摸我的脑袋。我一边哭着一边从手指缝隙里瞧，那只陶罐儿被外婆放在地面上。

“别哭了。”外婆说，“头摸起来不烫了，你应该好点儿了。”

我哭着，不理睬她的那种类似关心的东西。

外婆叹了口气，怔怔地半晌没说话。终于还是我年少气盛，憋不住话，悲悲戚戚地问：“外婆，那罐子里装着什么啊？”

她没说话。然后是一阵异常漫长压抑的寂静，房间里只剩下底下的陶土罐发出阵阵的红光。我想再次问外婆，或者我想活动下身体，我想让屋子里的气氛没那么令人心惊胆战的，不要搞得屋子里好像没一个活物一样——但是我不敢，所以我只好盯着外婆的脸，盯着她下垂的脸皮。然后忍着要流出来的鼻涕。

她最终还是开了口。

“孩子，你想知道这个罐子里的东西？”

“嗯……罐子里装着什么东西啊？”

外婆坐在凳子上，弯下腰随手打开了罐子。

二十年前，少年站在临时搭建的小木屋前，即使在最深最浓的夜里，他的脸上仍有一种兴奋的微光闪烁着。

少年盯着海面波涛起伏的夜色，和海面上稳稳停着的大船。

造了那么久啊，那么久啊。

他从衣襟儿里掏出一只木质的小壶，晃了晃，发现里面的酒已经喝光。无奈地笑笑，又塞回衣襟儿里。他能感觉自己的心脏扑通地跳动了。

少年的眼光看着远处仍然发出红色柔软光芒的红宝石山，就像看着一个即将相聚的恋人。

此时他还不知他即将面对的一切，他也不知他将带回来的，只有绝望和臭屎。

二十年前，天才少年在完成了自己制造的第一艘大船的夜晚，没有通知岛上任何一人，甚至包括仰慕他很久很久的女孩，也就是我的外婆。少年乘坐他的船，去见所有人都日思夜想的岛，去见自己的梦想和恋人。

他必须先于所有人之前，他一定要最先看到她。

我忍着呕吐的感觉，看着罐子里美丽而又恶心的东西，问我的外婆："这味道好像屎啊。"

"这就是屎。"

"这么漂亮的光……"

"是，这个就是红宝石岛。就是你们日日参拜的东西。"外婆抿着嘴唇。

少年的大船泊岸了。

他脸上的表情很奇异。他终于踏上梦想中的土地，他整个人融在极美的红光和刺鼻的腥臭里。他站了一会儿，脸上没什么表情，然后回到船上，取了个陶罐。他抱着陶罐儿，小心地放在地面，他跪下，用双手捧起那些腥臭而美丽的红光——那是传说中某种大鸟的屎，发酵以后变成奇异的状态，散发着一点儿红光，成千上万的屎集聚，就是红宝石岛。

他收集一整罐鸟屎，俯下身体亲吻了这片土地。少年带着一罐屎和一嘴唇的屎味儿驶回维扬岛。

那一夜，他目送他的船在海浪里被自己敲碎，沉默，被海浪打散。

在太阳渐渐升起的时刻，少年活动了下僵硬的身体，进了他的木屋。从此对红宝石岛的一切缄口不言，对珍贵树木制成的大船缄口不言，对岛民的梦想之地缄口不言。

红宝石岛还是红宝石岛，依然日日接受着来自这里的朝拜。

少年的父亲老萨博抑郁而终，少年接受岛民的审判。他被放逐在岛的边缘，自己的小木屋里，不许踏出一步。——热爱着美好光芒的维扬岛岛民仍对他抱着一丝仁慈。

“外婆，你是怎么知道这些的？”

“他讲给我听。他虽然没喜欢过我，但这么多年的送饭情谊也逐渐深厚。这个罐子……他让我代他保管了。”外婆说到这儿，顿了顿，“他可能要死了。”

“他可能要死了。”外婆又说了一句，从椅子里缓缓站起身子，把罐子合上盖子抱在怀里。房间里一瞬间昏暗起来，外婆抱着罐子走出房间，好像再也不会和我说一句话。

“睡吧。”

不知怎么的，我对自己说了这样一句。

房间里还有些腥臭味儿，我终于睡得很沉。

当我长大后，和岛民们一起大笑着聊着家常，他们的嘴唇上下翻飞，唾沫相互喷溅，此时不知谁放了个屁，很臭很臭。

大家都笑得前仰后合，我突然哭了起来。

本杰明的红舞鞋

36

本杰明仿佛是突然出现在我床头的玩具熊。

我不记得我什么时候有余钱去买一只毫无用处的熊，毕竟我已经好几个月没有演出邀请了。直到现在我仍然不记得是哪个人送我的这只熊。在我某天早晨醒来时，我突然发现它在我的床头，脑袋上已经落满了灰尘，嘴巴左侧的胡子已经快要秃了。

本杰明有着灰色的脸和毛茸茸的皮肤，鼻头有点儿掉色，鼻孔是密封的——这说明它不用呼吸。或者说它需要用嘴来呼吸。它的身体外面一层软绵绵的，但是再用些力气摸，就有些硌得慌，好像有一副铁骨架在里面。我想，如果搂着它睡觉的话，一定是件艰难的事儿。

本杰明看起来是一只老实的灰熊。

我之前并没有发现它在我的床头，我也没发现它没在我的床头。

当它不说话时，就几乎没有存在感。有时候它的头上积满厚厚一层灰，包括我的烟灰，我记不起帮它擦。本杰明所以有格外灰色的头顶。

此时我正在镜子前整理袖扣，本杰明叉开双腿在床上看着我。透过镜子我能看到它木讷的脸。

“你要去舞会吗？”本杰明突然开口。

我对着镜子里看着我的它点点头："今晚海岛聚会，很多漂亮的小姐。"

本杰明不说话了。

"我还没有参加过舞会。"本杰明丢出这样一句，又不说话了。

我没搭理它，我正在想舞会里怎样领一位美丽可爱的小姐回家共度良宵。

"我还没有参加过舞会。"本杰明又说了一句，顿了顿，又重复了一句，"我还没参加过舞会。"

好了，现在我不能逃避这个问题了。

"你要参加舞会吗？你要知道……咱们海岛的聚会没有玩具熊专区。"我说。

"我也想去，你带我去。"本杰明说。

所以，玩具熊说话从来都是自顾自的吗？

所以我现在牵着一只玩具熊走在大街上。很多人回头看我，甚至比我精心打扮了大半个钟头的效果还好。我指着街边橱窗里小礼服、领结、丝带之类的问它："你要这些吗？我从前演出的东西都在这里买的。"

本杰明抬起头看着我，我这才发现它的塑料眼睛也有点儿褪色了。

"我不要。"它说。

好吧。那我只好牵着它软软的棉花手继续在街上引人侧目。我和它又走了一会儿，其间我去咖啡店买了杯咖啡，本杰明不喜欢咖啡，它喝了一杯橘子苏打水。我俩继续上路，这条街很长，我们还可以一直逛。我牵着它，我问："今晚你想要穿什么？"

"红舞鞋。"本杰明回答我。

我惊讶了下："你是母熊啊？"

"我们玩具熊没有性别，而我只是喜欢红舞鞋。"本杰明这样回答。

这样仔细回想起来，我确实没见过本杰明交往过男朋友或者女朋友。和我不同，在玩具熊界它应该算是一只好看的熊。

自从我发现它存在于我的床头，我就对它的存在格外在意。所以即使我在卧室书桌上写东西的时候，有时候也会偷瞄它。我看到家里的猫踱着步子慢条斯理地走到它身边，用尾巴尖儿轻轻敲打它的脚趾，或者把身上的毛蹭到它肚皮上，再或者假装不经意间用屁股对着它，翘得老高。再或者睡觉之前，门口多了一只多情的夜莺，对着窗子叫个不停。直到我恼怒地把玩具熊塞进被子里，夜莺才不甘心地嘎嘎几声，扑棱着翅膀飞走。好吧。它的确比我受欢迎得多。

本杰明又跟着我走了一段路。

在一家卖葡萄的水果店门口，我和本杰明遇见了特拉斯拉小姐。

特拉斯拉小姐是一个真正的淑女。我还是当红舞蹈演员的时候曾经追求过她，可惜没有成功。她有着小小的带着雀斑的鼻子，鼻尖儿很翘。她的皮肤有些粗糙，上面有很多笑纹，嘴巴和眼睛出奇地大，这使她笑着的时候会用手捂住嘴。但是捂住嘴之后她的笑也是很开放的，而不像有些小姐，她们捂住嘴只是为了掩饰自己皮笑肉不笑的令人尴尬的感觉。由于有些近视，特拉斯拉小姐看人的时候眼神总是迷迷糊糊，如果初次见面，一些男士会觉得特拉斯拉小姐在柔情万种地对他们暗送秋波。我就是这些男士之一。

我和本杰明一起遇见了特拉斯拉小姐，她今天穿了件红裙子，看起来格外漂亮。

“丁先生？”特拉斯拉小姐主动打了声招呼。

我只好也摆了摆手：“特拉斯拉小姐，你也在这边。”

特拉斯拉小姐微笑着：“今晚要参加舞会……你知道的吧，我来购置一些衣服之类的。你呢？丁先生你也要买东西？”

我用左手指指我右手牵着的本杰明：“喏，就是它，我来帮它买点儿舞会需要的。”

特拉斯拉小姐好像此时才注意到这只熊的样子，从她的皮包里翻出一副眼镜戴上：“还真是个玩具熊。”她看完，就又把眼镜放回包里。

“刚好我们都要买东西，一起吧。”

所以逛街真的是女人的专属娱乐活动。本杰明和特拉斯拉小姐很快逛到一起去了，他们在试鞋子。我坐在店里的小沙发上，很想抽一支烟。所以这种卖衣服的店根本没有想过陪同逛街的男士的生理感受，既没有吸烟室，沙发也很难受，真的对男士太不友好了。不过我猜也许是因为没有男士敢于向店家反馈吧，所有陪同逛街的男人大都想赶紧赔笑付账了事，哪儿还有心思建议店家换个沙发呢。

当我正在心里默默怨念的时候，突然听见店员致歉的声音。

“真的抱歉……这双红色的鞋子就剩这一双了，没办法给你们二位一人一双……”店员的腰深深地弯着。

特拉斯拉小姐和本杰明两个人，不对，一人一熊站在旁边，盯着那双红色的绑带高跟红舞鞋。特拉斯拉小姐的神情有些尴尬：“真的没有了吗？你们别的店里也没有了吗？”

“真的没有了……抱歉。”

“好吧，”特拉斯拉小姐叹气一声，挥挥手，“那……给它吧。”

“谢谢您的谅解。”店员长舒一口气。把这双红舞鞋包好递给了本杰明。特拉斯拉小姐还巴巴地看着本杰明手里的盒子，当本杰明把盒子塞进自己口袋里时，我看到特拉斯拉小姐噘了下嘴，流露出一丝委屈的表情。

本杰明拎着盒子，表情依旧木木地向我走过来：“我买好了，咱们可以回去了。”

我刚要说话，特拉斯拉小姐也走过来，她扬起淑女特有的那种微笑：“丁先生，我先回家啦……今天和您逛街很高兴！虽然我也真的很喜欢那双鞋子，因为它很搭配我的红裙子……但或许穿在您的玩具熊身上更好看吧。”

我尴尬得说不出话来。待我组织好语言想和她告别时，她已经提着小包包走掉了。

我叹了口气。

回家路上，我和本杰明说：“你这样抢一双女生喜欢的鞋子……不太好。”

本杰明不说话。

“你为什么要买一双红舞鞋？”

“我想要跳舞。”本杰明说。

“为什么突然想要跳舞？为什么跳舞一定要穿着红舞鞋？……等等，你千万别告诉我什么公主王子之类的故事。”

“没有，不是。”

“那怎么回事？”

本杰明沉默了会儿，就在我以为它像往常一样不会回答的时候，它开口了。

“你摸我一下。”它说，“你摸我一下。”

“我不摸。”我态度坚决，“我没有那方面的癖好。”

本杰明伸出它软绵绵的手，拽着我的手指开始抚摩它的背部。

“嘿嘿，我真的不感兴趣……咦？”我的手摸到了很坚硬的东西，“这个是什么？”

“脊椎。”本杰明回答，“我的脊椎，铁质的。有了这个脊椎，我就能跳出最美的舞蹈……”

“但是你不是玩具熊吗？又不是什么舞蹈小人儿……”我插嘴道。

“我是一只被设计用来表演舞蹈的机器人玩具熊。”

“好长的专属名词……不过我好像从来没见过你跳舞。”

“我没有跳过，因为我没有发动机。他们觉得玩具熊不需要跳舞，所以后来就没再给我加发动机。”

“那你要一双跳舞用的鞋子干吗？”

本杰明又不说话了。又是一阵漫长的沉默。它开口：“我总觉得，我能跳出好看的舞蹈的。我有很多关于好看的舞蹈的记忆，我觉得我能跳得好看……虽然我没有发动机，可能我直到坏掉也不会跳上一次。”它顿了顿，摸了下装着舞鞋的盒子，“有了这个，至少我觉得我在我存在的时候能有一点儿希望，有一点儿希望我能跳上一次……对，也许哪一天，我就穿着它跳舞了呢？”

本杰明说着，又抽搭着鼻子，转过头问我："你有纸吗？我鼻子好像堵了。"

我递过卫生纸，它掏了掏自己浅浅的鼻孔，把纸团扔出窗外，又不说话了，一副忧郁的样子。

过了一会儿，它又转过头来说："再给我张卫生纸。"

最后本杰明还是把舞鞋送给了特拉斯拉小姐。

那天回家，本杰明坐在床边开始试穿。那双鞋真的很美。石榴红色看起来又新鲜又可爱，皮质也很软，穿在脚上应该很服帖吧，殷红色的丝质绑带……穿在本杰明的大棉花脚上相当违和。

本杰明穿着舞鞋，竭力保持平衡。它问我："怎么样怎么样，好看吗？"

"不好看。"我如实回答。

它开始垂头丧气。不过很快自我宽慰战胜了理智事实，它站在镜子前，开始扭着它的屁股。

"没有节奏感。……你的肚子太胖了啦。……太丑了，我的眼睛好难受。……真的不要再跳了。"我在一旁打击着它。

"是哦。"它动作慢慢停下来了，它的眼睛空洞地打量着镜子里的自己。"真的难看。"它给了自己这样一句评价，回到床头脱掉鞋子。

"把鞋子送给你喜欢的特拉斯拉小姐吧，顺便帮我拿几张卫生纸。"它留下这样一句。

舞会也没有参加。

我自己参加了舞会。拎着双女式红色舞鞋还是很奇怪的，好不容易遇见了特拉斯拉小姐，我兴冲冲地走到她面前："这双鞋子……你喜欢，还是让给你吧。"

特拉斯拉小姐此时手里举着一只酒杯，杯子里的深葡萄色的酒将她的脸映衬得十分温柔。她没有露出声音地笑着："丁先生，我已经有红舞鞋了，你看。"

她伸出一只脚，果然是一双更漂亮的舞鞋，上面垂坠着亮闪闪的钻石。

"更何况……您手里这双鞋，已经被撑肥了，恐怕任何人穿着都不合适了呢。"她这样说着，旁边一个同样举着酒杯的男人过来，搂住她的腰。

我只好离开。

拎着这双肥舞鞋，独自一人喝得醉醺醺地回家。不然呢，不然你指望着一个拎着红色舞鞋的奇怪男人还能带着漂亮的小姐和他一起回家吗？怎么想都不可能吧。

我刚推开门，就被吓了一大跳，家里进贼了？灯已经断电了，客厅里传来乒乒乓乓的奇怪的声音。我从包里掏出手电筒防身，小心地接近客厅。

"你回来啦。"

本杰明突然发声，着实吓我一大跳。它拿着一只在黑暗中闪着白光的锯子，回过头来，也没有表情，看起来阴森恐怖。

"你干吗啊？吓死我了！"

"我在做一个发动机。"本杰明解释着，"这样我就可以自动调用身体里的舞蹈芯片……我就能跳得好。"它说完，低头沉默了会儿，又继续用锯子刺啦刺啦地锯着什么，还有锤子乒乒乓乓地凿着。

“从哪里搞的材料啊？”我为它的想法感到震惊。

“我拆了你家电视机。”

“……”

“还有电冰箱。”

“……”

“又拿了你五千块钱。”

“我要报警了。”

嘴里叫嚣着报警的我，喝得醉醺醺的我，没有漂亮小姐陪我共度良宵的我，选择消磨这样一个夜晚的方式是陪一只玩具熊一起制造发动机。

“你为什么就非要跳舞呢？我是说……跳舞对于你来说又没有什么用？”手里忙活着，我对本杰明说。

“那你为什么跳舞？你不也是舞蹈家吗？”

“什么舞蹈家……一个落魄的舞蹈演员而已。”我讪笑着，“跳舞维持生计。”

玩具熊手顿了顿，它说：“我跳舞是为了生存。”

“因为我觉得喜欢。”它接着说，“我跳舞，就会感觉自己应该是这样的，这样的状态让我好舒服。我跳舞是为了活下去，不然……我不知道我为什么活着。”

“是吗？”我低着头，不知道怎么接下去。

“有一件事，擅自帮你做主了。”本杰明说，“在网上接到一个舞蹈邀请，我帮你接了。”

“我不想去。”

“不用你去，我去。你在台下看着我。”

“你？你确定你能行？不会砸了我的招牌吧。”

“你教我啊。”

“没心情。”

“要不然你的电视冰箱和钱可就白白浪费了。”

“……我还是选择报警比较好一点儿。”

那天晚上，我和本杰明做了一夜发动机，终于在凌晨时分成功把发动机塞进它的屁股里。它扭动着小屁股，踮着脚舞蹈的样子……居然有些可爱。

“发动机能驱动你身体里的舞蹈谱子？”

“是的。”本杰明一边随着音乐转着圈儿，一边回答。

“你的演出经费记得给我，我还要电视机和冰箱，还有我的五千块钱。”

“……你真小气。”

本杰明转了个圈，到院子里继续跳去了。我站在窗口。本杰明在草地上舞蹈，它闭着眼睛，圆润的身体很灵活地跳动和旋转。我猛呼吸了口新鲜空气。也不知道谁，把我家的窗户玻璃偷走了。空气真好。我久久凝视着本杰明在窗外跳舞的样子，阳光通透得令人心里空荡荡的，我说不出任何话。本杰明像一只鸟一样自由。

演出当日，我和本杰明穿得很正式。

我没想过是那么大的体育场馆……我还没在这么大的舞台上表演过，没想到这只熊居然领先了。

“恭喜啊，快上台吧。”我微笑着，“我在台下为你加油助威。”

本杰明抬头看着我——它总要把头抬得很高，才能看到我。它太矮了：“我不去。”

我怔怔地看着它的脸，灰灰的脸。

“你去。”它说，“其实一直都不是我，受邀的一直都不是我。是你。”它整理了下礼服上的领结，又爬上凳子，站在凳子上帮我整理领结，“你去吧，别再……别再受困于自己的世界了。”

“什么？你在说什么……我没懂。”

“别骗我也别骗你自己了。”本杰明从口袋里掏出卫生纸，擤了擤鼻涕。它把鼻涕纸团成一小团，丢进座位底下，“根本就没有本杰明，你知道的。”

“本杰明从来就没存在过。”

“没有一只想要跳舞的熊。”

“没有一只想要红舞鞋的熊。”

“没有一只叫作本杰明的熊。”

“这一切都是你的想象。”

“是你给自己创造出来的幻觉。”

“现在……幻觉就要结束了。”

本杰明的双手插进上衣口袋。它还站在凳子上，一直看着，一直看着我。

“我不明白，为什么你是假的？”我有点儿着急，“你别说胡话了，赞助商在那边催了，你快去啊！”我真的看到赞助商派了几个人过来。

本杰明缓缓地摇摇头。

那几个人跑过来了：“丁先生，就快到您的舞蹈了！大家都很期待您的复出呢！快去后台准备一下吧。”

我开始着急：“是它啊，你们请的是它啊。”我使劲儿拽着本杰明小礼服的袖子，“你快去！”

那几个工作人员用奇异的眼神盯着我。

我拽着它袖子的手，渐渐松开了。我知道它不会去了。本杰明抽搭着鼻子，从礼服怀里掏出一双红色的舞鞋。

“你从哪里找到的？”我问它，“特拉斯拉小姐没收这双鞋，我怕你难受就没和你说……”

“从你枕头底下……你这个变态。”本杰明歪着嘴吹了下自己的胡子，双手将鞋子递给我。

“去吧。你不能……我是说，你不能老是藏起来啊。大艺术家。”

我深深地看了本杰明一眼。

工作人员在催我了。我知道我现在踏出的每一步，本杰明都在背后看着我。

我手里拎着那双红舞鞋。我跟在那些人身后，我就要走进后台。我感觉我的脊椎正在燃烧，它从来没热得这么强烈，哪怕断掉那次也没有。我把手塞进裤袋，那里面有一张卫生纸。

我小心地把它展开，里面是本杰明的鼻涕。

舞台的音乐响了，一切就要重新开始了。

在台上跳着，我看到特拉斯拉小姐惊诧而爱慕的眼光，我看着她穿着另一双款式不同的鞋子。我看到她怀里抱着一只长毛猫，她手臂上挽着另一个男人。

还有本杰明微笑着，从漆黑的出口处看着我。

我好想对它说一声再见。

但是它转身淹没在黑暗里。

后记

据《海岛晨报》报道：

著名舞蹈艺术家丁先生三月前脊椎断裂，精神遭受极大打击，宣布不再登台。然而昨晚丁先生展现奇迹，再次登上海岛体育馆舞台，献上了完美的舞蹈作品。可喜可贺！

37

玩具入殓师

我是很会讲故事的小孩儿，这一点可能遗传了奶奶的基因。我奶奶是一个小说家，我从小在她身边长大，在无聊的时候，我就翻看她写的书。有时候会讲给窗外的灰枭听，我的记忆力特别好，讲故事也生动，可惜这些傻鸟都不等我讲完，就掏虫子吃去了。

和我的好记性相比，我的眼神就特别不好了。奶奶一直说是我看书姿势不正确弄坏了眼睛。但我怀疑这是我家族的遗传史，因为我好像记得，我从出生开始，就一直戴着一副厚厚的大瓶底眼镜了。我不喜欢摘下眼镜，因为这样我看世界就一片模糊，让我很没有安全感。有时候我睡觉也会戴着。

我奶奶带我回到酸古镇时，我没记清楚是多少岁。

那是九月的一个下午，阳光有点儿晃眼，天气很好。我奶奶带我去镇子里的酒馆喝酒，酒馆里各式各样的人物，穿着皮草的牧羊人，脸上有刀疤的胖子，还有嘴唇鲜红的漂亮女人。

我奶奶带着我，就坐在酒馆靠窗的旧沙发上。奶奶给我点了甘甜的荔枝酒，自己却只要了一杯红茶。我感觉奇怪，因为奶奶是个十足的酒鬼，在家经常自己一个人喝得醉醺醺的。她喝醉了，就把手伸进我的胳肢窝下，把我高高举起，在空中转圈儿。

“爱兰，爱兰……哈哈哈。”

一般情况是她胡乱笑着，把我和自己一起摔进沙发里。她笑累了，就靠在家里的沙发上打鼾。她的鼾声时断时续，每当她停止打鼾一会儿，我就伸出手去探探她的鼻息，看看她是否死了。当她睡熟时，我就从她紧紧攥着的手里拔出酒瓶，自己偷喝几口。

但也有时候她抱我时已经喝得太多了，于是我就像抛物线一样被奶奶摔出去，摔得我一脸青紫。她酒醒后我把脸凑过去给她看，她从来不承认是自己的错，但晚上会亲自下厨炖一些香菇胡萝卜小母鸡汤。味道也不怎么好吃。

有几次她失手摔得狠，我就失明了几次。是我的眼睛太不好了，奶奶亲自帮我上药治疗眼睛，虽然没有进任何医院，但是我最终还是康复了。

瓶底眼镜是很重，我觉得还是能看到东西比较好，奶奶对治疗我的眼疾很有办法。后来我说可以开一家眼科诊所，收入稳定，咱们有更好的酒喝了，你不是馋那家馆子里的葡萄酒很久了吗？她就又犯起文人的傻气，打我的屁股，然后再用酒精把自己灌倒。

她今天没有点酒。

她手里拨弄着那支黑色的已经有些掉漆的钢笔，常用的速记本已经摊开在桌子上。可能她今天又要采编素材去写东西了——也就意味着我们又有几个月不愁吃喝，不愁没有好酒。

不过让她这么郑重其事的人真的不多见。我正寻思着，奶奶却站了起来，我坐在奶奶对面，转身循着奶奶的眼光望过去。远远地，一个戴着宽檐儿毛呢帽子的老人拄着拐杖走了过来。我很注意他的又高又大的鼻子，他肤色苍白，整个脸像皱巴巴的鸡蛋，上面镶嵌了一颗蒜。

他停在桌旁，脱帽向奶奶弯了弯腰。

“老师！”奶奶的声音有点儿激动。

这个老头子是奶奶的老师吗？我默默地把屁股向座位里挪了挪，给老头子腾出一个地方。

他坐了下来。

老头子名字叫赫兰，以前奶奶说过，赫兰曾经是奶奶的老师，是非常出名非常厉害的人。

“谢谢你给我接风。我就直说了，从监狱里出来，我现在很穷，所以想请你帮我介绍一份工作，洗碗工，库管员……都可以。”那个老人最终从他布满了白色死皮还泛青的嘴唇里说出这样一句话。

“老师，你今天才刚刚出来，别着急这些。”

“说的是……不过还要生活。”

“老师，我知道，这些都不是问题，你需要多少钱？我可以借给你，你什么时候还给我都可以。”奶奶皱着眉，开始在速写本上写下一串数字，“老师，我这些年赚了些钱，正愁没处花，你真的不要去做那些工作，老师，那是在浪费你的才华。”

老人沉默着，双手交叉放在桌子上。

“这些年……你在那个地方，受了不少苦吧。老师，你就好好休养，别管他们说什么。”她看了我一眼，顿了顿，“都会好起来的。”

老人终于叹了口气，向旁边路过的侍者要了杯威士忌。

酒来，老人仰着脖子一饮而尽，苍白的脸上有了些血色。

奶奶喝多的时候，经常提到这个叫赫兰的老头儿。她说起他的时候，脸上通常红扑扑的，眼睛里也红红的，我想应该是酒喝得太多了。她每次只说一点儿，但是我记忆力出奇地好，拼拼凑凑也知道了赫兰的一些事。

他是奶奶的老师，是世界知名的玩具入殓师。他一生获得过无数荣誉，写过书，办过讲座，他讲如何让玩具安心长眠，如何让一个人的心灵得到救赎和慰藉。他是他们的精神导师，是被无数人崇拜的长者。

私下里，奶奶说他是一个很严肃的人。他一直都没有结婚，但是收了几个徒弟，其中就包括我的奶奶。

他的生活很规律，他从来不喝酒不抽烟，他的大衣永远没有一丝褶皱，他的帽子永远干净，他有几千条手帕，都规规矩矩地叠在一个红楠木大柜子里。这些手帕带着柜子的味道，被他从柜子里小心取出，塞进衣服口袋。当他们一起坐在长桌前，奶奶就能闻到他身上的那种特殊的味道，就是那个红楠木柜子的味道，奶奶那时候私下里偷偷地买了一小块红楠木，在背诵知识的时候拿出来放在书边。

奶奶说，闻着这种味道会让她背诵更有效率，她会处于一种紧张的、心跳加速的状态。后来我倒是在奶奶私藏的不少少女小说里看到过这种状态。

几个徒弟对他又是敬爱又是惧怕。因为他除了教授他们玩具入殓师需要知道的知识外，很少和他们交流，在他们平时相处时……奶奶没有用“尖酸刻薄”来形容他，这是我自己归纳的。

他私下里会用皮鞭抽打没有背诵好基础知识的徒弟，对于犯了错误的徒弟也毫不留情，无论徒弟们跟了他多少年。

但是似乎没有徒弟违抗他，他的意志像钢铁一样坚硬。

直到后来他私下里做出的下流事儿被一个女徒弟勇敢地揭露出来。

所谓的下流事儿，并不是奶奶告诉我的，她酒后絮絮叨叨的一些都是赫兰当初的辉煌，盛大的名声，还有她自己一些自以为是的隐秘爱恋。

那些下流事，我在一些旧报纸上很轻易地就翻找到了。

《世界知名精神导师深陷性虐丑闻》《赫兰，究竟是玩具入殓师还是玩具屠杀者？》《圣徒背后的阴谋》等醒目的标题，铺天盖地。大致的内容是赫兰的女徒弟指控他对自己实施性暴力。这本来被认为是毫无根据的诬陷， 这个女徒弟被查出受贿于赫兰的对手，从前出名的另一个玩具入殓师。警方例行公事地搜查赫兰的家，以便还赫兰清白。

然而他们却于赫兰家中发现了那个柜子，里面存放着大量的……宝石。是的，就是宝石，经过确认，这些宝石是高档玩具身上挖出的，被赫兰用一只只手帕包裹着。

一时间群众哗然。

被看作精神导师的赫兰一下陷入了群情激奋的指控中。

那个年代，玩具作为精神必需品，不仅做得精致美丽，更重要的是它们能默默陪伴人类很久很久，不会伪装，不会背叛，倾听人的心事，从少年到中年。

由于承受了过多的秘密和记忆，这些玩具通常寿命很短，待它们破烂不堪，就要请玩具入殓师帮助这些玩具安息。在赫兰这个玩具入殓师出现之前，玩具入殓师是专门为贵族老爷夫人服务的人，服务价格高昂。

而普通人的玩具，只能被胡乱埋在泥土里，甚至被丢进垃圾焚烧厂。

这些无处安葬的玩具，承载着心事、秘密和记忆，被随意丢弃后，玩具的主人通常会心事重重精神恍惚，担忧秘密泄露，甚至出现记忆错乱、记忆空白的情况。它们折磨着他们的精神。

后来赫兰出现了。

他开始只是作为一个义务服务的玩具入殓师，帮助普通人的玩具安息。后来他在普通人中的地位越来越高，他的高超的技术越来越出名。也有高官贵族雇用他为他们服务了，他的名声也很快在贵族圈子里传开了。

他成了世界闻名的玩具入殓师……现在，他的名声完蛋了。

他成了为了钱财，破坏人们精神寄托的下流坯子。在这一点上，比起那些被赫兰窃取玩具身上的宝石的贵族，他曾经无偿帮助的普通人更加愤怒和失控。

他们认为赫兰亵渎了他们崇高的信仰，他们一直如此崇拜他。就是这样的——以前他们有多爱他，现在就有多厌弃他。

赫兰入狱。

这些咒骂声又持续了几个月。直到新的绯闻出现，人们终于渐渐地把他的罪行在咬牙切齿中遗忘。

赫兰在监狱里待了二十五年，他入狱时已经是一个老头子，他出狱时是一个更加苍老的老头子。

赫兰喝了酒，却不像我奶奶一样乱说胡话，只是我隐约感觉他一直在瞄着我，这让我浑身不自在，只好端起面前的荔枝酒小口小口地喝着。

奶奶开始和他聊这些年外面发生的事儿，聊她自己成了作家，甚至聊起我的事儿……我怀疑她语无伦次了，因为她正邀请这个老头儿住进我家。

“老师，你暂时住我家吧，有几个空房间，你可以做玩具，可以读书，可以像以前一样搜集一整柜子的手帕，还可以……”她看了看我，抿着涂了珊瑚色唇膏的嘴唇，又开口，“你还可以教爱兰些东西，我真的不怎么会教小孩子，这个你应该拿手吧。”

“不了，过去的事都过去了。现在看到你们都好，我就安心了。以后，我或许要过另一种生活，过去的就过去吧。”

“你好不容易才出来，你好不容易才见到……我们。”

“我放心了，你把它照顾得很好。”

“不对，老师，当年你为了它做了那么多，你亲手赋予它生命，最后把自己也赔进去了……你所有的东西都没有了，你的理想，你的壮志，你的一切。你进那里二十五年，你后悔了吗？”

“从来没有。”

“那为什么……我本来决定等你一出来，就把一切告诉它。”

“永远不要告诉它。答应我，以前这件事只有我们两个人知道，以后，无论多久，也只有我们两个人知道。”

他平静地讲出这句话，戴上帽子，准备离开了。

我看见奶奶的眼睛又红了，但是今天她没喝酒。赫兰已经起身，他对着伏在桌子上的奶奶微微弯腰，然后离开了。

我感觉到愤怒，奶奶在哭。他让奶奶哭的。

这时候他已经出了酒馆的门，我把剩下的荔枝酒一口喝光，站起身飞快地跑出酒馆。

当然不能就让他这么走了啊。

还要他好好交代一下，不然奶奶回去又喝得醉醺醺，恐怕晚上我得喝难喝的香菇胡萝卜小母鸡汤。

我追了出去。

然后我飞了起来。是很刺耳的刹车声，那个车子撞向我，我飞出去的时候感觉身体轻飘飘的，然后似乎看到了赫兰那个老男人扭曲的脸。

唉。我好像摔断了左胳膊。

被撞飞十几米远，我支撑着身体从马路上站起来，感觉左胳膊失去了知觉，它软塌塌地耷拉下来。我的眼镜似乎也不知道被撞飞到哪里去了，眼前一片模糊。

“爱兰！爱兰！”我听到奶奶的声音了，转过头看到一个很模糊的影子向我奔跑过来，我又向另一个方向看，也有一个影子向我跑过来。

好多人啊，好多人的影子黑漆漆地围着我。我很不喜欢。我站起来，勉强向奶奶那边走过去，却因为看不清楚，又摔在地上。

我听到人群传来一声惊呼，还有小石子落地的声音。我终于又看不见了。

我听到奶奶和前来急救的医生争吵的声音。我感觉自己被一个强壮的怀抱搂着，那个人抱起我，然后走了几步，说了一句话。

他说：“你把这孩子的眼睛还回来。”

“什么眼睛？”一个声音回答。

“你口袋里的蓝宝石。”

“蓝宝石？”那声音开始嗤笑，“这是我自己的东西，怎么就成你的了？”

“不是我的，是这孩子的。”

“呸，这破烂玩具一看就是很多年前的旧款了，你说它的眼睛是蓝宝石做的？”

“它不是破烂玩具，它是我的孩子，它曾经有过很多双真正的宝石眼睛，这让它能看清楚这个世界。但是你口袋里那双……是我为它做的第一双人造宝石眼睛，对于你不值钱，对于它……很重要。”

“你疯了。”

“我很多年前就疯了。”抱着我的人胸膛传来风刮过荒原的声音。

我只听到这里，然后陷入了无尽的黑暗之中。

我的记忆力很好，但是从前从没想起过的一些片段突然蜂拥而至。就好像身体中的某扇门被打开了，放出了这些黑色的猛兽，它们啃着我的脑子，我感觉有些痛。

“你会醒过来的。老师他……正在为你做新的眼睛。等你醒过来，我们一起喝酒。”我听到似乎是奶奶的声音，我不知道她喝没喝酒，她声音沉稳，但却像酒后的自言自语一样。

然后我又陷入了混沌之中。

我看见自己在一个房间，一个篮子里。我是一块布，被那个男人拿起，一针一线地缝纫。我有了头，有了身体，有了四肢，有了五官。我无意识地张开嘴，我说：“阿兰。”

我看到那个男人抱着我，陷入了某种癫狂状态，但是我仿佛受困于躯壳，受困于某种境地，我只能面无表情，动作僵硬，昏昏欲睡。

那个男人开始更换我身上的部件，从棉布到木头，再到不知名的东西。

我看见自己躺在工作台上，经常能听见他自顾自地念叨：“木头，钢铁，水晶，岩石……到底是什么？”

我看见他在某日，仿佛做出重大决定一般，从怀里掏出很漂亮的宝石，那是一对红宝石。然后我看见工作台上的自己醒了过来。

红色的眼睛，特别美丽，也特别短暂。

那些眼睛太美，却暗淡得特别快。当宝石的光芒暗淡下去，我就又变得四肢僵硬，陷入半睡半醒的状态。但那个男人却源源不断地提供着宝石给我。

后来我开始陪他说话，开始和他聊一些生活上的事情。

他有时候很暴躁，大多数时候很安静。

他讲他的徒弟们，讲他对他们的期待，还讲他自己的职业。我知道了，他不是一个制造玩具的人，他是一个专门埋葬玩具的人。

他和那些玩具沟通，让它们安心地离开。

“我一直在告别，所有人出现，所有玩具出现，都是为了再度离开。”

“你不一样，你是从无到有，你是因我而存在的。”他说。

我一直在他的工作室，没有出去，只有他进来，和我说话。后来有一天，他出门了，我偷偷溜了出去。我遇见了一个年轻漂亮的女孩。

她捉住了想要逃跑的我，却又悄无声息地把我放回那个男人的工作室。

我没有告诉那个男人这件事，怕他生气。他在为我研制新的眼睛，他很累。

在我又换了不知多少双眼睛后的某一天，我听到外面非常激烈的吵闹声，我很害怕，我躲进桌子底下。直到那个女孩子又出现，把我带走。

我挣扎着跑回去，那个女孩子眼睛红红的。

“老师不会回来了。”她说。

我困惑地摇着头，我口袋里紧紧握着他昨天送给我的新眼睛。他昨天还说，以后我再也不用担心没有眼睛了，这双眼睛可以用很久很久。

我才刚刚开始期待新的生活。

我终于和那个女孩子走了。

过去了好多年。

我忘了和那个男人有关的一切是在很突然的某一天。忘得一干二净，顺带把从前的自己也忘记了。

我记得她是我奶奶。

我是一个眼神不太好的小孩儿。

在无尽的黑暗里，缥缈中有一个声音问：“爱兰，你什么时候醒来？”

“当三杯酒准备好时。”小孩儿回答。

图书在版编目（CIP）数据

一头栽进月光里 / 普二丁著. -- 长沙 : 湖南文艺出版社, 2016.5

ISBN 978-7-5404-7556-7

Ⅰ.①一… Ⅱ.①普… Ⅲ.①长篇小说—中国—当代 Ⅳ.①I247.5

中国版本图书馆CIP数据核字（2016）第071847号

上架建议：畅销・文学

YITOU ZAIJIN YUEGUANG LI
一头栽进月光里

作　　者：普二丁
出 版 人：刘清华
责任编辑：薛　健　刘诗哲
监　　制：蔡明菲　潘　良
特约策划：董晓磊
特约编辑：尹　晶
营销编辑：李　群
封面插图：飞行猴
内文插图：嘎嘣豆
版式设计：利　锐
封面设计：46设计
出版发行：湖南文艺出版社
（长沙市雨花区东二环一段508 号　邮编：410014）
网　　址：www.hnwy.net
印　　刷：北京缤索印刷有限公司
经　　销：新华书店
开　　本：880mm × 1270mm 1/32
字　　数：222 千字
印　　张：9.5
版　　次：2016 年5 月第1 版
印　　次：2016 年5 月第1 次印刷
书　　号：ISBN 978-7-5404-7556-7
定　　价：38.00 元

质量监督电话：010-59096394
团购电话：010-59320018